**Das Buch:**
Im April 2012 feiert Nürnberg 200 Jahre Kaspar Hauser –
und das mit der Eröffnung eines modernen Erlebniszentrums
im Herzen der Stadt. Doch das Projekt ist nicht unumstritten.
Sabotageakte häufen sich und auch von Seiten der Hauser-
Gegner gibt es erheblichen Widerstand gegen das Vorhaben.
Als nur wenige Tage nach der Eröffnung eine Mitarbeiterin
tot aufgefunden wird, muss Kriminalhauptkommissarin
Charlotte Gerlach feststellen, dass auch fast 200 Jahre nach
dem Tod des Findelkindes der Streit um seine Herkunft noch
nichts an Brisanz verloren hat.

**Die Autorin:**
Monika Martin ist Sozialpädagogin und führt seit 1996 für
das Institut für Regionalgeschichte, *Geschichte für Alle e.V.*,
historische Stadtrundgänge in Nürnberg durch.
*„Findelkind"* ist der vierte Krimi aus der Reihe *„Krimis mit
Geschichte"*, in der die Autorin ihre literarische Tätigkeit
mit ihrem regionalgeschichtlichen Engagement zu einem
Kriminalroman mit Fakten aus der Stadtgeschichte
Nürnbergs verbindet.
Im November 2018 wurde ihr der Elisabeth-Engelhardt-
Literaturpreis verliehen.
Monika Martin lebt mit ihrer Familie in Schwanstetten bei
Nürnberg.

Außerdem von Monika Martin bei BoD erschienen:

*„Hochgericht"*, Dezember 2014
*„Rauschgoldengel"*, Oktober 2016
*„Teichwächter"*, März 2018

*„Die Tote im See"*, August 2008
*„Hitzewelle"*, August 2010
*„Schattenschlag"*, Februar 2012
*„Apfelrausch"*, August 2013
*„Bilderrätsel"*, Oktober 2018

Monika Martin

# Findelkind

Charlotte Gerlach und der Fall Kaspar Hauser

*Bibliografische Information der Deutschen Nationalbibliothek:*
*Die Deutsche Nationalbibliothek verzeichnet diese Publikation in der*
*Deutschen Nationalbibliografie; detaillierte bibliografische Daten sind im*
*Internet unter http://dnb.d-nb.de abrufbar.*

Dieses Buch ist auch als E-Book erhältlich

Erste Auflage im Oktober 2019

Herstellung und Verlag: BoD - Books on Demand,
Norderstedt

ISBN: 9783749486045

# Vorwort

Kaspar Hauser ...
das *Kind Europas*,
ein ungelöster Kriminalfall,
ein Mythos ...

Wer war dieser rätselhafte Findling, der am Pfingstmontag des Jahres 1828 in Nürnberg auftauchte?
War er wirklich der Prinz von Baden, der ein Opfer von Thronfolgestreitigkeiten geworden war?
Verbrachte er tatsächlich 12 Jahre in vollkommener Isolation bei Wasser und Brot?

*Aenigma sui temporis* – ein Rätsel (nicht nur) seiner Zeit.

Seit fast zweihundert Jahren beschäftigen sich Historiker, Wissenschaftler, Pädagogen, Psychologen, Kriminalisten und Autoren mit dem Phänomen Hauser, dem Kaspar-Hauser-Syndrom, dem Kriminalfall um das Jünglingskind und all den Spekulationen und Interpretationen um seine Herkunft und sein Leben. Über kaum einen Menschen existieren so viele Veröffentlichungen, seien es Protokolle, Berichte, Selbstzeugnisse, Aktennotizen, Biographien oder Romane.
So haarklein auch die fünfeinhalb Jahre zwischen seinem Auftauchen und seinem Tod dokumentiert worden waren, so unklar bleibt die Zeit davor.
Hier gehen die Meinungen deutlich auseinander.
Sind die sogenannten *Pro-Hausianer* fest davon überzeugt, dass Kaspar Hauser der legitime Sohn des Großherzogs Karl von Baden und damit der Thronfolger des Hauses Baden war, halten ihn die *Contra-Hausianer* nach wie vor für einen

Betrüger, der sich Aufmerksamkeit erschleichen wollte. Abseits der wissenschaftlichen und politischen Diskussionen bedienten sich auch mehrere Autoren der Person Kaspars und schrieben seine Geschichte neu.

Ende der 1980er Jahre hörte ich im Rahmen meiner Ausbildung zur Erzieherin zum ersten Mal von Kaspar, von diesem „Beispiel fehlender Erziehung", und war sofort fasziniert von der Geschichte. Ich besorgte mir den Roman von Jakob Wassermann („Kaspar Hauser oder die Trägheit des Herzens", 1908), die Filme von Werner Herzog („Jeder für sich und Gott gegen alle", 1974) und Peter Sehr („Kaspar Hauser", 1994) und tauchte in die erschütternden Ereignisse Anfang des 19. Jahrhunderts ein. Damals wie heute interessiere ich mich weniger für die Frage, ob der mysteriöse Findling nun der Prinz von Baden war oder nicht. Es ist vor allem die Person Kaspars, die mich fasziniert, sein Wesen, sein Charakter und das, was die lange Gefangenschaft mit ihm als Mensch gemacht hat, wie er die endlosen einsamen Jahre hat überleben können.

Seit einigen Jahren führe ich für *Geschichte für Alle* Stadtrundgänge zum Thema Kaspar Hauser durch und erlebe immer wieder, wie sehr das Schicksal des bedauernswerten Jünglings auch heute noch die Gemüter bewegt.

Mein neuer Nürnberg-Krimi „Findelkind" ist keine Kaspar Hauser-Biografie. Ich serviere meinen LeserInnen weder neue Beweise noch neue wissenschaftliche Erkenntnisse.
Im Mittelpunkt steht eine spannende Kriminalgeschichte, in der Kriminalhauptkommissarin Charlotte Gerlach auf der Suche nach Täter und Motiv in das Rätsel um Kaspar Hauser eintaucht, in all die Spekulationen und Interpretationen um seine Person, all die Erkenntnisse und Widersprüche.
Doch auch, wenn am Ende der Täter gefasst und der Fall gelöst ist, bleibt eine Frage offen:

Wer war Kaspar Hauser?

# Prolog

Stille umfing ihn wie eine schützende Hülle. Mächtig und gleichzeitig leicht und schwerelos, allgegenwärtig. Sie machte ihm Angst und beruhigte ihn, er hasste sie, konnte nicht ohne sie, nahm sie nicht mehr wahr.

In ewiger Dämmerung verging ein Tag wie der andere, gleichförmig, ereignislos. Wie lange er schon hier war, wusste er nicht. Wochen, Monate, Jahre? Er hatte keine Vorstellung von Zeit, konnte sich kaum noch daran erinnern, dass er je an einem anderen Ort gewesen war. Zu Beginn hatte er aufbegehrt, geschrien, gebrüllt, geweint, um sich geschlagen.

Das war lange vorbei.

Resignation hatte sich seiner bemächtigt, hatte ihm die Gunst des Vergessens zuteil werden lassen. Kein Gedanke formte sich mehr in seinem Kopf, kein Gefühl, kein Wort, kein Wunsch, keine Sehnsucht.

Nichts.

Nur Leere, immer gleiche Leere.

Wenn er Hunger hatte, aß er, wenn er müde war, schlief er.

Vorbei war die Angst, die Einsamkeit, die Panik. Er konnte nichts mehr spüren, nichts mehr denken, sich nicht erinnern. Nach dem Aufwachen hatte er manchmal ein frisches Hemd an, waren seine Haare gewaschen, die Fingernägel geschnitten. Doch auch das bemerkte er nicht.

Da war nur er allein, er und sein Spielzeug. Sonst niemand.

Er spürte keine Schmerzen, keinen Mangel an irgendetwas.

Doch plötzlich wurde alles anders …

# 1

14. Mai 2012

Der Platz war menschenleer. Werner Blank kramte den Generalschlüssel aus seiner Tasche, öffnete die moderne Glastür und betrat das riesige, halbfertige Haus. Er stellte sich in die Mitte des Foyers, dorthin, wo in nur zwei Wochen täglich Hunderte von Menschen unterwegs sein sollten.

Inmitten von Farbeimern, Leitern und Abdeckplanen, Latten, Fliesen und Kartons schloss er kurz die Augen und roch den unwiderstehlichen Duft von frisch verputzten Wänden, Fliesenkleber und Silikon, den Duft einer lebendigen Baustelle. Feiner Staub kitzelte in seiner Nase, er musste niesen.

Unzählige Gedanken schwirrten durch seinen Kopf.

Würden die Trockenbauer morgen alle Gipskartonplatten abgeschliffen haben, die Fliesenleger mit den Toiletten im Erdgeschoss fertig werden?

Würden morgen tatsächlich die lang ersehnten Armaturen geliefert und die Lichtanlage installiert werden?

Und was war mit der Aufzugsfirma und den Elektrikern?

Er schüttelte sich, rieb sich über das Gesicht und genoss die Stille.

Tagsüber war der Lärm fast unerträglich. Überall wurde gebohrt, geschliffen und gesägt, gebrüllt, gelacht und erzählt. Heerscharen von Handwerkern aus verschiedenen Gewerken arbeiteten mit Hochdruck daran, den Zeitplan einzuhalten und das Haus bis zum 28. Mai fertig zu stellen.

Jetzt waren alle weg – nur er nicht.

Er war am Morgen der Erste und am Abend der Letzte.

Er musste nach dem Rechten sehen, Lichter ausschalten,

Türen absperren, Fenster schließen.

Er war das Herz des Gebäudes.

Stolz ließ er den Blick über sein Reich schweifen. Was hatte er doch für ein Glück gehabt, dass man ihm diese Stelle angeboten hatte – ihm, Werner Blank, dem fast sechzigjährigen Langzeitarbeitslosen. Er hatte schon nicht mehr daran geglaubt, noch einmal arbeiten zu können. Und dann gleich in einem so großen Projekt.

Es würde nicht einfach ein Museum werden.

Nicht einfach ein Gebäude, in dem man alte, verstaubte Kunstwerke besichtigen konnte.

Dies würde ein Erlebniszentrum werden, in dem die Besucher *die alten Zeiten hautnah erleben konnten* – so stand es zumindest auf den Werbeflyern, die heute angeliefert worden waren.

Werner Blank verstand nichts davon, hatte keine Ahnung, worum es ging. Es interessierte ihn ehrlich gesagt auch nicht. Für ihn war es wichtig, die Schlüsselgewalt über das Haus zu haben und endlich wieder Geld zu verdienen. Er hatte ein halbes Jahr Probezeit, in der er allen zeigen konnte, dass sie sich für den richtigen Mann entschieden hatten.

Bleierne Müdigkeit erfasste ihn. Er sah auf seine staubige Armbanduhr: 21.36 Uhr.

Kein Wunder, dass er müde war.

Er war schon längst zu Hause gewesen, hatte es sich mit einem kühlen Bier vor dem Fernseher gemütlich gemacht, als ihm siedend heiß eingefallen war, dass er noch die Brandmeldeanlage einschalten musste. Es war auf den Baustellen üblich, während des Tages die Brandmelder abzuschalten. Gerade der Staub, der beim Abschleifen der Gipskartonplatten entstand, würde ständig den Feueralarm auslösen. Wenn am Abend der letzte Handwerker gegangen war, musste die Anlage wieder aktiviert werden – und das war seine Aufgabe.

Wie hatte er das nur vergessen können? Er war der Hausmeister, trug riesige Verantwortung. Die Handwerker verließen sich auf ihn.

Schweren Herzens hatte er sich noch einmal aufgerafft und sich in ausgebeulter Jogginghose und Lederpantoffeln auf den Weg gemacht. Schließlich wohnte er nur eine Straße weiter.

Morgen früh um 8.00 Uhr würde die Anlage überprüft werden. Es würde keinerlei Beanstandungen geben, dessen war sich ganz sicher.

Wenn auch der Zeitplan langsam etwas eng wurde, das finanzielle Budget schien unerschöpflich zu sein.

Der Bauherr Freiherr von Tucher sparte weder bei der Qualität der Handwerker noch beim Material. Alles war vom Feinsten, Geld spielte keine Rolle. Die einzigen Wermutstropfen waren die ständigen Sabotageakte, die Schmierereien und zum Teil vernichtenden Presseartikel, die bereits im Vorfeld der Eröffnung für Missmut bei den Mitarbeitern sorgten. In regelmäßigen Abständen musste er billige Parolen von Wänden und Fenstern waschen – als ob er nichts Besseres zu tun hätte.

Es war ihm nicht klar gewesen, dass dieser Kaspar Hauser, um den es in dem Haus gehen sollte, so berühmt war, dass sich jemand die Mühe machte, das Museum zu torpedieren.

Plötzlich stutzte er.

Irgendetwas war anders als sonst.

Es war still, ungewöhnlich still.

Normalerweise war das Brummen der Trocknungsgeräte zu hören, doch er hörte nichts.

Als er vor ein paar Stunden das Haus verlassen hatte, hatte er noch einmal nach den Geräten gesehen. Alles war in Ordnung gewesen.

Gerade hatte er noch in Gedanken die Großzügigkeit des Freiherrn und die damit verbundene hohe Qualität der Materialien gelobt, da fiel ihm ein, dass dies leider nicht für alle Bereiche der Baustelle galt. Beispielsweise waren die Apparate, die zur Trocknung des Bodens und der Wände aufgestellt worden waren, in seinen Augen fast schon als „antik" zu bezeichnen. Sie verbrauchten Unmengen an Strom und machten einen Höllenlärm. Außerdem musste man ständig die Wasserbehälter leeren.

Und jetzt waren sie anscheinend ganz kaputt.

Er hatte ohnehin schon länger Zweifel an der optimalen

Funktionstüchtigkeit der Maschinen gehabt.

Der Trocknungsprozess ging so besorgniserregend langsam voran, dass sich an verschiedenen Stellen bereits Schimmel gebildet hatte. Wenn sie dieses Problem nicht schnell in den Griff bekämen, stand zu befürchten, dass es mit der abschließenden Bauabnahme Schwierigkeiten geben könnte.

Seufzend lief er die Treppe in den Keller hinunter. Auch hier stand alles voll mit dem Material der Handwerker und Bergen von Müll. Irritiert ging er den langen Gang entlang bis zu dem Raum, in dem es eigentlich brummen sollte.

Die Tür des Raumes stand offen.

Seltsam. Er war sich sicher, dass er sie abgesperrt hatte.

Was war hier los?

War da jemand? Schlich da jemand durch die nächtliche Baustelle?

Aber wer sollte das sein?

Ein Mitarbeiter, der etwas vergessen hatte?

Die Chefin, die noch eine Stunde zusätzlich drangehängt oder ein Handwerker, der noch Restarbeiten erledigt hatte?

Unwahrscheinlich.

„Hallo?", rief er in den Raum hinein. „Ist da wer?"

Er schaltete das Licht ein und sah sich um.

Da war niemand.

Nur zahllose Kisten und Verpackungsmaterial der Ausstellungsgegenstände, die jeden Tag angeliefert wurden, und die beiden orangenen Kästen, die bedauerlicherweise keinen Mucks von sich gaben.

Da kam ihm ein erschreckender Gedanke.

Vielleicht war es der Saboteur? Womöglich hatte er die Geräte manipuliert, um den geplanten Eröffnungstermin platzen zu lassen?

Heute Nachmittag hatten die Maschinen noch einwandfrei funktioniert, er hatte die Wasserbehälter geleert und …

Was war das? Verwundert bemerkte er, dass die Behälter wieder voll waren. In nur vier Stunden? Obwohl sie nicht liefen?

Da war etwas faul, dessen war sich Werner Blank jetzt ganz sicher. Er untersuchte den Einschaltknopf. Alles in Ordnung. Der Schalter stand auf ON.

Er sah zur Steckdose.

Da war etwas dazwischengeschaltet. Ein kleiner Kasten. Eine Zeitschaltuhr.

„Das gibt's doch nicht!", rief er wütend. Das war dreist! Brachte da einfach jemand eine Zeitschaltuhr an, ganz offensichtlich. Und er hatte nichts gemerkt! Unglaublich! „Na warte!"

Schnell entfernte er das Kästchen und steckte den Stecker in die Dose. Augenblicklich erfüllte lautes, nerviges Brummen den Raum.

Vermutlich hatte sich der Unbekannte im Laufe des Tages hereingeschlichen und irgendwo versteckt, um dann am Abend seine zerstörerischen Pläne umsetzen zu können.

Doch da hatte er nicht mit ihm gerechnet, dem aufmerksamen Hausmeister!

Voller Zorn marschierte er los. „Wo bist du?", brüllte er. „Was hast du gemacht?"

Seine Stimme hallte in den halbleeren Räumen wider. Die Szenerie hatte etwas Unheimliches, Bedrohliches.

Da! War da nicht ein leises Knarzen gewesen? Der Eindringling wollte flüchten!

Werner Blank schlich den Gang entlang, dorthin, wo er das Geräusch vermutete. Der Unbekannte würde sich ganz bestimmt nicht freiwillig zeigen, er würde ihn überraschen und dann überwältigen müssen.

In seinem Inneren tobte eine Mischung aus Angst, Wut und Zweifel. Vielleicht hatte er sich doch alles nur eingebildet, jagte einem Phantom hinterher.

Vielleicht gelang es ihm aber auch, den Schuldigen zu stellen und damit den unangenehmen Aktionen endlich ein Ende zu setzen. Dann würde er als Held gefeiert werden. Er, der Hausmeister, dem es zu verdanken war, dass das einzigartige Kaspar-Hauser-Erlebniszentrum pünktlich hatte fertiggestellt und eröffnet werden können.

Mit klopfendem Herzen spähte er um die Ecke. Der Gang war lediglich vom schummrigen Licht der grünen Notausgangsschilder beleuchtet.

Kein Laut war zu hören.

Er beschloss, sich eine Waffe zu suchen.

In dem Raum mit den Trocknungsgeräten hatte er einen Werkzeugkasten gesehen. Dort würde er sicher einen großen Schraubenschlüssel finden. Er lief zurück in den Raum, öffnete den metallenen Kasten und kramte nervös darin herum.

Da nahm er aus dem Augenwinkel im Türrahmen einen dunklen Schatten wahr.

Er sprang auf!

Doch noch bevor der die Tür erreicht hatte, wurde sie mit einem lauten Knall geschlossen und von außen abgesperrt.

# 2

Gerlinde Schlenk fröstelte. Nach den sommerlichen Temperaturen der vergangenen Tage fühlten sich die heutigen zehn Grad richtig kalt an. Zitternd zog sie sich ihren Pelzmantel fester um den Körper und lächelte in sich hinein. Das bisschen Frösteln nahm sie gerne in Kauf, denn sie liebte dieses Ritual am Abend, diese kleine, feine Spazierrunde von ihrer Wohnung in der Agnesgasse bis ans Ufer der Pegnitz. Vor allem seit Siggi bei ihr lebte.

Siggi war der kleine Dackel ihrer Nachbarin, der vor einem halben Jahr bei ihr eingezogen war. Nach dem Tod ihres Mannes konnte sich die Nachbarin nicht mehr um den Hund kümmern und hatte gefragt, ob sie ihn nicht zu sich nehmen wolle. Ansonsten müsse sie ihn ins Tierheim geben. Er sei aber ein reinrassiger Rauhaardackel von edler Abstammung mit edlem Namen: Siegfried von Hauenstein.

Gerlinde Schlenk hatte Mitleid mit Nachbarin und Dackel gehabt, den angeblich blaublütigen kleinen Kerl kurzerhand adoptiert und der Einfachheit halber in Siggi umbenannt.

Seither waren die beiden ein unschlagbares Team – die alleinstehende, alte Dame und der kurzbeinige, haarige Adelige.

Es war schon beinahe 23.00 Uhr.

Die Touristenströme verebbten allmählich, aus den Kneipen und Restaurants drang dumpfes Gelächter und Gemurmel. Autos fuhren um diese Uhrzeit keine mehr durch das Burgviertel – es galt das Nachtfahrverbot. Langsam und vorsichtig schlenderte die alte Dame die Albrecht-Dürer-Straße hinab. Mit ihren gut achtzig Jahren war sie auf dem rutschigen Kopfsteinpflaster nicht mehr so sicher unterwegs, und einen Rollator hatte sie keinen – das war schließlich etwas für alte Leute.

Nur noch wenige Fenster waren beleuchtet, in einigen war das flackernde, bläuliche Licht der Fernsehbildschirme erkennbar. Wenn sie ihre Runde beendet hatte, würde sie sich auch noch etwas vor den Bildschirm setzen und hoffen, in einem der unzähligen Programme eine späte Quizsendung oder einen spannenden Krimi zu finden. Vor zwei Uhr nachts würde sie ohnehin keinen Schlaf finden.

Ihren Mann hatte diese Unruhe immer gestört, aber seit sie alleine war, konnte sie tun und lassen, was sie wollte.

Und jetzt wollte sie spazieren gehen. Und Siggi auch.

Der Frühling war in vollem Gange, der Sommer schon greifbar. Nachts, wenn hier in der Altstadt alle Autos still standen, konnte sie die Düfte des Frühlings riechen. Immer wieder blieb sie stehen, lehnte sich an eine Mauer und schloss die Augen.

Inzwischen hatte sie die Weißgerbergasse erreicht. Wunderschöne, renovierte Fachwerkhäuser vermittelten dem Betrachter das Gefühl, in einer mittelalterlichen Gerbergasse zu stehen, doch wie Gerlinde Schlenk wusste, trog der Schein. Viele dieser Gebäude hatten zwar den Krieg nahezu unbeschadet überstanden, waren aber auch schon lange davor nicht mehr von Gerbern bewohnt worden.

Doch das störte die alte Dame nicht. Es sah wunderschön aus und das war für sie die Hauptsache.

Sie überquerte die Straße, passierte den Biergarten am Kettensteg, setzte sich auf eine Bank und legte eine kurze Pause ein. Hinter der Sandsteinmauer hörte sie den kleinen Fluss über das Wehr rauschen, roch den Geruch des aufgewühlten Wassers. Rechts von ihr, unterhalb der beeindruckenden Stadtmauer, spannte sich der Kettensteg über den Fluss. Zur Linken wurde der Weinstadel, das Henkerhaus und der dazugehörige hölzerne Steg von stimmungsvollem Licht beleuchtet. Die riesige Trauerweide mit ihrem frischen, dichten Blätterwerk machte das Bild perfekt. Manche mochten dieses Ensemble als kitschig bezeichnen, Gerlinde Schlenk liebte es. Es war eine ihrer Lieblingsecken in der Altstadt, etwas abseits der ausgetretenen Touristenpfade gelegen.

Normalerweise war Siggi an dieser Stelle immer eifrig damit

17

beschäftigt, unter den Büschen nach interessanten Gerüchen zu suchen, seine Nase in die feuchte Erde zu stecken und seine Duftmarken zu platzieren.

Doch heute war etwas anders.

Wie angewurzelt stand er plötzlich da, die Nase in die Luft gestreckt, die Nackenhaare gesträubt.

„Was ist denn los mit dir?", fragte Gerlinde Schlenk. „Es ist doch alles gut." Beruhigend streichelte sie ihm über den Rücken, doch anders als sonst schien dem kleinen Kerl die Berührung unangenehm zu sein. Jeder Muskel war angespannt, er war in Habachtstellung.

Was hatte ihr kleiner Freund gewittert? Sollte sie sich Sorgen machen?

Suchend sah sie sich um, spähte hinüber auf die andere Seite des Pegnitzufers. Wuchtig und erhaben thronte dort ein sechsstöckiges, turmähnliches Gebäude zwischen den niedrigen Häusern des Viertels. Dort sollte in wenigen Tagen ein neues Museum eröffnet werden. Mit einer Ausstellung über das Leben eines jungen Mannes, der vor über zweihundert Jahren gelebt hatte.

Sie konnte niemanden entdecken. Alles war wie immer.

In diesem Moment hörte sie Glas splittern und anschließend leise, verzweifelte Hilferufe.

Der Wind trug einen neuen Geruch heran, der nichts mit den blumigen Düften des Frühlings zu tun hatte, einen bedrohlichen, zerstörerischen Geruch.

Es roch nach Feuer!

Aus einem Fenster am Sockel des Hauses qualmte es!

Die alte Dame stieß einen spitzen Schrei aus und zog aufgeregt ihr Handy aus der Jackentasche. Zum Glück hatte sie sich vor kurzem überreden lassen, auch in ein solches modernes Gerät zu investieren – *falls mal etwas passiert.*

Jetzt gerade passierte etwas:

Das Gebäude am Pegnitzufer brannte!

Mit zitternden Fingern wählte sie die Notrufnummer.

„Hallo, mein Name ist Gerlinde Schlenk. Schnell, kommen Sie, im Kreuzgassenviertel brennt es! Ich glaube, da ist noch jemand drin!"

Erschrocken packte sie das Telefon ein und lief über die

Brücke auf das Gebäude zu. Siggi jaulte. Was sollte sie jetzt tun? Konnte sie wirklich helfen? Sie war eine alte, schwache Frau. Womöglich brachte sie sich selbst in Gefahr.

Da näherte sich ihr eine Person aus der Dunkelheit. Es war ein Mann in Sportkleidung mit Schildmütze auf dem Kopf und Stöpseln in den Ohren.

„Herr Nowak!", rief Gerlinde Schlenk erleichtert. Sie kannte den jungen Mann, der regelmäßig am späten Abend hier vorbei joggte und sich manchmal Zeit für einen kleinen Plausch nahm. „Gut, dass Sie da sind. Dort drüben brennt es!"

„Das habe ich auch gerade bemerkt. Haben Sie schon die Feuerwehr alarmiert?"

„Ja, sie ist unterwegs. Ich habe Hilferufe gehört. Ich glaube, es ist noch jemand in dem Gebäude."

„Wirklich? Das wäre ja furchtbar!"

Tom Nowak sprintete los und verschwand in einer Rauchwolke. Hinter sich hörte er noch Frau Schlenks Stimme. „Passen Sie auf sich auf!"

Beißender Qualm drang aus einem der Kellerschächte und brannte in seinen Augen.

„Hallo!", rief er und versuchte durch den Tränenschleier etwas zu erkennen. „Wo sind Sie?"

Ein Windstoß trieb den Rauch davon und machte kurz den Blick auf das Fenster frei. Die Scheibe war zerbrochen.

„Hier, ich bin hier!", hörte er eine schwache Stimme aus dem Keller. „Helfen Sie mir!"

Tom kniete sich neben den Gitterrost und sah nach unten. Er konnte kaum noch atmen. Jetzt erkannte er einen Mann, der ihm die Hände entgegenstreckte.

„Bitte helfen Sie mir!"

Kurzerhand packte er den Gitterrost und hob ihn auf. Einen Moment lang befürchtete er, der Rost könne verschraubt sein, doch zum Glück ließ er sich leicht anheben. Er schleuderte ihn zur Seite, packte die Hände des Mannes und zog mit aller Kraft.

„Herr Nowak! Wo sind Sie?", rief Frau Schlenk voller Sorge. War der junge Mann etwa in das brennende Gebäude hineingeklettert?

Inzwischen waren die Sirenen der Rettungsdienste zu hören. Sie wagte sich nicht näher heran. Die Sirenen wurden lauter. Das erste Blaulicht war zu sehen.

„Herr Nowak!", rief sie verzweifelt.

Im Sekundentakt fuhren Krankenwagen und Löschfahrzeuge vor, strömten Feuerwehrleute herbei, wurden Schläuche ausgerollt, Befehle gerufen.

Plötzlich tauchten die Umrisse zweier Menschen auf.

Gerlinde Schlenk saß mit einer Decke über den Schultern und dem Hund auf dem Schoß in einem der Krankenwagen und beobachtete fassungslos die gespenstische Szenerie. Der Rauch brannte in ihren Augen, sie zitterte am ganzen Leib. Im Fernsehen hatte sie so etwas schon öfter gesehen, aber noch nie selbst erlebt.

Alle Rettungsdienste waren vor Ort: Feuerwehr, Polizei, Krankenwagen. Vorbei war die Idylle, die Ruhe, die friedliche Atmosphäre. Überall standen Fahrzeuge, wurden Absperrbänder angebracht, Passanten und Anwohner beruhigt. Dichter Rauch waberte durch die schmalen Gassen, es stank nach verbranntem Kunststoff.

„Hier, Frau Schlenk. Das wird Ihnen gut tun." Ein freundlicher Sanitäter reichte ihr eine Tasse Tee und setzte sich zu ihr. „Wie geht es Ihnen?"

Der Tee war heiß und fruchtig süß, so wie sie es mochte. Sie trank in kleinen Schlucken und spürte, wie sie die Flüssigkeit von innen wärmte. Langsam beruhigte sie sich.

„Es geht schon. Wie geht es Herrn Nowak und dem anderen Herrn? Ist das einer der Bauarbeiter?"

„Nein, es ist der Hausmeister, er ..."

„Das ist fürchterlich! Der arme Mann", fiel ihm Gerlinde Schlenk ins Wort.

„Es ist nicht so schlimm wie es aussieht. Er hat eine leichte Rauchvergiftung und einige Verbrennungen."

„Und Herr Nowak? Er war so mutig! Ich hatte solche Angst um ihn."

„Es geht ihm gut. Ich würde sagen, die beiden hatten mehr Glück als Verstand. Durch Ihren Notruf und das mutige

Eingreifen von Herrn Nowak konnte Schlimmeres verhindert werden. Sie waren zur richtigen Zeit am richtigen Ort."

„Es freut mich, dass ich helfen konnte. Aber sagen Sie, was ist denn jetzt mit dem Museum? Die Leute geben sich doch schon seit Monaten so viel Mühe. Es wäre schade, wenn das jetzt alles umsonst war."

„Machen Sie sich keine Sorgen. Die Feuerwehr meinte, es war gut, dass Sie so schnell Alarm geschlagen haben. So konnte sich der Brand nicht weiter ausbreiten. Es ist wohl nur ein Raum im Keller betroffen. Nicht auszudenken, was passiert wäre, wenn Sie nicht so schnell zur Stelle gewesen wären." Er nickte ihr anerkennend zu. „Wir würden Sie gern zur Beobachtung mit ins Klinikum nehmen."

Gerlinde Schlenk schüttelte den Kopf. Die Besorgnis des Sanitäters rührte sie. „Nein danke, das ist nicht nötig. Aber vielleicht kann mich jemand nach Hause bringen? Ich wohne gleich dort drüben in der Agnesgasse."

„Das machen wir doch gerne, aber vorher möchte die Polizei noch einmal mit Ihnen sprechen."

Ein junger Mann mit Vollbart und Wanderjacke schaute in den Krankenwagen hinein. Der Mann kam ihr irgendwie bekannt vor.

„Frau Schlenk? Mein Name ist Torsten Klein von der Kriminalpolizei. Ich glaube, wir kennen uns."

Die alte Dame zuckte mit den Schultern. „Mein Gedächtnis ist nicht mehr das Beste."

„Sie haben doch vor zwei Jahren den Toten in den Felsengängen entdeckt."

„Ach ja, jetzt erinnere ich mich. Waren Sie damals nicht mit einer netten jungen Kollegin unterwegs?"

„Richtig. Sie hat inzwischen ein Kind mit sechzehn Monaten und kommt bald wieder aus der Elternzeit zurück."

„Das freut mich sehr. Passen Sie gut auf sie auf."

„Das mache ich. Darf ich Ihnen jetzt ein paar Fragen stellen?"

„Aber natürlich. Es ist alles so schrecklich."

„Die Feuerwehr hat gesagt, dass es noch viel schrecklicher hätte werden können, wenn Sie nicht den Notruf abgesetzt hätten."

„Das war doch selbstverständlich."

„Was haben Sie denn um diese Uhrzeit hier gemacht?"

„Ich war spazieren."

Torsten sah verwundert auf die Uhr. „Ist das nicht etwas spät für einen Spaziergang?"

„Wissen Sie, ich habe Schwierigkeiten beim Einschlafen und habe mir angewöhnt, mir jeden Abend noch ein bisschen die Beine zu vertreten."

„Und dann haben Sie den Brand bemerkt."

„Richtig. Zum Glück habe ich seit einigen Wochen ein solch modernes Telefon." Stolz zeigte sie ihm ein einfaches Handy mit extra großer seniorengeeigneter Tastatur. „Herr Attila hat mir gezeigt, wie man es bedient." Sie sah auf. „Den müssten Sie auch kennen. Ein ehemaliger Polizist, der jetzt auf der Trödelmarktinsel ein kleines Café betreibt. Ein äußerst charmanter Mann."

„Natürlich kenne ich ihn." Torsten lächelte die Dame an. „Haben Sie sonst noch irgendetwas Auffälliges bemerkt?"

„Was meinen Sie?"

„Vielleicht ein außergewöhnliches Geräusch? Eine Person? Ein Auto oder Motorrad?"

Frau Schlenk überlegte. „Hmm, ich glaube nicht. Es war so ruhig und friedlich wie immer montags um diese Zeit. Am Wochenende sieht das allerdings anders aus. Denken Sie, jemand hat das Feuer absichtlich gelegt?"

„Ich weiß es nicht. Das müssen die Fachleute erst noch untersuchen. Vielen Dank für Ihre Hilfe. Bitte melden Sie sich, wenn Ihnen noch etwas einfällt."

# 3

Der Hirsvogelsaal im Garten des Tucherschlosses war bis auf den letzten Platz gefüllt. Stühle wurden gerückt, Hände geschüttelt und letzte Telefonate geführt. Fotografen befestigten ihre Kameras auf den Stativen, Journalisten raschelten mit Papieren und klappten Laptops auf. Niemand hatte einen Blick für den wunderschönen Saal mit seinen rotgoldenen Wänden, dem aufwendigen Stuck und dem prachtvollen Deckengemälde. Alle warteten gespannt und neugierig auf den Hausherrn, hofften auf Neuigkeiten und Erklärungen, vielleicht sogar eine reißerische Titelstory für ihre Zeitung, den Radio- oder Fernsehsender.

Immerhin hatte Carl Johann Sigmund Theo Freiherr von Tucher interessierte Bürger und Pressevertreter eingeladen. Er wollte zu den dramatischen Ereignissen der vergangenen Tage Stellung nehmen. In knapp zwei Wochen sollte sein Lebenswerk eröffnen – das Kaspar-Hauser-Erlebniszentrum im Herzen der Stadt. Doch die Vorfreude wurde immer wieder durch Schmierereien und Sabotageakte getrübt. Der bisherige Höhepunkt war ein Brand, der zwei Tage zuvor im Keller des Gebäudes ausgebrochen war. Es war erheblicher Sachschaden entstanden und der Hausmeister leicht verletzt worden. Einzig dem Eingreifen zweier Passanten war es zu verdanken gewesen, dass nichts Schlimmeres passiert war.

Doch nicht nur deshalb waren so viele Menschen gekommen, es war auch die Eröffnung des Hauses selbst, das die Gemüter in der Stadt erhitzte. Seit fast zwei Jahrhunderten wurde das Thema Kaspar Hauser kontrovers diskutiert; Fachleute und Laien stritten sich über die Frage, wer der berühmte Findling nun tatsächlich gewesen war.

Viele Leute brachten ihn gar nicht mit Nürnberg in Verbindung. Kaspar Hauser gehöre nach Ansbach. Dort sei er ermordet worden, dort war er begraben. Was sollte er nun hier in Nürnberg und warum ließ man den armen Kerl nicht endlich in Ruhe?

Und dann waren da noch die glühenden Hauser-Verehrer, die es zu ihrem Lebensinhalt gemacht hatten, das Rätsel um den Jüngling aufzudecken und alle Welt von ihrer Meinung zu überzeugen. Trafen all diese verschiedenen Ansichten aufeinander, waren Konflikte vorprogrammiert.

Inzwischen waren auch alle Stehplätze belegt, doch noch immer drängten Menschen in den Saal. Es brodelte in der Menge. Die Ordner hatten Schwierigkeiten, die Leute zu beruhigen. Schließlich gelang es ihnen, die Tür zu schließen. Punkt 11.00 Uhr.

Alle warteten gespannt. Nichts passierte.

11.10 Uhr.

Die ersten Journalisten wurden unruhig. Schließlich hatte man noch weitere Termine im dicht getakteten Zeitplan. Unmut kam auf.

11.15 Uhr.

Freiherr von Tucher betrat den Raum. In seinem perfekt sitzenden karierten Anzug, dem seidenen Tüchlein um den Hals und dem altmodischen Spitzbart passte er eher in das beginnende 18. als in das 21. Jahrhundert. Hoch erhobenen Hauptes ließ er seinen Blick mit ernster Miene über die Anwesenden schweifen, nickte ihnen kaum merklich zu und setzte sich. Allein sein stolzes und würdevolles Auftreten ließ die Gespräche nach und nach verstummen. Alle spürten, dass das ein Mann war, der es gewohnt war, Befehle zu erteilen und deren Einhaltung wenn nötig auch mit harter Hand einzufordern. Trotz seines hohen Alters von über achtzig Jahren hatte er nichts von seiner Ausstrahlung verloren.

„Guten Tag, meine sehr verehrten Damen und Herren", begann er mit ruhiger Stimme. „Ich freue mich, dass so viele meiner Einladung gefolgt sind, wenngleich ich mir einen etwas angenehmeren Anlass für eine solche Veranstaltung gewünscht hätte." Er räusperte sich. Alle Augen waren teils erwartungsvoll, teils ungeduldig auf ihn gerichtet.

„Vor 184 Jahren wurde einem meiner Vorfahren ein junger

Mann, oder vielmehr ein Kind, anvertraut, dem das Schicksal übel mitgespielt hat."

Laute Zwischenrufe waren zu hören, doch Tucher fuhr unbeeindruckt fort.

„Damals wie heute bewegt uns seine Geschichte, ist das Rätsel um seine Herkunft noch immer ungelöst."

Der Lärm im Raum schwoll an.

„Mit der Eröffnung des Erlebniszentrums beziehe ich Stellung, setze ich meinem Ur-Ur-Ur-Großvater und seinem Mündel ein würdiges Denkmal. Natürlich weiß ich, dass es Menschen gibt, die meine Meinung über die damaligen Geschehnisse nicht teilen, aber ich werde dennoch meine ganze Energie dafür einsetzen, Kaspar Hauser vor den Anfeindungen dieser Leute zu schützen."

Jetzt war der Freiherr kaum noch zu verstehen.

„Hauser war ein Betrüger!", „Der sogenannte Mythos existiert nicht mehr!", „Das sind alles Unterstellungen!"

„Ruhe!", donnerte Tucher in das Mikrofon. „Ich werde nicht zulassen, dass im Rahmen dieser Veranstaltung Streitereien ausgetragen werden. Dies ist keine Diskussionsrunde! Ich habe Sie eingeladen, um Sie über den Stand der Dinge zu informieren. Also respektieren Sie das und verhalten Sie sich so, wie es sich für Gäste gebührt!"

Er atmete heftig. Schweißperlen glänzten auf seiner Stirn. Die Aufregung im Saal legte sich nur langsam.

„Wir leben in einem freien Land mit dem Recht auf freie Meinungsäußerung. Und wir leben in einem Land, in dem Gesetze gelten, in dem das Eigentum jedes Einzelnen geschützt wird. Niemand hat das Recht, den Besitz eines anderen zu zerstören."

„Kommen Sie endlich zum Punkt!", rief ein Journalist ungeduldig in die Menge. „Wurde der Brand vorsätzlich gelegt?"

In diesem Moment betrat eine schick gekleidete Dame mittleren Alters den Raum und setzte sich neben den Freiherrn. Ihr dunkelblondes Haar war zu einer kunstvollen Frisur hochgesteckt, das Gesicht perfekt geschminkt.

„Meine Damen und Herren", ergriff die Dame das Wort. „Mein Name ist Marta Niedermann. Ich bin die wissenschaftliche Leiterin des Erlebniszentrums und zudem zuständig für die Presse- und Öffentlichkeitsarbeit. Gerne werde ich Ihnen alle relevanten Informationen zukommen lassen und Ihre Fragen beantworten."

Allmählich kehrte wieder Ruhe ein.

„Wir alle wissen, dass bei diesem Thema viele Emotionen im Spiel sind. Um so wichtiger ist es, uns auf die Fakten zu konzentrieren."

„Dann liefern Sie doch endlich Fakten", unterbrach sie ein sportlich gekleideter, älterer Herr aus einer der hinteren Reihen. „Von wie vielen Sabotageakten sprechen wir inzwischen?"

„Wenn Sie mich ausreden lassen, kann ich Sie gerne informieren, Herr Biburger."

Marta Niedermann ließ sich nicht aus der Ruhe bringen, war ihr doch sowohl der Mann selbst, als auch seine provokante Art seit längerem bekannt.

Prof. Dr. Robert Biburger war Psychologe und einer der bekanntesten Kaspar-Hauser-Forscher der Region. Er galt als glühender Verfechter der sogenannten Betrüger-Theorie, also der Annahme, der berühmte Findling sei kein Spross des badischen Königshauses gewesen, sondern habe sich durch sein Auftauchen in Nürnberg nur Aufmerksamkeit in gehobenen Kreisen erschleichen wollen.

Auf etlichen Veranstaltungen waren Niedermann und Biburger in den vergangenen Jahren aufgrund ihrer völlig gegensätzlichen Meinungen wiederholt aneinandergeraten.

„Es gab seit Beginn der Umbauarbeiten immer wieder Schmierereien an der Fassade des Gebäudes", fuhr Niedermann fort.

„Zahlen, Frau Niedermann, uns interessieren Zahlen!", forderte Biburger lautstark. „Wenn das Haus noch vor der Eröffnung Ziel solch ablehnender und sogar zerstörerischer Aktivitäten wurde, ist wohl die Akzeptanz in der Bevölkerung doch nicht ganz so hoch, wie Sie immer behaupten."

Zustimmende Rufe wurden laut, doch Marta Niedermann lächelte amüsiert.

„Herr Biburger, Sie glauben doch nicht ernsthaft, dass

einzelne aufgesprühte Parolen die Meinung der ganzen Bevölkerung widerspiegeln? Jedes Projekt hat Gegner und Befürworter."

„Und was ist mit dem Brand?", setzte Biburger nach. „War es jetzt Brandstiftung, oder nicht?"

„Das konnte noch nicht zweifelsfrei geklärt werden", erklärte Niedermann geduldig. „Nach ersten Erkenntnissen sind nach einem Kurzschluss Kisten mit Holzwolle in Brand geraten."

„Und wie konnte so etwas passieren? Kann es sein, dass Sie die Brandschutzbestimmungen zu lax ausgelegt haben?"

„Herr Biburger, ich bitte Sie! Was sollen diese Unterstellungen?"

„Das sind keine Unterstellungen, das sind traurige Tatsachen. Es ist doch allgemein bekannt, dass allein durch eine aufmerksame Anwohnerin Schlimmeres verhindert werden konnte. Ich frage mich, warum die Brandmelder, die für ein solches Gebäude vorgeschrieben sind, nicht direkt mit der Feuerwehr verbunden waren? Haben Sie womöglich am falschen Ende gespart, Herr von Tucher?"

Der Freiherr atmete tief durch und zwang sich, ruhig zu bleiben, doch die pulsierenden Halsschlagadern verrieten, wie es in ihm rumorte.

„Was erlauben Sie sich?" Tucher visierte Biburger mit strengem Blick an. „Sie wissen so gut wie ich, dass es während der Bauphase nötig ist, die Brandmeldeanlage zeitweise außer Betrieb zu setzen. Denken Sie nur an den Staub, der beim Abschleifen der Gipskartonplatten entsteht."

„Jetzt erklären Sie uns bitte, warum die Anlage nicht wieder aktiviert wurde? Hat Ihr Personal geschlampt?", rief Biburger und sah sich triumphierend um. „Immerhin haben Sie durch diese Nachlässigkeit nicht nur Ihr eigenes Haus, sondern das ganze Kreuzgassenviertel gefährdet. Es gleicht einem Wunder, dass das Feuer nicht auf andere Gebäude übergegriffen hat. Und was sagen Sie zu dem Schimmel im Keller? Das ist doch gesundheitsgefährdend."

„Herr Biburger!", ging Marta Niedermann entschlossen dazwischen. „Ich habe keine Ahnung, woher Sie diese zweifelhafte Information haben, aber wir sind nicht verpflichtet, Ihnen gegenüber Rechenschaft über den Baufortschritt abzulegen. Seien Sie unbesorgt, bis zum Eröffnungstermin am 28. Mai wird das Gebäude über alle erforderlichen Sicherheitsstandards verfügen."

Robert Biburger lachte kurz auf. „Wie bitte? Das sind nur noch knapp zwei Wochen. Meiner Meinung nach ist der Termin nicht mehr zu halten."

„Die Eröffnung des Erlebniszentrums ist in keiner Weise gefährdet. Die unangenehmen Schmierereien und die Folgen des Brandes stellen zusätzliche Herausforderungen dar, die wir ganz sicher bis zum Pfingstmontag bewältigt haben werden."

Marta Niedermann hoffte, Biburger damit ruhig gestellt zu haben, doch dieser ließ nicht locker.

„Sie tun so, als seien alle Probleme mit der Eröffnung vom Tisch. In meinen Augen nimmt die Gefahr dann deutlich zu. Stellen Sie sich vor, die Sabotageakte gehen weiter, dann müssen die Besucher damit rechnen, selbst Opfer eines solchen Anschlags zu werden. Sind Sie sich Ihrer Verantwortung gegenüber Ihrer Mitmenschen überhaupt bewusst, Herr von Tucher?"

Die Stimmung im Saal kippte langsam. Hatte Biburger anfangs noch zustimmende Bemerkungen gehört, wurden die Leute zunehmend ungeduldig. Sicher hatte das Feuer im Museum für Aufsehen gesorgt, aber die wenigsten schlossen sich Biburgers Meinung an, die Sabotagen könnten die zukünftigen Besucher gefährden. Außerdem wurde bisher der Vorwurf der Brandstiftung nicht bestätigt.

Auch der Freiherr stöhnte innerlich auf. Er hatte mit der Eröffnung des Erlebniszentrums schon genug Hürden zu überwinden gehabt, musste er sich jetzt auch noch mit solchen Vorwürfen und Schreckensszenarien beschäftigen? Er fühlte sich unendlich müde.

„Ich denke, die Besucher werden in unserem Hause ebenso sicher sein, wie in jedem anderen Museum auch. Vielleicht geben wir jetzt auch den übrigen Herrschaften hier im Saal die Möglichkeit, Fragen zu stellen."

„Hier ist das letzte Wort noch nicht gesprochen!"

# 4

„Jetzt hat uns der alte Tucher sogar selbst noch eine Steilvorlage geliefert", freute sich Robert Biburger wenig später und lehnte sich zufrieden zurück. Gemeinsam mit seinem Mitstreiter Heinz Rauh saß er in einem kleinen Café und ließ die Veranstaltung im Hirsvogelsaal noch einmal Revue passieren. „Dieser Brand kam gerade zur rechten Zeit. Wenn wir ihm Mängel beim Brandschutz nachweisen können, kann er mit seinem Museum einpacken, noch bevor er eröffnet hat. Immerhin können wir schon jetzt etliche Erfolge verbuchen."

„Mag sein, aber er wird trotzdem das Haus eröffnen", warf sein Gegenüber ärgerlich ein. „Sagtest du nicht, dass du das auf alle Fälle zu verhindern weißt?"

Energisch legte er verschiedene Pressemeldungen auf den Tisch.

### HAUSER-MUSEUM SETZT NEUE MAßSTÄBE
Erlebniszentrum punktet durch sorgfältige Recherche und aufwendige Ausstattung

### NEUE KULTURELLE PERLE IN DER ALTSTADT
Eröffnung des Hauser-Museums steht kurz bevor

### KASPAR HAUSER ENDLICH AUCH IN NÜRNBERG
Freiherr von Tucher setzt dem *Kind Europas* ein würdiges Denkmal

### LEINENHEMD UND LEDERHOSE
Innovatives Museumskonzept läßt Besucher intensiv in die Welt Kaspar Hausers eintauchen

„Willst du noch mehr sehen?"

„Beruhige dich doch, Heinz", versuchte Biburger zu beschwichtigen. „Rom ist auch nicht an einem Tag erbaut worden."

„Bitte erspare mir deine pseudo-intellektuellen Vergleiche. Erkläre mir lieber, welche Trümpfe du noch im Ärmel hast."

„Welche Trümpfe brauchst du denn noch?" Biburgers gute Laune verschwand langsam. „Ich dachte, wir hätten uns darauf geeinigt, mit vielen kleinen Nadelstichen zu arbeiten, statt mit auffälligen, spektakulären Aktionen. Johanna hat hervorragende Arbeit geleistet."

Jetzt breitete auch er verschiedene Zeitungsartikel auf dem Tisch aus.

### FEUER IM KASPAR-HAUSER-MUSEUM
Ist Tuchers Lebenswerk am Ende, bevor es richtig begonnen hat?

### WANN GIBT TUCHER ENDLICH AUF?
Widerstand gegen umstrittenes Haus wächst

### WIEDER SCHMIEREREIEN AM HAUSER MUSEUM
Wer steckt hinter den Sabotageakten?

### VIEL GELD FÜR NICHTS?
Teure Museumsführungen mit zweifelhaftem Inhalt geplant

„Sie arbeitet gerade schon an dem Artikel zu dieser unsäglichen Veranstaltung heute Vormittag. Das wird den Freiherrn langsam zermürben."

Höhnisch lachte Heinz Rauh auf und beugte sich über den Tisch. „Das ist doch nur ein Tropfen auf den heißen Stein. Du siehst doch, wo die Artikel deiner Tochter erschienen sind. In kleinen, unbedeutenden Blättchen, die kaum einer liest. So können wir nicht Stimmung gegen Tucher machen. So nicht."

Biburgers Miene verdüsterte sich.

„Und was schlägst du vor? Sollen wir etwa das ganze Gebäude in die Luft jagen?" Wütend blitzte er Rauh an. „Sei doch mal ehrlich. Es war zu erwarten, dass das Museum bei den meisten Leuten gut ankommt. Wir konnten nicht davon ausgehen, dass das Haus durch ein paar Sprüche an den Wänden in Verruf geraten würde, oder? Im Gegenteil, die Leute haben ein so ausgeprägtes Gerechtigkeitsempfinden, dass sie sich eher noch mit Tucher solidarisieren, als die wissenschaftliche Korrektheit seines Projektes in Frage zu stellen."

„Hört, hört, der Herr Professor hat gesprochen", spottete Rauh. „Und wie gedenkst du, die *wissenschaftliche Korrektheit* in Frage zu stellen? Ich kann mich erinnern, dass du auch zugestimmt hast, als wir die einzelnen Aktionen besprochen haben."

„Ich war immer dafür, die Menschen über die neuesten Forschungsergebnisse aufzuklären", erwiderte Biburger gefasst. „Dann würde jedem Einzelnen klar werden, dass es noch nie einen Mythos Kaspar Hauser gegeben hat und die ganze Geschichte von vornherein ein groß angelegter Betrug war."

„Ach ja. Und wie willst du das schaffen? Noch mehr Bücher schreiben? Artikel in Fachzeitschriften? Vorträge halten? Interviews geben? Das machen wir seit Jahrzehnten und trotzdem ist die Welt davon überzeugt, dass dieser angeblich bedauernswerte Jüngling tatsächlich das Opfer höherer Mächte geworden ist und seine Kindheit in völliger Einsamkeit verbracht hat. Pah! Wir haben schon genug intellektuelle Anstrengungen unternommen, jetzt müssen handfeste Aktionen folgen, die endlich diesem unsäglichen Märchen vom eingesperrten Kind ein Ende setzen. Du weißt selbst am besten, dass es reichlich Studien gibt, die belegen, dass es niemals so gewesen sein kann, wie alle meinen."

„Erzähle du mir nichts von Studien. Die meisten davon stammen von mir. Wie sollen denn deine sogenannten Maßnahmen die längst überfällige Kehrtwende einleiten?" Robert Biburger verschränkte demonstrativ die Arme vor der Brust.

Rauh schlug mit der flachen Hand auf den klobigen Holztisch. „Schluss jetzt. Es ist doch so, dass sich mit Tuchers Museum der Glaube an den Mythos Kaspar Hauser noch weiter in der Bevölkerung verfestigt, dass immer mehr

Leute davon überzeugt sind, dass dieser Schwindler ernsthaft ein Spross des badischen Königshauses gewesen ist. Richtig?"

Biburger nickte.

„Damit haben es diejenigen, die engagiert versuchen, diesen Betrüger nachhaltig zu entlarven, immer schwerer. Auch richtig?"

Wieder zustimmendes Nicken.

„Dann sollte es unser oberstes Ziel sein, dafür zu sorgen, dass dieses Haus schnellstmöglich wieder geschlossen oder am besten nie eröffnet wird, auch, wenn es noch drastischere Maßnahmen erfordert. Der Brand war ein erster Warnschuss, der Wirkung gezeigt hat, und weitere werden folgen!"

# 5

Pfingstmontag, 28. Mai 2012

Ruhig und friedlich lag der Unschlittplatz in der warmen Maisonne. Das Wasser im Dudelsackpfeiferbrunnen plätscherte leise, die Glocken der nahegelegenen Sebalduskirche schlugen vier Mal. Kein Fuhrwerk rumpelte über das Kopfsteinpflaster, kein Händler pries seine Waren an. Jeder, der es einrichten konnte, verbrachte diesen wunderschönen Pfingstmontag im Grünen.

Die Tür des Hauses an der Ecke zur Mittleren Kreuzgasse öffnete sich und Georg Leonhard Weickmann, ein stattlicher Mann Mitte fünfzig, trat hinaus in die Sonne. Er atmete tief ein, zupfte sich sein stramm sitzendes Lederwams zurecht, schob den schicken schwarzen Hut in den Nacken und blickte sich suchend um.

„Guten Tag", hörte er kurz darauf die Stimme seines Freundes und Kollegen Jakob Beck, der ebenfalls in Sonntagsstaat gekleidet über den Platz geschlendert kam.

„Pünktlich wie immer", freute sich Weickmann und schüttelte dem Freund herzlich die Hand. „Wie geht es der Frau Gemahlin?"

Die beiden hatten sich zu einem kleinen Spaziergang verabredet und wollten gerade aufbrechen, als sie plötzlich eine seltsame Gestalt bemerkten. Es war ein etwa sechzehnjähriger Bursche in einfacher, bäuerlicher Kleidung, der den Bärleinhuter Berg heruntergetorkelt kam. Er machte einen jämmerlichen Eindruck, schwankte wie ein Betrunkener und konnte sich kaum auf den Beinen halten.

Die Schuster blickten sich verwundert an.

„Sieh doch, welch pudelnärrische Gestalt." Beck lachte kurz auf. „Kennst du ihn?"

„Nein, den habe ich hier noch nie gesehen." Neugierig ging Weickmann auf den Fremden zu, doch dieser nahm ihn kaum wahr. Die rot geränderten Augen des Jünglings waren zusammengekniffen, das Gesicht schmerzvoll verzerrt.

„Guten Tag, kann ich dir helfen?"

Der Bursche starrte ihn entgeistert an, wich ängstlich zurück, strauchelte und wäre beinahe hingefallen.

„Woiß nit", presste er mühsam hervor.

Weickmann sah den Jungen halb belustigt, halb besorgt an.

„Wo willst du denn hin?"

„Hoamweisen."

„Du willst nach Hause?", versuchte nun Jakob Beck sein Glück.

„Hoamweisen." Der Junge senkte den Kopf, presste sich die Hände auf die Ohren und stieß jämmerliche Laute aus, die eher tierisch als menschlich klangen.

Jetzt waren es die Schuster, die erschrocken zurückwichen und sich ratlose Blicke zuwarfen.

„Wo bist du denn zu Hause?" Weickmann wollte dem Fremden beruhigend die Hand auf den Arm legen, doch dieser schlug entsetzt um sich.

„Ä sechtene Reiter möcht ih wähn, wie mei Vottä wähn is."

„Was soll das denn heißen? Der Kerl ist doch nicht bei Sinnen. Komm, wir lassen ihn in Ruhe." Beck machte Anstalten zu gehen, doch sein Freund hielt ihn zurück.

„Warte! Wir können ihn doch nicht einfach hier stehen lassen. Sieh ihn dir an. Er braucht Hilfe."

„Ach was, wahrscheinlich spielt er uns nur etwas vor. Vielleicht ist er sogar gefährlich." Demonstrativ legte Jakob Beck die Hand auf die Stelle an seinem Gürtel, an dem ein kleiner Beutel mit Geld hing.

Der Fremde lallte unverständliche Laute und ab und zu ein „hoamweisen" oder „woiß nit" vor sich hin.

„So sieht doch kein Verbrecher aus." Weickmann sah ihn mitleidig an. „Wie heißt du?"

Welche Fragen der Schuster dem Unbekannten auch stellte, er erhielt immer die gleiche Antwort:

„Ä sechtene Reiter möcht ih wähn, wie mei Vottä wähn is."

„Jetzt reicht es aber. Ich habe genug von dem Theater."

Jakob Beck wurde ärgerlich. „Ich lasse mir meinen Spaziergang nicht von einem dahergelaufenen Schauspieler nehmen. Kommst du jetzt mit?"

„Er versteht meine Fragen nicht." Weickmann war ganz offensichtlich fasziniert von dem Burschen und ignorierte Becks Bemerkung. „Sieh mal, was er in der Hand hält. Das ist ein versiegelter Brief." Vorsichtig nahm er dem eigenartigen jungen Mann das Papier aus der Hand.

Neugierig geworden las auch Beck, an wen das Schreiben adressiert war:

*„An Titl. Hr:*
*Wohlgebohner Rittmeister bey der 4ten Esgataron bey 6ten*
*Schwolische Regiment*

*Nirnberg"*

„Ist das nicht Rittmeister Wessenig, der in der Nähe des Neuen Tors wohnt?", mutmaßte Weickmann. „Wir sollten den armen Kerl dorthin bringen."

„Das hat er sicher selbst geschrieben, um sich wichtig zu machen", bemerkte Beck abfällig. „Also ich möchte den Herrn Rittmeister heute am Feiertag nicht stören. Wir sollten ihn lieber zur Polizeiwache bringen. Sollen die doch sehen, was sie mit ihm anstellen wollen."

Weickmann seufzte. „Wahrscheinlich hast du recht. Gehen wir."

Die kleine Gruppe setzte sich gerade Richtung Maxbrücke in Bewegung, als eine laute Stimme ertönte:

„Vielen Dank für die eindrucksvolle Darstellung und einen kräftigen Applaus für unsere Schauspieler!"

Über zweihundert geladene Gäste aus Kultur und Politik auf der eigens für diesen Zweck aufgebauten Tribüne klatschen begeistert, als Carl Johann Sigmund Theo Freiherr von Tucher in die Mitte des Platzes trat. „Herzlichen Dank!"

Die drei Männer verbeugten sich, winkten kurz und verließen den Platz.

„So oder ähnlich dürfte es sich abgespielt haben, als Kaspar Hauser, der berühmte Findling, am Pfingstmontag des Jahres

1828 hier auf dem Unschlittplatz zum ersten Mal aufgetaucht ist", fuhr Tucher fort. „Wie die Geschichte
weiterging, dürfte den meisten von Ihnen bekannt sein. Der
bedauernswerte junge Mann wurde nur fünfeinhalb Jahre
später im Hofgarten von Ansbach erstochen. Wie auf seinem
Grabstein vermerkt ist, ist nach wie vor seine Herkunft
unbekannt und sein Tod dunkel."

Er machte eine Pause und ging gemessenen Schrittes über
den Platz.

„Damals wie heute ranken sich Mythen, Geschichten und
Spekulationen um seine Person, gibt es unzählige Veröffentlichungen, Biographien und Romane. Die Stadt
Ansbach hat ihm mehrere Denkmäler gesetzt, ihm sogar eine
eigene Abteilung im Markgrafenmuseum gewidmet. Und
das ist mehr als angemessen, wie ich meine."

Der Freiherr ließ seinen Blick ruhig über die Köpfe der
Besucher schweifen.

„Sehen wir uns um", forderte er das Publikum auf. „Hier hat
Kaspar zum zweiten Mal das Licht der Welt erblickt, hier
kam er zum zweiten Mal zur Welt. Was erinnert uns an
dieses bemerkenswerte Ereignis?"

Demonstrativ wies er mit ausgestrecktem Arm in Richtung
des Hauses an der Ecke zur Mittleren Kreuzgasse, aus dem
Schuster Weickmann kurz zuvor gekommen war.

„Eine bronzene Tafel an der Hauswand."

Er ließ seine Worte wirken.

„Eine bronzene Tafel an der Hauswand", wiederholte er
lauter und eindrücklicher.

„Lediglich eine bronzene Tafel an der Hauswand."

Langsam ließ er den Arm sinken.

„Ist dieser Stadt das Schicksal des bemitleidenswerten
Jünglingskindes nicht mehr wert als diese Tafel? Obschon er
beinahe doppelt so lange – und, wie ich behaupte, doppelt so
glücklich – hier gelebt hat als in Ansbach? Begegnet man
dort immer und immer wieder Zeugnissen seines Lebens und
Sterbens, so suchte man Ähnliches hier in Nürnberg bisher
vergeblich. Bisher."

Er kostete den Moment in vollen Zügen aus, den Moment,
auf den er jahrelang hingearbeitet hatte. Endlich war er am

Ziel, endlich konnte er das Erbe seines Ur-Ur-Ur-Großvaters vollenden und Kaspar Hauser den Platz in Nürnberg geben, den er in seinen Augen verdiente.

„Ich bin sehr glücklich, dass ich Ihnen heute, am Pfingstmontag des Jahres 2012, zweihundert Jahre nach der Geburt Hausers, das Kaspar-Hauser-Erlebniszentrum präsentieren darf, ein mit modernster Technik ausgestattetes Haus, das in Europa seinesgleichen sucht."

Ein anerkennendes Raunen ging durch die Menge.

„Welcher Standort wäre wohl besser für ein solches Projekt geeignet als das Gebäude am Kaspar-Hauser-Platz 12? Bitte folgen Sie mir."

Die metallene Tribüne knarzte, schepperte und schwankte, als sich die Gäste in Bewegung setzten. Laut schwatzend folgten sie dem Freiherrn, der mit stolz geschwellter Brust vorausging. Langsam schob sich der Tross durch die Untere Kreuzgasse und erreichte nach wenigen Minuten einen kleinen, von niedrigen Häusern gesäumten Platz, an dessen nördlichem Ende ein sechsstöckiges Gebäude emporragte.

## Kaspar-Hauser-Erlebniszentrum

stand über der modernen Glastür. Daneben hing das lebensgroße Bild eines jungen Mannes in einfacher Kleidung und schwarzen Stiefeln. In der einen Hand hielt er einen breitkrempigen Hut, in der anderen einen Brief. Es war die bekannteste Darstellung Kaspar Hausers, eine Radierung aus dem Jahr 1828, die die Besucher am Eingang begrüßen sollte, sie allerdings am heutigen Eröffnungstag eher in Erstaunen versetzte.

Quer über der Person des berühmten Findelkindes prangten leuchtend rote Buchstaben:

BETRÜGER

Ein älterer Mann in grauem Kittel versuchte mit diversen Lappen und Reinigungsmitteln die Schmierereien zu entfernen – bislang mit mäßigem Erfolg. Die Farbe war verschmiert, dünne rote Rinnsale liefen an Kaspars Beinen herunter und hatten bereits kleine Pfützen auf dem Pflaster hinterlassen.

Freiherr von Tucher seufzte resigniert. „Wann hört das endlich auf?"

„Es tut mir leid, aber das ist leider nicht alles", raunte ihm der Hausmeister zu und zog bedauernd die buschigen Augenbrauen nach oben. „Die beiden Fenster auf der anderen Seite sind auch beschmiert."

„Machen Sie weiter, Herr Blank, ich danke Ihnen für Ihre Mühe."

„Was ist denn hier passiert?" Eine junge Journalistin mit leuchtend roten Haaren drängte sich neugierig vor und winkte mit einer kleinen Handbewegung einen Fotografen nach vorne. „Haben Sie nicht bei der Veranstaltung im Hirsvogelsaal versprochen, Kameras installieren zu lassen? War nicht auch von einem Sicherheitsdienst die Rede? Wie kann es sein, dass es schon wieder zu Sabotageakten kommen konnte?"

Freiherr von Tucher straffte die Schultern, lächelte und versuchte Fassung zu bewahren.

„Ich denke nicht, dass wir diesen Lausbubenstreichen große Bedeutung beimessen sollten", entgegnete er mit fester Stimme. „In keinem Fall aber sollten wir uns dadurch diesen festlichen Anlass verderben lassen."

„Aber Herr von Tucher", setzte die Frau hartnäckig nach. „Die Öffentlichkeit muss doch erfahren, dass Ihr Haus erneut Ziel zerstörerischer Aktivitäten wurde." Die Kamera des Fotografen klickte unaufhörlich. „Können sich die Besucher hier überhaupt sicher fühlen?"

Der Freiherr war genervt. Musste ihn ausgerechnet jetzt diese aufdringliche Journalistin belästigen. Die junge Frau fiel nicht nur durch ihre grelle Haarfarbe und unzählige Piercings auf, mit denen sie ihr eigentlich hübsches Gesicht verunstaltet hatte, sondern vor allem durch ihre penetrante, unverschämte Art. Sie ließ Anstand und Höflichkeit vermissen, von Achtung oder Respekt gegenüber ihren Mitmenschen schien sie noch nie etwas gehört zu haben.

„Es ist doch hinlänglich bekannt, dass Sie sich mit dieser Einrichtung nicht nur Freunde gemacht haben. Wie man hört, ist die Stadt Ansbach nicht gerade begeistert von Ihrem Projekt. Von den Hauser-Gegnern ganz zu schweigen."

Tucher kannte die Frau bereits und war nicht gewillt, sich vor der gesammelten Prominenz der Stadt von jemandem provozieren zu lassen, deren Großvater er sein könnte.

„Liebes Fräulein Biburger", versuchte er gelassen, der Rothaarigen den Wind aus den Segeln zu nehmen, „ich denke, ich kann guten Gewissens die Verantwortung dafür übernehmen, dass im schlimmsten Fall einer der zahlreichen Besucher etwas mit roter Farbe beschmutzt wird. Wir haben eine gute Versicherung."

Johanna Biburger lachte höhnisch.

„Erzählen Sie mir doch nichts von roter Farbe. Die Menschen wollen kein Erlebniszentrum. Sie haben Angst, das Museum zu betreten. Dieses Projekt hat keine Zukunft. Es dient einzig und allein dazu, Sie selbst in Szene zu setzen."

Jetzt wurde ihr Tonfall herablassend, abfällig, respektlos.

„Bitte mäßigen Sie sich, junges Fräulein. Es steht Ihnen nicht zu, so mit mir zu sprechen."

Er wandte sich wieder den Gästen zu. „Und jetzt kommen Sie. Ich freue mich sehr, Sie durch die Abteilungen führen zu dürfen."

Er drehte sich um und wollte das Gebäude betreten, doch Johanna Biburger verstellte ihm den Weg.

„Wenn Sie kein Interesse an dem neuen Erlebniszentrum haben, dürfen Sie gerne den anderen Leuten den Vortritt lassen." Der Freiherr ignorierte die Provokationen, was ihm zunehmend schwer fiel.

„Natürlich habe ich Interesse an Ihrem Zentrum. Es ist doch spannend zu sehen, was die Gemüter hier in Nürnberg derart erhitzt."

Schweißtropfen rannen über Tuchers Schläfen, sein Gesicht wurde kalkweiß, er atmete schwer.

„Ah, der Hausherr wird langsam nervös", spottete Biburger und sah beifallheischend in die Menge, doch die Zustimmung für ihre Bemerkungen hielt sich in Grenzen – im Gegenteil. Nach anfänglicher Aufmerksamkeit wurden die Leute langsam ungeduldig und verärgert.

Selbst dem Fotografen war das Auftreten seiner Kollegin sichtlich peinlich.

„Komm, Johanna. Es reicht jetzt." Er zog sie am Ärmel ihres übergroßen, karierten Hemdes. „Lass uns gehen."

Widerwillig ließ sich die junge Frau beiseite ziehen.

„Sie hören, beziehungsweise lesen von mir, Herr Freiherr!", rief sie Tucher noch zu, doch dieser nahm sie nicht mehr richtig wahr. Er war leichenblass geworden, zitterte und schwankte, suchte Halt an der glatten Mauer.

„Herr von Tucher! Was ist mit Ihnen?" Marta Niedermann stürmte aus dem Gebäude so schnell es ihre hochhackigen Schuhe zuließen. „Geht es Ihnen nicht gut?"

„Alles in Ordnung", stieß Tucher mühsam hervor und winkte ab, was nicht gerade überzeugend wirkte.

„Kann ich behilflich sein?", meldete sich ein Mann aus dem Publikum. „Mein Name ist Dr. Ansgar Fröhlich. Ich bin Arzt."

„Das wäre sehr freundlich. Kommen Sie, wir bringen ihn hinein."

Gemeinsam führten sie den Freiherrn durch das Foyer in ein großzügiges Büro und ließen ihn auf einer bequemen Couch Platz nehmen.

„Es geht schon wieder", murmelte Tucher müde und wollte aufstehen, doch der Arzt drückte ihn sanft in das Polster zurück. „Bitte ruhen Sie sich einen Augenblick aus." Die Stimme des Mediziners klang freundlich aber bestimmt. „Ich bringe Ihnen ein Glas Wasser."

Mit zittriger Hand führte Tucher das Glas an den Mund und trank es in kleinen Schlucken leer. „Danke, das tat gut." Langsam kehrte wieder etwas Farbe in sein Gesicht zurück. Dr. Fröhlich nahm sein Handgelenk, fühlte den Puls und lächelte ihn aufmunternd an. „Versuchen Sie, ein wenig zu schlafen, dann wird es Ihnen gleich besser gehen."

„Vermutlich haben Sie recht. Es war einfach zu viel in den letzten Monaten. All diese Anfeindungen und Sabotagen." Er sank in sich zusammen, wirkte plötzlich um Jahre gealtert. „Warum sind die Leute nur so bösartig?"

„Ich weiß es nicht", meinte der Arzt einfühlsam und schüttelte ein Kissen auf. „Ruhen Sie sich aus. Ich bleibe hier bei Ihnen."

„Marta, die Gäste ..."

Die Dame beugte sich zu ihm herab und drückte seine eiskalte Hand. „Machen Sie sich keine Sorgen."

„Sie müssen sie durch das Haus führen."

„Das mache ich doch gerne. Wenn Sie sich nachher wieder besser fühlen, können Sie ja dazustoßen."

Tucher nickte schwach und schloss die Augen.

Marta Niedermann gab Dr. Fröhlich ein Zeichen und verließ mit ihm das Zimmer. Lautlos schloss sie die Tür.

„Herzlichen Dank für Ihre Hilfe", flüsterte sie dankbar. „Wie geht es ihm?"

Besorgt legte der Arzt die Stirn in Falten. „Das kann ich nicht so genau sagen. Dazu müsste ich ihn genauer untersuchen. Sie sollten dafür sorgen, dass er sich im Krankenhaus durchchecken lässt. In seinem Alter ist man nicht mehr so belastbar."

„Ich werde mich darum kümmern."

„Was meinte Herr von Tucher mit Anfeindungen und Sabotagen?"

„Bitte verzeihen Sie, aber darüber darf ich Ihnen keine Auskunft geben. Ich hoffe, Sie haben dafür Verständnis."

Dr. Fröhlich setzte eine ernste Miene auf. „Ich weiß, dass das Projekt umstritten ist – ebenso umstritten wie die ganze Geschichte um Hauser. Wir durften ja eben erleben, wie aufgeheizt die Stimmung ist. Warum tut er sich das an – in seinem Alter?"

„Einer seiner Vorfahren war der Vormund Kaspars. Er hat immer zu ihm gehalten, an ihn geglaubt. Jetzt sieht sich Herr von Tucher in der Pflicht, im Kaspar-Hauser-Gedenkjahr seinem Vorfahren mit diesem Haus quasi ein Denkmal zu setzen. Koste es, was es wolle."

„Passen Sie auf ihn auf", riet Dr. Fröhlich und betrat leise wieder das Besprechungszimmer.

Marta Niedermann holte tief Luft, warf einen kurzen Blick in ihren kleinen Taschenspiegel, zupfte die Frisur zurecht, zog schnell noch die Lippen nach und eilte hinaus zu den Gästen, die neugierig die Hälse reckten und aufgeregt tuschelten.

„Meine sehr verehrten Damen und Herren, liebe Gäste", begann sie mit selbstsicherer, souveräner Stimme. „Mein Name ist Marta Niedermann, ich habe die wissenschaftliche Leitung in diesem Haus und freue mich sehr, Sie zu unserer feierlichen Eröffnung begrüßen zu dürfen. Bitte machen Sie sich keine Sorgen um Herrn von Tucher. Es handelt sich nur um einen kleinen Schwächeanfall. Die Aufregung war vielleicht doch etwas zu viel für ihn. Er ist sicher bald wieder auf den Beinen. Bitte kommen Sie, ich freue mich, Ihnen die Ausstellung zeigen zu dürfen."

# 6

Die Schokolade blubbert im Wasserbad und verbreitet einen verführerischen Duft. Pralinenförmchen aus Silikon, bunt bedruckte Papiertütchen, blanchierte Mandeln, glitzernde Streusel, alles ist bereit.

Es kann losgehen.

Die vormals bauchigen, saftigen lila Kelche der wunderschönen Pflanze liegen vertrocknet vor mir.

Der Rote Fingerhut, auch Fingerkraut, Fuchskraut, Waldglöckchen, Waldschelle oder Schwulstkraut genannt.

So viele wohlklingende Namen und doch ist alles Leben aus dieser Pflanze verschwunden. Beinahe habe ich Mitleid mit ihr, möchte mich dafür entschuldigen, dass ich sie für meine Zwecke missbrauchen werde. Niemand wird sich mehr an ihrer Schönheit erfreuen können.

Ich habe sie gepflückt und vertrocknen lassen, um sie einer anderen, in meinen Augen notwendigen, ja sogar überfälligen Bestimmung zuzuführen.

So vorsichtig ich kann, lege ich die Blüten in den Mörser und reibe zart mit dem Stößel darüber, liebevoll, ehrfürchtig. Ich kann die tödliche Kraft regelrecht spüren. Sie drängt nach draußen, will sich entfalten, mit ihrem zerstörerischen Werk beginnen.

Doch noch ist es nicht soweit.

Geduld. Wir müssen Geduld haben.

Ich ziehe mir Handschuhe über, lege sicherheitshalber einen Mundschutz um. Man kann nie wissen.

Da liegen sie nun, zermalmt, pulverisiert und doch tödlich.

Sie ist schon verrückt, diese Sache mit dem Gift.

Wir alle leben tagtäglich in einem Giftschrank zwischen Salz, Muskatnüssen, Maiglöckchen, Oleander und, so seltsam es auch klingen mag, Sauerstoff und Wasser.

*Auf der Suche nach der passenden Substanz für mein Vorhaben habe ich erstaunliche Erkenntnisse gewonnen. Gifte wie Arsen und Zyankali sind jedem bekannt. Dass man aber auch an zu viel Wasser oder Sauerstoff sterben kann, war mir neu gewesen.*

*Es ist alles eine Frage der Dosierung.*

*In geringen Mengen ein Medikament, in höheren Mengen tödlich.*

*Unser Körper schützt sich davor, vergiftet zu werden, entledigt sich reflexartig all jener Substanzen, die zu bitter, zu sauer oder schlichtweg zu viel sind.*

*Die Herausforderung für Menschen wie mich besteht also darin, ein Mittel zu finden, das erstens leicht zu beschaffen ist, zweitens unauffällig verabreicht werden kann und drittens zuverlässig wirkt.*

*Ich bin fündig geworden.*

*Behutsam lasse ich den Inhalt des Mörsers auf ein Blatt Papier rieseln und lege dieses auf die Waage. Ein halbes Milligramm pro Tag verschreiben die Ärzte ihren Herzpatienten. Das Display der Waage zeigt 13,5mg an, verteilt auf zwölf Pralinen.*

*Das müsste reichen für Herzrhythmusstörungen, Übelkeit, Erbrechen, Kopfschmerzen, Sehstörungen und schließlich ... den Tod.*

*Die Aufregung steigt. Meine Hände schwitzen in den eng anliegenden Gummihandschuhen, als ich die bunten Krümel auf der heißen Schokolade verteile. Fasziniert beobachte ich, wie sie langsam in der duftenden braunen Flüssigkeit versinken. Noch einmal rühre ich um, verteile die todbringende Essenz gleichmäßig, fahre immer und immer wieder mit dem Schneebesen durch die zähe, glänzende und verlockend duftende Masse.*

*Fast bin ich versucht, mit meinem Finger eine kleine Kostprobe zu entnehmen, zu testen, ob die winzigen Blättchen tatsächlich in der Geschmacksexplosion der dunklen Schokolade untergehen.*

*Ich widerstehe der Versuchung.*
*Natürlich widerstehe ich der Versuchung!*
*Ich bin stark und weiß, was ich zu tun habe.*
*Mit ruhiger Hand fülle ich die Pralinenförmchen bis zum Rand. Immer wieder geht der eine oder andere Tropfen daneben. Ich muss mich konzentrieren, die Tropfen mit dem Lappen abzuwischen und nicht den Finger zu nehmen.*
*Vorsichtig streue ich glitzernde Streusel auf die eine Hälfte der Pralinen. Die übrigen verziere ich mit einer Mandel.*
*Fertig.*
*Stolz betrachte ich die kleinen Kunstwerke. Jetzt müssen sie nur noch fest werden, dann kann ich sie einzeln in Papiertütchen verpackt in die Schachtel legen, die ich aus einer bekannten Nürnberger Confiserie besorgt habe.*
*Auch der Anhänger mit den freundlichen Grüßen liegt schon bereit.*

*Genießen Sie die edlen Köstlichkeiten, Frau Niedermann.*

# 7

03. Juni 2012

Die Luft war mild, der tiefblaue Himmel mit einigen Schönwetterwolken garniert. Das Wasser der Pegnitz floss friedlich dahin, der Lärm vorbeifahrender Autos und schnatternder Touristen war kaum zu hören. Die Untere Wörthstraße lag wie eine Insel mitten in der Stadt, nur wenige Schritte vom pulsierenden Zentrum entfernt.

Kriminalhauptkommissarin Charlotte Gerlach öffnete die Haustür und schob einen Kinderwagen hinaus auf die schmale Gasse.

„Kommt ihr?", rief sie nach ihrem Mann Tim, der kurz darauf mit einem kleinen Jungen auf dem Arm die Treppe herunterkam.

„Hier sind wir. Es kann losgehen." Tim setzte das Kind in den Wagen und versuchte, es anzuschnallen, was diesem offenbar nicht behagte. Der Kleine bäumte sich auf, strampelte, jammerte und schlug um sich.

„Marek! Lass das! Bleib sitzen!" Mit hochrotem Kopf kämpfte Tim mit der Schnalle des Gurtes und den Armen und Beinen seines Sohnes. Amüsiert beobachtete Charlotte den ungleichen Kampf zwischen Vater und Sohn und schmunzelte. Es war ihr vollkommen klar, wer als Sieger aus diesem Duell hervorgehen würde.

„Na gut", kapitulierte Tim wenige Minuten später und stellte den Kleinen auf den Boden. „Wenn du meinst." Genervt wischte er sich mit dem Ärmel über die Stirn. „Sag einfach nichts", fügte er an Charlotte gewandt hinzu.

Diese konnte sich nur mit Mühe das Lachen verbeißen, griff nach der Hand des Jungen und spazierte los. Tim packte grummelnd den leeren Kinderwagen und tappte hinterher.

Ein ganz normaler Tag in einer ganz normalen Familie, fuhr es Charlotte durch den Kopf. Sie spürte eine Welle des Glücks, die sie durchströmte. Davon hatte sie immer geträumt: einen liebevollen Mann und ein, zwei oder mehr Kinder, wunderschöne, harmonische Spaziergänge durch die Stadt …

Gut, das mit der Harmonie hatte gelegentlich noch Luft nach oben, aber im Großen und Ganzen genoss sie ihre neue Rolle als Mutter. Seit etwa anderthalb Jahren war sie jetzt in Elternzeit. Seither stand für sie nicht mehr die Jagd nach Verbrechern auf dem Tagesprogramm, sondern kochen, waschen und putzen, aufräumen, wickeln und füttern. Dazwischen mal einkaufen, spielen und vorlesen. Nicht zu vergessen die verschiedenen Mutter-Kind-Gruppen, der PEKIP-Kurs und der Musikgarten. Sie hatte alles ausprobiert, um sich nicht zu langweilen. Zum Glück war Tim als Lehrer meistens am Nachmittag zu Hause und konnte sie unterstützen, aber all die Klassenarbeiten korrigierten sich auch nicht von alleine.

Der Job fehlte ihr – die Kollegen, das Büro, die Ermittlungsarbeit und sogar ihr Chef, mit dem sie ab und zu ins Stadion zu einem Heimspiel vom 1.FC Nürnberg ging.

Leider, oder Gott sei Dank, würde sich dieser Zustand bald wieder ändern. In weniger als einer Woche hatte sie ihren ersten Arbeitstag, dann würde sie mit anderen Problemen zu tun haben. Allen voran die Unterbringung und Versorgung des kleinen Marek.

Tim hatte mit Hilfe von Exceltabellen, einer speziellen Stundenplan-Software und weiteren Errungenschaften modernster IT-Technik einen ausgeklügelten Plan entworfen, in dem minutiös geregelt war, wer wann das Kind wohin zu bringen oder abzuholen hätte, wer für welche Hausarbeit zuständig wäre oder den Einkauf erledigen müsste.

Dieser Plan war ein Meisterwerk innovativer Logistik.

Tim hatte mehrere Tage daran gearbeitet und in jedem Punkt akribisch darauf geachtet, dass alle zu erledigenden Arbeiten erfasst, gleichberechtigt verteilt und dabei die Wünsche und Bedürfnisse aller drei Familienmitglieder in größtmöglichem

Maße berücksichtigt wurden.

Charlotte hatte so ihre Zweifel an der Realisierbarkeit des Werkes, würde sich aber eher die Zunge abbeißen, als Tim in seiner Euphorie zu bremsen.

Sie würden vermutlich schnell merken, ob und wie sich das detaillierte Konzept mit der keineswegs planbaren Tätigkeit einer Kriminalhauptkommissarin bei der Mordkommission würde vereinbaren lassen. Wahrscheinlich würde spätestens beim ersten Mordfall der ganze Plan wie ein Kartenhaus in sich zusammenfallen, alle noch so zukunftsweisenden Techniken versagen und etwas ganz anderes gefragt sein: Improvisation!

Und dafür war Charlotte zuständig.

Parallel zu Tim hatte sie sich so ihre eigenen Gedanken gemacht und Alternativen ausgelotet, auf die sie im Falle eines Falles spontan würde zurückgreifen können.

Mit zwei dieser Alternativen waren sie heute verabredet.

„Da ist ja mein kleines Goldstück!" Mariella stürzte auf den kleinen Jungen zu, hob ihn hoch und drückte ihn stürmisch an sich. „Bist du schon wieder gewachsen? Sieh doch, Attila, sein süßes Stupsnäschen."

Attila Benkö schüttelte lächelnd den Kopf und begrüßte Tim und Charlotte herzlich.

„Das ist aber schön, dass wir einmal alle zusammen etwas unternehmen können. Hast du keine Aufsätze auf dem Schreibtisch liegen?"

„Nein, keine Korrekturen und Unterrichtsvorbereitungen", erklärte Tim. „Schließlich sind Pfingstferien."

Attila stammte aus Ungarn und war jahrelang Charlottes Chef bei der Polizei gewesen. Vor etwa vier Jahren war er in Vorruhestand gegangen und hatte zusammen mit seiner Frau Mariella eine Espressobar am Trödelmarkt eröffnet.

Seither ging Charlotte gerne regelmäßig in das kleine *Café al fiume,* um Attila bei köstlichem Kaffee und Mariellas leckeren Keksen nach seiner Meinung zu aktuellen Ermittlungen zu fragen. Er war zwar nicht mehr im aktiven Polizeidienst, interessierte sich aber nach wie vor dafür, was sich im Präsidium so tat.

Seit Marek auf der Welt war und Charlotte als Mutter ins Café kam, fühlten sich Attila und Mariella zunehmend als Großeltern, zumal Tims Eltern leider schon verstorben und Charlottes Eltern vor einigen Jahren nach Oberbayern gezogen waren.

Attila hatte bereits drei Enkelkinder aus erster Ehe, doch die wohnten leider über tausend Kilometer entfernt in Ungarn, und er sah sie nur sehr selten. Mariella hatte keine Kinder und somit auch keine Enkel und war deshalb ganz vernarrt in den kleinen Marek. In ihrem Café hatte sie von den ohnehin nur spärlich vorhandenen Sitzplätzen vier entfernt und gegen eine Kinderspielecke ausgetauscht. So war sie jederzeit auf einen spontanen Einsatz als Leih-Oma vorbereitet. Es gab dadurch zwar weniger Plätze für *normale* Gäste, wie Attila anfangs argumentiert hatte, dafür kamen zunehmend Mütter, die es sich mit ihren Kleinkindern zwischen Bausteinen und Kuschelkissen auf dem Boden gemütlich machten – und auch Kaffee und Kekse konsumierten.

„Kann es sein, dass der süße kleine Mann müde ist?", fragte Mariella besorgt. „Ist es nicht längst Zeit für seinen Mittagsschlaf? Seht mal, er reibt sich schon die Augen."

Charlotte warf Tim einen vielsagenden Blick zu. Das war der Preis dafür, dass Mariella fast jederzeit als liebevolle, engagierte Oma zur Verfügung stand: Sie mussten damit leben, dass sie nicht alleine für die Erziehung zuständig waren, sondern jederzeit mit gut gemeinten Ratschlägen, Kritikpunkten und Tipps zu rechnen hatten. Tim nervte diese ständige Einmischung in die Erziehung manchmal, während Charlotte das ganz entspannt sah. Immerhin waren sie auf die Hilfe von Attila und Mariella angewiesen. Außerdem wusste sie, dass es diesbezüglich in anderen Familien auch nicht anders war.

Eine ganz normaler Tag in einer ganz normalen Familie.

Solange es nur darum ging, zu entscheiden, wann Marek schlafen ging …

Im konkreten Fall kam Charlotte der Mittagsschlaf ihres Sprösslings sehr gelegen, denn sie hatte vor, das neu eröffnete Kaspar-Hauser-Erlebniszentrum zu besuchen, das nur wenige Meter von ihrer Wohnung entfernt lag – und das war mit einem quengelnden Kleinkind im Schlepptau kein Vergnügen.

Inzwischen war Marek im Kinderwagen verstaut, mit einem leichten Deckchen zugedeckt und mit Schnuller und Schmusetier ausgerüstet.

„Ihr könnt gerne ungestört in das Museum gehen", verkündete Mariella und blickte liebevoll hinunter auf das müde blinzelnde Kind. „Wir beide machen einen ausgedehnten Spaziergang, nicht wahr, mein Schatz?"

„Ja, gerne, mein Schatz", antwortete Attila mit gespielter Eifersucht und legte seinen Arm um die Schultern seiner Frau. „Wenn du erlaubst, würde ich euch beide gerne begleiten. Was hältst du davon?"

Mariella lachte. „Aber sehr gerne. Ruft einfach an, wenn ihr bereit seid für Kaffee und Kuchen."

„Gut, machen wir", versprach Charlotte und hakte sich bei Tim unter. „Viel Spaß euch drei. Bis später."

„Das passt doch jetzt genau", freute sich Tim. „Es ist schon ein großes Glück, dass wir die beiden haben."

Charlotte grinste. „Auch, wenn es manchmal nervt."

Sie gaben sich einen Kuss und spazierten neugierig hinüber ins Kreuzgassenviertel.

„Ich habe in der Zeitung gelesen, dass der Initiator des Hauses bei der Eröffnung zusammengebrochen ist", berichtete Tim. Als Geschichtslehrer interessierte er sich sehr für Kaspar Hauser und hatte seine Frau schon damit angesteckt. Beide waren gespannt darauf, wie der Freiherr mit seinen Mitarbeitern das heikle Thema aufbereitet hatte, konnte man doch immer wieder von Anfeindungen und Sabotagen lesen. Vor einigen Wochen hatte es sogar einen Brand im Keller gegeben, bei dem beinahe ein Mensch ums Leben gekommen wäre.

„Ja, das habe ich auch gesehen. Das Projekt steht wohl unter keinem guten Stern", stimmte Charlotte zu. „Warum eigentlich? Es ist doch jetzt schon so lange her, dass der junge Mann hier in Nürnberg aufgetaucht ist."

Tim zuckte mit den Schultern. „Und trotzdem erhitzen sich nach wie vor die Gemüter an dem Rätsel um seine Herkunft.

Es soll bei Vorträgen und Diskussionsrunden regelmäßig zu aggressiven Auseinandersetzungen kommen. Auch nach fast zweihundert Jahren ist die Stimmung zwischen den beiden Lagern noch immer aufgeheizt."

Charlotte blieb stehen. „Aber warum denn? Ist seine Abstammung vom badischen Königshaus nicht längst schon durch diverse DNA-Untersuchungen bewiesen?"

Tim sah sich verstohlen um. „Das würde ich an deiner Stelle nicht so laut sagen", wisperte er geheimnisvoll. „Kaspars Feinde lauern überall."

Charlotte knuffte ihn scherzhaft in die Seite. „Witzbold! Komm, lass uns reingehen."

Vor dem Eingang hatte sich eine lange Schlange gebildet. Offenbar hatten die Schlagzeilen der vergangenen Wochen für reichlich Publicity gesorgt. Charlotte fragte sich, wie viele der Leute sich tatsächlich für Kaspar Hauser interessierten und wie hoch der Anteil der Schaulustigen war, die sich für die Zeit ihres Besuches das eine oder andere aufregende Spektakel erhofften.

Sie kamen schnell voran und hatten bald das große Bild von Kaspar erreicht, das neben der Glastür hing.

„Schau mal." Charlotte zeigte auf etliche rote Flecken auf dem Pflaster zu Kaspars Füßen. „Sieht aus wie Blut." Sie schüttelte sich. „Ist das nicht gruselig?"

Tim lachte. „Jetzt entspanne dich doch mal. Nicht alles, was rot ist, ist auch Blut."

„Das ist kein Blut", erklärte der Besucher, der hinter ihnen in der Reihe stand. „Bei der Eröffnung hatte jemand das Bild mit roter Farbe beschmiert."

„Ah, danke, das habe ich nicht gewusst." Tim wurde wieder ernst.

„Es gab in den letzten Wochen eine ganze Reihe von unangenehmen Aktionen", fuhr der Mann fort. Im Gegensatz zu manch anderen klang er angesichts der Vorfälle nicht sensationslüstern, sondern eher besorgt. „Das hat der alte Tucher nicht verdient. Es ist sein Lebenswerk, das sollte man respektieren."

„Da gebe ich Ihnen völlig recht", stimmte Tim zu. „Ich frage mich nur, warum es gerade dieses Haus so trifft. Mir sind keine ähnlichen Übergriffe auf das Markgrafenmuseum in Ansbach bekannt."

Der Mann nickte und senkte die Stimme. „Dort hat man auch die Geschichte um seine Gefangenschaft nahezu ausgespart und auch die Prinzentheorie nicht mit dieser Überzeugung dargestellt wie hier. Es kommt wohl nicht gut an, wenn man in der Öffentlichkeit zu deutlich Partei ergreift."

Charlotte hörte fasziniert zu. Dass das Thema um Kaspars Herkunft kontrovers diskutiert wurde, war ihr klar gewesen, dass dabei allerdings bis heute so viele Emotionen oder sogar Aggressionen im Spiel waren, hatte sie nicht gewusst.

# 8

Das Foyer war kühl und modern eingerichtet. Es gab einen kleinen Shop und einen gläsernen Kassentresen. Eine freundliche junge Frau sah sie erwartungsvoll an.

„Guten Tag und herzlich willkommen im Kaspar-Hauser-Erlebniszentrum. Möchten Sie das Haus eigenständig entdecken oder vielleicht einen Audioguide zu Hilfe nehmen? Sie können sich auch für die Erlebnisvariante entscheiden. Dafür müssten Sie allerdings mindestens drei Stunden investieren, könnten aber mit allen Sinnen in Kaspar Hausers Welt eintauchen. Gerne bieten wir Ihnen aber auch eine geführte Tour durch die Abteilungen an."

„Ach so ... also ich ..." Charlotte schielte leicht überfordert zu Tim hinüber. „Was meinst du?"

„Wir nehmen die Erlebnisvariante", entschied Tim. „Wer weiß, wann wir das nächste Mal die Gelegenheit dazu haben."

„Sehr gerne", lächelte die Dame an der Kasse. „Das macht dann zusammen 70 Euro."

Charlotte zuckte zusammen, während Tim völlig unbeeindruckt seine Kreditkarte in das Lesegerät steckte.

„Bitte warten Sie noch kurz dort drüben bei der Sitzgruppe." Die junge Frau reichte Tim die Eintrittskarten. „Es kommt gleich ein Kollege und versorgt Sie mit allem, was Sie für die Tour benötigen. Ich wünsche Ihnen viel Spaß."

Erstaunt zog Charlotte die Augenbrauen nach oben. „Was brauchen wir denn alles?"

Die Frau zwinkerte ihr lächelnd zu. „Lassen Sie sich überraschen."

„Na, da bin ich aber mal gespannt." Tim ließ sich in das weiche Polster eines ausladenden Sessels fallen. „Für diesen Preis müssen sie uns schon einiges bieten."

Charlotte war noch skeptisch. „Wie kann man bitte *mit allen Sinnen in die Welt von Kaspar Hauser eintauchen?* Sollen wir etwa ein original Plumpsklo benutzen?"

Tim grinste. „Wir werden es gleich erleben. Dort drüben kommt jemand mit schwerem Gepäck."

Tim wies auf einen Mann, der mit einem groben, braunen Sack über der Schulter zielsicher auf sie zusteuerte.

„Hallo und herzlich willkommen im Kaspar-Hauser-Erlebniszentrum. Mein Name ist Mark Schnitzler. Ich freue mich sehr, dass Sie sich für unsere einzigartige Erlebnistour entschieden haben. An verschiedenen interaktiven Stationen können Sie sich in die Person und das Leben Kaspars einfühlen und dadurch seine Geschichte und ihn selbst besser verstehen. Zu Beginn darf ich Sie in unsere Umkleideräume bitten. Kommen Sie!"

Charlotte riss entgeistert die Augen auf. „Umkleideräume? Aber was soll ich denn …?"

„Komm einfach mit." Tim wunderte sich offenbar gar nicht, griff nach ihrer Hand und zog sie hinter sich her in einen Raum, der sie an einen Umkleidebereich in einem Kaufhaus erinnerte.

Mark Schnitzler ließ den voll bepackten Sack auf eine der hölzernen Bänke fallen, zog mehrere altertümliche Kleidungsstücke heraus und reichte sie Tim.

„Sie bekommen von mir nun die Kleidung, die Kaspar getragen hat – originalgetreu nachgeschneidert und natürlich frisch gewaschen", setzte er mit einem belustigten Seitenblick auf Charlotte hinzu. „Ich kann Ihnen nur empfehlen, möglichst viel von Ihrer eigenen Kleidung auszuziehen, denn sobald Sie die kratzige Wolle und steife Lederhose am Körper spüren, werden Sie sich gleich ganz anders fühlen und schneller in Kaspars Situation hineinversetzen können."

Tim nahm die einzelnen Teile unter die Lupe, während Schnitzler erneut in seinem Sack wühlte. Kurz darauf hatte auch Charlotte ein schmutzig-weißes, grobes Leinenhemd, eine halblange Lederhose und ein Paar hohe Stiefel in der Hand.

„Ist das Ihr Ernst?"

Sie machte ein so hilfloses und entsetztes Gesicht, dass Tim laut auflachen musste.

„Jetzt stell dich nicht so an", prustete er. „Früher wären die Leute froh gewesen, solche Kleidung zu besitzen." Damit verschwand er hinter einem der Vorhänge.

Charlotte zog eine Grimasse.

Nach wenigen Minuten war er bereits fertig und bewunderte sich begeistert in einem der raumhohen Spiegel.

„Also, mir steht diese Kombination ausgezeichnet."

Inzwischen stand auch Charlotte vor dem Spiegel und sah ungläubig hinein. Sie war sich angesichts dessen, was sie da sah, nicht sicher, ob sie lachen oder weinen sollte. Das weite Hemd verdeckte ihre ohnehin nicht sehr üppige Oberweite gänzlich, während sich die steife Lederhose am Hintern so weit ausbeulte, dass man ohne Weiteres eine XXL-Windel darin hätte unterbringen können. Abgesehen davon klaffte im Hosenboden ein beachtliches Loch, weswegen Charlotte ihre Hose anbehalten hatte – trotz drohender Einbußen, was das *Einfühlen* betraf.

„Muss das sein?", brummelte sie missmutig und versuchte, sich am Rücken zu kratzen. „Kann ich nicht auch in weicher Baumwolle in die Welt Kaspars eintauchen?"

„Ich wusste gar nicht, dass du so unflexibel bist", meinte Tim ungnädig und kratzte ihr die juckende Stelle. „Das ziehen wir jetzt durch. Du wirst sehen, es wird eine einzigartige Erfahrung werden."

Sie verstauten ihre Kleidung und ihr Gepäck in einem der Schließfächer. Auch Handys, Fotoapparate und ähnliche Geräte mussten zurückgelassen werden, wie ein Schild an der Ausgangstür anmahnte.

Schließlich sollten die Besucher nicht durch Fotografieren oder das Schicken irgendwelcher Nachrichten abgelenkt werden.

Sehr zu Charlottes Missfallen durchquerten sie unter den Augen Dutzender amüsierter Besucher das Foyer und folgten der Beschilderung in Richtung

*Station 1 – Die Gefangenschaft.*

Während alle anderen Besucher die breite, hell beleuchtete Treppe hinuntergingen, blieb Schnitzler vor einer niedrigen, mit Eisen beschlagenen Holztür stehen, zog einen riesigen Schlüssel aus der Tasche und sperrte auf.

„Wir gehen jetzt hinunter ins Untergeschoss", er senkte die Stimme und fuhr mit einem geheimnisvollen Unterton fort, „dorthin, wo alles seinen Anfang nahm."

Charlotte war sich nicht mehr sicher, ob sie wirklich *mit allen Sinnen in die Welt von Kaspar Hauser eintauchen* wollte. Was genau sollte da seinen Anfang genommen haben? *Untergeschoss* klang in diesem Zusammenhang auch nicht gerade vertrauenserweckend. Worauf hatte sie sich da nur eingelassen? Unsicher griff sie nach Tims Hand.

Dieser schien keinerlei Zweifel an der Richtigkeit seiner Entscheidung zu haben. Mit leuchtenden Augen drückte er Charlotte einen Kuss auf die Wange und marschierte los. Aus dem schmalen, düsteren, mit flackerndem Licht beleuchteten Gang drang kalte, feuchte Luft und mit ihr ein Geruch nach Rauch und Moder.

„Willkommen im beginnenden 19. Jahrhundert." Schnitzler ließ seinen Gästen den Vortritt und schloss anschließend die Tür.

Charlotte schluckte.

Vielleicht sollten sie doch lieber auf die Variante mit dem Audioguide umschwenken?

Tim stupste sie von hinten an. Offensichtlich war es dafür zu spät. Jetzt musste sie da durch – und das im wahrsten Sinne des Wortes. Tapfer stolperte sie an Fackeln vorbei, die erst bei näherem Hinsehen als LED-Lichtinstallationen erkennbar waren. Das beruhigte sie etwas, war doch zumindest ein Funke des 21. Jahrhunderts vorhanden.

„Wir schreiben das Jahr 1828. Über 300 Jahre nach ihrer Blütezeit als wichtigste Handelsmetropole nördlich der Alpen, macht sich die Stadt Nürnberg auf zu neuen Ufern: die Industrialisierung schreitet voran", referierte der junge Mann, als sie einen kleinen Raum erreicht hatten, von dem aus weitere Türen abzweigten. An einer Seite hing ein breiter, schwarzer Vorhang.

„Hier im Wasserschloss von Pilsach nahe Neumarkt in der

Oberpfalz, etwa 40 Kilometer von Nürnberg entfernt, ist von all dem nicht viel zu spüren. Etwas abseits des Ortes gelegen ist dieses Gemäuer schon immer geheimnisumwitterter Schauplatz verschiedener Schauergeschichten gewesen. In diesen ersten Jahren des neuen Jahrhunderts erzählt man sich im Dorf, dass ein Kind irgendwo in dem leer stehenden Schloss gefangengehalten würde, ein Junge namens Kaspar."

Schnitzler riss theatralisch die Augen auf und machte eine bedeutungsschwangere Pause. „War ein Kind unartig, so droht man ihm mit den Worten: *Wenn du nicht brav bist, kommst du zu Kaspar ins Loch!* Seit über 10 Jahren kursiert diese Geschichte schon. Ob sie wahr ist, weiß niemand."

Damit schob Schnitzler den Vorhang zur Seite.

Charlotte atmete erschrocken ein.

Hinter einer Glasscheibe war eine niedrige, schummrig beleuchtete kahle Kammer erkennbar. Die einzige Verbindung nach draußen war ein enger Schacht, der durch meterdicke Mauern führte und an einem metallenen Gitter endete.

In der Mitte des Raumes saß ein verwahrlost aussehender Junge mit ausgestreckten Beinen und ausdruckslosem Blick auf einem Strohsack. Mechanisch schob er zwei weiße hölzerne Spielzeugpferdchen neben sich hin und her und stieß dabei unverständliche Laute aus. Auf dem festgestampften Lehmboden lagen verstreut mehrere bunte, schmutzige Bänder, ein kleiner Krug und ein hölzerner Teller. Der Junge nahm den Krug in beide Hände hielt ihn an den Mund und ließ die letzten Tropfen Wasser auf seine Zunge tropfen. Mit unglücklicher Miene schüttelte er das Gefäß, griff mit der Hand hinein, jammerte erbärmlich.

Gebannt starrte Charlotte auf den armseligen Jungen. Vergessen war das kratzige Hemd und die unförmige Lederhose. Sie erschrak, als plötzlich eine monotone Stimme ertönte:

*„Er wisse nicht, wer er selbst und wo seine Heimat sei. So lange er sich entsinnen könne, habe er immer nur in einem Loch (kleinem, niedrigen Gemach, das er zuweilen auch*

*Käfig nennt) gelebt, wo er bloß mit einem Hemd und ledernen, hinten aufgeschlitzten Hosen bekleidet und barfuß auf dem Boden gesessen sei. Er habe in seinem Gemach nie einen Laut gehört, weder von Menschen noch von Tieren noch von sonst etwas. Den Himmel habe er nie gesehen (...). Einen Unterschied zwischen Tag und Nacht habe er nie erfahren. Neben ihm habe sich im Boden ein Loch (wahrscheinlich mit einem Topf) befunden, in welchen er seine Notdurft verrichtet habe."*[1]

In diesem Moment ließ der Junge die Pferdchen stehen, rutschte auf dem Hosenboden in die Mitte des Raumes, hob einen Deckel an und setzte sich auf das Loch. Wenig später schloss er den Deckel wieder, rutschte zurück auf sein Lager und setzte sein Spiel mit den Pferdchen fort.

Mark Schnitzler öffnete eine niedrige Tür, die Charlotte gerade einmal bis zur Brust ging. Sie bückte sich und erkannte einen Raum, der genauso aussah wie der hinter der Glasscheibe: kahl, einsam, trostlos. Auch hier gab es einen Strohsack, zwei Holzpferdchen, einen Deckel im Boden.
„Hier haben Sie die Gelegenheit am eigenen Leib zu spüren, wie es Kaspar in all den Jahren seiner Gefangenschaft ergangen ist. Bitte."
Der junge Mann sah Charlotte aufmunternd an und deutete in das düstere Loch.
„Wie bitte?", stammelte sie. „Ich soll doch nicht etwa ...?"
„Das ist ja irre", entfuhr es Tim begeistert. Er sank auf die Knie, krabbelte hinein, setzte sich auf den Sack und sah sich fasziniert um. „Großartig!"
Noch bevor sich bei Charlotte eine gewisse Erleichterung breit machen konnte, öffnete Schnitzler die nächste Luke, schob Charlotte lächelnd hinein und ließ hinter ihr die Tür ins Schloss fallen. Das Geräusch hatte etwas Bedrohliches, Endgültiges, Grausames.
Dann war es still.
Eine Gänsehaut überzog ihren Rücken, sie fröstelte. Obwohl sie wusste, dass all das nur gespielt war, kroch Angst in ihr hoch, Hilflosigkeit, ein Gefühl des Ausgeliefert-Seins.

Fassungslos ließ sie sich auf das raschelnde Stroh sinken und lauschte in die tiefe Stille. Sie hörte nichts außer ihrem eigenen Atem. Kein entferntes Rauschen des Verkehrs, kein Vogelgezwitscher, keine Stimme, kein Lachen – nichts! Nur das Rauschen ihres Blutes, das Knistern des Strohs, wenn sie sich bewegte.

Sie dachte an einen Fall vor etwa zwei Jahren, als sie tief unten in den Felsengängen ermitteln musste, über sechzehn Meter unter der Oberfläche. Auch dort hatte es diese unfassbar kompromisslose Stille gegeben.

„Tim?", rief sie vorsichtig. „Hörst du mich?"

Keine Antwort.

„Tim? Hallo?"

Nichts.

War es wirklich möglich, dass man vor knapp zweihundert Jahren ein vierjähriges Kind in ein solches Verlies gesperrt und zwölf Jahre lang allein gelassen hatte? Sie bekam feuchte Augen bei der Vorstellung, ihr kleiner, unschuldiger, hilfloser Sohn müsste ein solches Schicksal erleiden.

Plötzlich riss sie ein lautes Scheppern aus ihren Gedanken. Sie fuhr erschrocken zusammen, als sich eine unscheinbare Klappe in der Wand öffnete. Wie von unsichtbarer Hand wurde ein grob geschnitzter Holzteller mit einem Stück Brot und ein Tonkrug hereingeschoben.

*„So oft er vom Schlafe erwacht, sei ein Brot neben ihm gelegen und ein Krug Wasser gestanden. Zuweilen habe das Wasser einen sehr bösen Geschmack gehabt; dann habe er bald nach dessen Genuss seine Augen nicht mehr offen halten können und habe einschlafen müssen; wenn er hierauf erwacht sei, habe er wahrgenommen, daß er ein reines Hemd anhabe und seine Nägel beschnitten seien. (...) In seinem Loch habe er zwei hölzerne Pferde gehabt und verschiedene Bänder dabei. Mit jenen habe er sich, solange er gewacht, zu jeder Zeit unterhalten; seine einzige Beschäftigung sei es gewesen, sie neben sich herlaufen zu lassen und die Bänder, die er gehabt, ihnen bald so bald anders aufzulegen oder umzuknöpfen. So sei ihm ein Tag wie der andere vergangen; er habe aber nichts vermißt, sei*

*nie krank gewesen, habe (...) nichts von Schmerz empfunden (...). "[1]*

Charlotte nahm den Krug zur Hand und schnupperte hinein. Wie weit würde Tucher wohl in seiner authentischen Darstellung der Ereignisse gehen? Bislang wirkte alles sehr echt. Dass allerdings Besucher wirklich betäubt und anschließend manikürt werden würden, bezweifelte sie dann doch. Trotzdem stellte sie sicherheitshalber das Gefäß zur Seite und nahm stattdessen das Brot zur Hand. Es war hart und augenscheinlich von einem großen Laib abgerupft worden. Charlotte roch Kümmel, Anis und andere Gewürze. Zaghaft knabberte sie an einer Ecke ein Stückchen ab. Es schmeckte gar nicht schlecht. Tim hatte ihr erzählt, dass sich Kaspar Hauser angeblich die gesamten zwölf Jahre seiner Gefangenschaft ausschließlich von Wasser und Brot ernährt haben sollte. Das war kaum zu glauben. Selbst wenn dieses Brot im Gegensatz zu unserem heutigen Weißbrot sicherlich mehr Nährstoffe gehabt hatte, so fehlte doch einiges zu einer ausgewogenen Ernährung. Das sei auch die Meinung der Hauser-Gegner, hatte Tim erklärt. Kaspar wäre deren Ansicht nach bei seinem Auftauchen niemals in einer so guten körperlichen Verfassung gewesen, hätte er eine so lange Zeit nur Wasser und Brot zu sich genommen.

*„Wie lange er in dieser Welt gelebt, wisse er nicht, weil er keine Zeit gekannt. Er könne nicht angeben, wann und wie er hineingekommen; habe auch keine Erinnerung, daß er jemals in seinem Leben sich in einem andern Zustand und anderswo als in jenem Ort befunden habe. Der Mann, bei dem er immer gewesen, habe ihm nichts zuleid getan. (...) Einmal habe sich der Mann in seinem Kerker eingefunden, habe ein Tischchen über seine Füße hergestellt, habe etwas Weißes, das er jetzt für Papier erkenne, vor ihm ausgebreitet, dann von hinten her, so daß er nicht habe von ihm gesehen werden können, seine Hand ergriffen und sei mit einem Ding, das er ihm zwischen die Finger gesteckt (Bleistift), auf dem Papier hin und her gefahren. Er (Hauser) habe nicht gewußt, was das sei, habe aber gewaltige Freude empfunden, als er die schwarzen Figuren*

*auf dem weißen Papier entstehen gesehen.*

*Als er seine Hand wieder frei gefühlt und der Mann ihn verlassen, habe er in der Freude über die neue Entdeckung nicht satt werden können, diese Figuren immer wieder von neuem auf das Papier zu malen. Über diese Beschäftigung habe er fast seine Rosse vernachlässigt, obgleich er nicht gewusst, was jene Züge bedeuten sollten. Der Mann habe auf dieselbe Weise seine Besuche zu verschiedenen Zeiten wiederholt. "[1]*

Benommen saß Charlotte drei Stunden später im Café, das ganz oben im sechsten Stock des Gebäudes eingerichtet war. Durch die gläserne Front hatte man einen beeindruckenden Ausblick auf die Dächerlandschaft der Sebalder Altstadt bis hinauf zur Burg. Charlotte hatte im diesem Moment keinen Blick für die herrliche Aussicht, sondern starrte geistes-abwesend auf ihren Cappuccino.

Nach dem Kerkeraufenthalt bei Schreibübungen, Wasser, Brot und unzähligen *Ä sechtene Reiter möcht ih wähn, wie mei Vottä wähn is* hatte sie zwei Schuster getroffen, Bekanntschaft mit einem freundlichen Gefängniswärter und einem Rittmeister gemacht und war von Professor Daumer unterrichtet worden. Sie hatte einen mysteriösen englischen Lord kennengelernt, musste nach Ansbach umziehen, wo sie schließlich von einem schwarz vermummten Mann umgebracht worden war.

Ihr schwirrte der Kopf, die Füße schmerzten, das Hemd kratzte nach wie vor. Noch immer hatte sie den Geschmack des harten Brotes im Mund, spürte sie das raschelnde Stroh unter ihrem Po, summten ihr die Ohren von den vielen Geräuschen, die nach den stillen Minuten im Kerker auf sie eingeprasselt waren. Man hatte sie herumgeschubst, ihr vorgeschrieben, was sie zu tun hatte, sie nicht ernst genommen. Am Ende hatte sie sich so intensiv mit der Person Kaspars identifiziert, dass sie einen Moment lang Angst gehabt hatte, tatsächlich von dem Unbekannten im (nachgestellten) Hofgarten von Ansbach erstochen zu werden.

Bisher hatte sie noch nie in einer Ausstellung so eindrückliche Erfahrungen gemacht, so authentische Erlebnisse gehabt. Nur langsam kehrte sie in die Realität zurück, drang der Duft nach frischem Kaffee zu ihr durch. Sie atmete tief ein und trank einen Schluck.

„Das war doch irre, oder?" Auch Tim hatte seine Tour beendet und setzte sich zu ihr. Ihm schienen die vergangenen Stunden nicht so zugesetzt zu haben. Begeistert strahlte er seine Frau an. „Die Tour war jeden Cent wert, was meinst du?"

Charlotte nickte. „Das auf jeden Fall."

„Für den ganzen Aufwand, den die betrieben haben, war es fast zu günstig", schwärmte er weiter. „All diese Kostüme und Schauspieler. Ich konnte mich sofort in Kaspar hineinversetzen."

„Der arme Kerl", stimmte Charlotte zu. „Da wird einem erst einmal richtig bewusst, wie gut es uns geht."

„Schön, dass es Ihnen gut geht", nahm eine freundliche Dame den Faden auf und wies auf einen freien Stuhl. „Mein Name ist Marta Niedermann. Ich habe hier die wissenschaftliche Leitung. Darf ich mich kurz zu Ihnen setzen?"

„Gerne."

„Darf ich fragen, wie Ihnen unsere Erlebnistour gefallen hat?"

„Ganz großartig", antwortete Tim überschwänglich. „Es ist wirklich eine fantastische Idee, die Besucher durch authentische Kostüme und Kulissen in die Zeit um 1828 eintauchen zu lassen. So erlebt man Kaspars Geschichte am eigenen Leib und nicht als Zuschauer aus der Distanz. Respekt."

„Vielen Dank für das Lob." Marta Niedermann lächelte stolz und wandte sich an Charlotte, die noch etwas blass um die Nase war. „Haben Sie die gleichen Erfahrungen gemacht?"

„Ja, das war wirklich etwas ganz Besonders. Ich hatte am Anfang noch so meine Zweifel, ob ich mich darauf einlassen soll, aber ich muss zugeben, dass es sich gelohnt hat."

„Das freut mich. Die Rückmeldung unserer Besucher ist uns sehr wichtig. Nur so können wir uns immer weiter verbessern. Es wäre schön, wenn Sie uns weiterempfehlen würden."

„Das werden wir auf jeden Fall tun. Danke für das außergewöhnliche Erlebnis."

„Als kleine Aufmerksamkeit geht heute Ihre Caférechnung aufs Haus." Frau Niedermann schüttelte den beiden herzlich die Hand. „Bestellen Sie sich doch gerne noch ein Stück Kuchen. Auf Wiedersehen und einen schönen Tag noch."

Erschöpft und glücklich schloss Marta Niedermann die Bürotür. Der letzte Mitarbeiter war gegangen, sie konnte einen weiteren erfolgreichen Tag des Erlebniszentrums verbuchen. Voller Vorfreude holte sie die Flasche Wodka aus dem Versteck, ließ sich auf die große Couch fallen und goss sich einen ordentlichen Schluck ein. Voller Wonne spürte sie, wie der Alkohol in der Kehle brannte und sich langsam in ihrem Magen ausbreitete. Ein kleiner Teil der Anspannung der vergangenen Wochen und Monate fiel von ihr ab. Nach all den Schwierigkeiten und Problemen ging es endlich aufwärts. Der Brand im Keller, die Schmierereien an den Wänden, die offenen Proteste der Hauser-Gegner und schließlich der Schwächeanfall des Freiherrn – all das hatte sie enorm belastet und unglaublich viel Energie gekostet. Doch sie hatte sich nicht unterkriegen lassen, hatte alles daran gesetzt, das Projekt in der angekündigten Zeit zu verwirklichen und das Haus pünktlich am Pfingstmontag des Jubiläumsjahres zu eröffnen.
Und das hatte sie auch geschafft.
Dafür hatte sie unglaublich viel Lob erhalten und war mit Geschenken überhäuft worden. Zufrieden nahm sie noch einen zweiten stärkenden Schluck und betrachtete die vielen Geschenkkörbe, Blumensträuße, Pralinen und Weinflaschen, die sich noch immer auf dem Besprechungstisch stapelten.
Manche Päckchen waren direkt an sie adressiert, an Marta Niedermann, die wissenschaftliche Leitung dieses Projektes, die mit unermüdlichem Fleiß, unzähligen Überstunden und fundiertem Fachwissen die Wünsche des Freiherrn realisiert hatte.
Schon lange hatte sie auf eine solche Gelegenheit gewartet. Zuvor hatte sie sich immer nur mit kurzen Zeitverträgen über Wasser gehalten, von einer kleinen Ausstellung zur

nächsten gehangelt, bis sie endlich den Auftrag bekommen hatte, Tuchers Traum zu verwirklichen.

Endlich hatte sie ihr Potenzial einsetzen, ihre ganze Kompetenz beweisen können. Geld hatte bei der Umsetzung keine Rolle gespielt, sie hatte aus dem Vollen schöpfen können. Paradiesische Zustände, sah man von den verschiedenen Attacken und Anschlägen einmal ab.

Sie seufzte zufrieden, gab sich der wohlig warmen Wirkung des Alkohols hin und griff nach einer aufwendig verpackten Schachtel mit den feinen Trüffeln. Sie stammten aus einer der besten Confiserien Nürnbergs. Jede Praline war mit dunkler Schokolade umhüllt und verschiedenen Dekorelementen versehen – echte Handarbeit, keine Ware vom Fließband.

Ein gold schimmernder Anhänger verriet, wer der edle Spender dieser Köstlichkeiten war:

*Die besten Glückwünsche zur Eröffnung und viel Erfolg*
*wünscht*
*Prof. Dr. Robert Biburger*

Marta Niedermann lachte laut auf.

Biburger! Robert Biburger! Professor Dr. Robert Biburger! Dieser Heuchler!

Er, der ununterbrochen in der Öffentlichkeit ihre Arbeit kritisierte, ihr ständig seine missratene Tochter auf den Hals hetzte, um für negative Presse zu sorgen.

Der sie erst vor knapp zwei Wochen im Hirsvogelsaal verbal attackiert und ihr Nachlässigkeit unterstellt hatte.

Der militante Hauser-Gegner, dem Tuchers Projekt schon von Beginn an ein Dorn im Auge gewesen war, der angeblich erdrückende wissenschaftliche Beweise dafür hatte, dass Kaspar Hauser niemals so lange alleine in einem Kerker gesessen haben und keinesfalls der Sproß des badischen Königshauses gewesen sein könnte.

Dieser Robert Biburger schickte ihr teure Pralinen?

Wahrscheinlich steckte doch eher seine exzentrische Gattin dahinter.

Gisela Durgamaya Biburger. Lächerlich! Vollkommen

lächerlich! Vor einigen Jahren hatte sie sich diesen spirituellen Namen zugelegt. In aller Öffentlichkeit hatte sie sich als Yoga-Meisterin bezeichnet.

*Durgamaya – die Kraft der göttlichen Mutter.*

Marta Niedermann konnte mit diesen esoterischen Dingen nichts anfangen, war dazu viel zu wissenschaftlich und rational. Trotzdem war sie stets bemüht, die Meinungen und Ansichten ihrer Mitmenschen zu respektieren, was ihr allerdings bei Gisela Durgamaya besonders schwer fiel.

Diese Person war einfach unerträglich, drängte sich bei jeder sich bietenden Gelegenheit in den Vordergrund. Ihrem ebenfalls ausgesprochen geltungssüchtigen Mann dürfte das so gar nicht gefallen.

Egal, das war nicht Martas Problem. Sie feierte heute mit ihrem geliebten Wodka und den vermutlich spirituellen Pralinen ihren Erfolg. Sollten doch die Biburgers machen, was sie wollten, jetzt war es an der Zeit, sich selbst mit drei oder vier, vielleicht auch fünf oder sechs Kugeln feinster Schokolade zu belohnen. Aus den fünf oder sechs wurden schließlich zehn, gefolgt von dem einen oder anderen Schlückchen Wodka.

Die bunte Pracht auf dem Tisch drehte sich vor ihren Augen, die Schokolade klebte in ihrem Mund. Sie fühlte sich zufrieden und unendlich müde.

Mühsam sah sie auf ihre Uhr. Eigentlich müsste sie noch in der Ausstellung nach dem Rechten sehen. Doch sie konnte das Display nicht erkennen, fühlte sich schwindelig und bleischwer.

Vielleicht hätte sie doch nach dem ersten Glas Wodka und zwei Trüffeln Schluss machen sollen. Sie konnte keinen klaren Gedanken mehr fassen.

Nur eine halbe Stunde schlafen, dann würde sie wieder fit sein und mit neuem Schwung und Elan an die Arbeit gehen.

Nur eine halbe Stunde ...

Sie ließ sich in die großen Kissen sinken und fiel augenblicklich in einen traumlosen Schlaf.

# 9

Der Umkleideraum füllte sich langsam.

In einer Dreiviertelstunde würde das Haus öffnen, dann müssten alle bereit sein: Kaspar, die Schuster Weickmann und Beck, der Gefängniswärter Hiltel, Rittmeister Wessenig. Die fünf jungen Männer stopften T-Shirts, Shorts und Turnschuhe in ihren Spind und zogen sich stattdessen grobe Hemden, steife Hosen und für die Jahreszeit viel zu warme Strümpfe über.

Adrian, der heute als Rittmeister eingeteilt war, strich ehrfürchtig über die goldenen Knöpfe an seiner edlen, prunkvollen Uniform. Das Kostüm war zwar schwer und ziemlich eng, verlieh aber seinem Träger eine würdevolle Eleganz, die alle körperlichen Unannehmlichkeiten wieder wettmachte. Es war schon erstaunlich, wie sich Kleidung auf die Körperhaltung und das Lebensgefühl auswirken konnte.

Jeden Morgen konnte Adrian beobachten, wie seine Schauspielkollegen als gleichberechtigte junge Leute den Umkleideraum betraten, um ihn wenig später entweder hoch erhobenen Hauptes als Rittmeister, als Schuhmacher oder als verwahrloster, desorientierter Jüngling wieder zu verlassen.

Auch er selbst spürte mit jedem Teil, das er anzog, wie er sich mehr und mehr mit der entsprechenden Figur identifizierte, mehr und mehr zu einem großherzigen Gefängniswärter oder einem stolzen Soldaten wurde. Es war schon immer sein Traum gewesen, in verschiedene Rollen zu schlüpfen, auf der Bühne zu stehen, sich zu zeigen.

Missmutig dachte er an den ewigen Streit mit seinen Eltern, die ihn am liebsten als braven Handwerker sehen würden. Er würde dann von Montag bis Freitag von 7.00 bis 16.00 Uhr auf diversen Baustellen unterwegs sein, in fünf Jahren seinen Meister machen und den Betrieb seines Vaters übernehmen.

Adrian legte voller Zorn die Stirn in Falten.

Niemals!

Niemals würde er in die Fußstapfen seines Vaters treten.

Niemals!

Er konnte seit Jahrzehnten beobachten, wie die Arbeit im Betrieb seine Eltern auffraß, ihnen jede Freizeit raubte. Und wofür? Für einen lächerlichen Gewinn und tagtäglichen Ärger mit Angestellten und Kunden.

Danke, nein!

Die Bühne war seine Welt, die Scheinwerfer, das Publikum, der Applaus.

Er würde sich bei der Schauspielschule in München bewerben, träumte von anspruchsvollen Rollen, lukrativen Engagements, einer Karriere als Filmschauspieler.

Und dafür brauchte er Geld.

Der Job in diesem Museum taugt zwar wenig als Referenz für die Bewerbung – dafür waren die Spielsequenzen nicht anspruchsvoll genug – aber er war gut bezahlt. Außerdem konnte der Kontakt zu Leuten wie Marta Niedermann oder dem Freiherrn von Tucher nicht schaden.

Lange würde er nicht hier bleiben und an der Seite irgendwelcher unbegabten Studenten dieselben Sätze herunterleiern. Sobald er das nötige Kapital zusammen hätte, würde er von hier verschwinden.

Und das war bald soweit.

Mit einer Mischung aus Mitleid und Schadenfreude schielte er zu seinem Kollegen Jonas hinüber, der heute den Kaspar spielen sollte.

Während der Proben war jeder von ihnen ein paar Mal in schmutzig weißem Hemd und löchrigen Lederhosen in die Rolle des Findlings geschlüpft, hatte sich daran versucht, die Einsamkeit und Resignation Kaspars überzeugend darzustellen – mit ganz unterschiedlichem Ergebnis. Adrian selbst hatte sich sehr schwer getan mit dieser Rolle als schweigsamer, dümmlich wirkender Jüngling. Er hatte erhebliche Schwierigkeiten damit gehabt, so lange nahezu reglos auf dem Strohsack zu hocken und später lediglich einzelne Worte zu stammeln.

Da war ihm der elegante Rittmeister doch bedeutend lieber.

Die Rolle war wie für ihn gemacht. In schicker Uniform, dekoriert mit reichlich Auszeichnungen und Orden, spielte er eine angesehene Respektsperson, die es gewohnt war, Befehle zu erteilen. Er genoss es, in den kurzen Sequenzen, in denen der Rittmeister auftauchte, seine ganze Macht und Stärke auszuspielen. Es gefiel ihm, wenn alle die Köpfe vor ihm neigten, ihm kompromisslos folgten, keine Widerworte wagten – auch wenn all das Teil des Drehbuchs war.

Jonas hingegen war der Part Kaspar Hausers auf den Leib geschneidert. Der junge Mann war stets zurückhaltend, bescheiden und beinahe unterwürfig. Selten ergriff er das Wort, suchte so gut wie nie die Gesellschaft der anderen. Seine Körperhaltung war gebeugt, sein Blick ausweichend. Hinzu kamen noch die stets ungekämmten, wirren Haare und der abwesende Gesichtsausdruck. Er sah aus, als sei er gerade einmal sechzehn, dabei hatte er angeblich bereits vier Semester Geschichte studiert, müsste also mindestens Anfang zwanzig sein.

Adrian hatte ihn einmal danach gefragt, wie alt er denn sei und was er gerade so mache. Schließlich waren die fünf Männer während der vergangenen Wochen viel zusammen gewesen, hatten viel geprobt und besprochen. Jonas' Antwort war sehr kurz ausgefallen. Er hatte Adrian unmissverständlich zu verstehen gegeben, dass er keinen Wert darauf legte, mit ihm ins Gespräch zu kommen.

Er war ein komischer Kauz, darin waren sich alle einig. Selbst ohne Kostüm wirkte er so linkisch und unbeholfen, wie Kaspar es gewesen sein müsste. Er spielte die Rolle mit einer Überzeugung und Leichtigkeit, als entspräche sie genau seinem eigenen Wesen.

Vermutlich war es auch so.

Adrian wusste nicht viel über seinen Kollegen, außer, dass er der Sohn der wissenschaftlichen Leiterin des Hauses war, was mehr als erstaunlich war.

Marta Niedermann war eine weltoffene, gebildete, attraktive Frau, die es mit Charme, Kompetenz und dem nötigen Biss geschafft hatte, trotz erheblicher Widerstände das Museum zum angekündigten Zeitpunkt zu eröffnen. Ohne ihre Unterstützung hätte Freiherr von Tucher noch lange auf die

Realisierung seines Traumes warten müssen.

Dass nun dieser schüchterne, manchmal sogar geistig etwas zurückgeblieben wirkende junge Mann der Sohn dieser eloquenten, extrovertierten Dame sein soll, war in Adrians Augen unbegreiflich.

„Alles klar, Kaspar?", rief er Jonas zu, als er alle Knöpfe geschlossen, die Schärpe angelegt und ein letztes Mal über die ohnehin schon blank polierten Stiefel gewischt hatte. Er kam, wie man so schön sagte, aus *gutem Hause* und hatte gelernt, seinen Mitmenschen respektvoll zu begegnen, aber im Falle des zusammengesunkenen, vor sich hinstarrenden jungen Mannes war er immer häufiger versucht, sich über ihn lustig zu machen.

Jonas nickte und stand auf. Er sah so jämmerlich aus in seinem viel zu großen Hemd und dem ausgebeulten Hosenboden, dass Adrian jeder Spott im Hals strecken blieb.

„Weißt du schon, wieviel Leute sich heute angemeldet haben?", fragte er ihn stattdessen und sah auf die Uhr. „Deine Mutter müsste schon längst hier sein."

Marta Niedermann war in der ersten Woche immer eine halbe Stunde vor der Öffnung des Hauses zu ihnen in die Kabine gekommen, um den Zeitplan des Tages durchzugehen. Manche Leute hatten bereits im Vorfeld eine Erlebnistour zu einer bestimmten Zeit gebucht, andere würden sich im Laufe des Tages spontan entscheiden. Alle Schauspieler mussten wissen, wann sie in welcher Rolle gebraucht werden würden. Nach den Erfahrungen der ersten Tage kam die Tour sehr gut an, und das war gut so, denn der Einsatz der Schauspieler, der Kostüme und anderer Elemente war sehr kostspielig.

„Ich weiß es nicht", nuschelte Jonas. „Ich habe sie heute noch nicht gesehen."

„Wie das denn?", wunderte sich Adrian. „Du wohnst doch noch zu Hause, oder?" Auch die Tatsache, dass jemand mit über zwanzig Jahren noch bei seinen Eltern wohnte, war für ihn ziemlich ungewöhnlich und, was ihn selbst betraf, völlig undenkbar.

Jonas hob langsam den Kopf und sah ihn durchdringend an. Dieser Blick ging Adrian durch Mark und Bein, hatte etwas

Unheimliches, Diabolisches.

„Ich habe sie heute noch nicht gesehen", wiederholte er langsam und eindringlich. Adrian lief ein Schauer über den Rücken.

„Ist Frau Niedermann bei euch?", ertönte in diesem Moment die Stimme von Erika, die schwungvoll die Tür aufgerissen hatte. Sie arbeitete im Büro, war die gute Seele des Hauses, immer gut gelaunt, immer mit einem offenen Ohr für alle, nie gestresst. Jetzt wirkte sie allerdings angespannt und ungewohnt hektisch. „Sie müsste längst da sein. Jonas, weißt du, wo sie steckt?"

„Nein", antwortete der Angesprochene kurz und stürmte an ihr vorbei ins Foyer.

Fragend blickte ihm Erika hinterher. „Was war das denn? Was ist los mit ihm?"

Adrian zuckte mit den Schultern. „Bei dem weiß man doch nie, was los ist."

„Adrian!", schimpfte Erika. „Ihr solltet euch langsam mal zusammenraufen. Immerhin seid ihr ein Team."

„Ist in Ordnung, Mama", scherzte er und zwinkerte ihr freundschaftlich zu. „Aber jetzt müssen wir los. Die ersten Gäste stehen bestimmt schon vor der Tür. Wo ist denn jetzt die Chefin?"

„Ich habe gehofft, sie ist bei euch." Erika klang zunehmend besorgt.

„Dann ruf sie doch an."

„Ihr Handy ist ausgeschaltet."

„Das ist wirklich ungewöhnlich", gab Adrian zu. „Was ist mit ihrem Auto?"

„Das steht in der Tiefgarage. Darum dachte ich ja auch, dass sie hier ist."

Adrian beschlich ein ungutes Gefühl. Unpünktlichkeit und Unzuverlässigkeit passte so gar nicht zu seiner Chefin, im Gegenteil. Sie hatte von Anfang an klar gemacht, dass jeder, der nicht pünktlich war, sofort den Job los wäre.

Und jetzt war sie selbst bereits über eine Stunde zu spät.

„Jetzt regt euch doch nicht so auf", meldete sich nun Lukas, der einen der beiden Schuster spielte, zu Wort. „Sie ist vielleicht noch schnell etwas besorgen oder geht noch ein paar Schritte spazieren. Erika, du weißt doch sicher auch, wann wir heute dran sind, oder?"

„Sicher, ich habe euch hier den Plan ausgedruckt." Sie reichte jedem das Papier. „Aber ich finde es trotzdem seltsam, dass sie nicht erreichbar ist."

„Sie taucht schon wieder auf. An die Arbeit, Jungs. In zehn Minuten geht es los!"

Die Schauspieler schwärmten aus und machten sich auf den Weg zu ihren jeweiligen Spielorten, die auf verschiedene Räume aufgeteilt waren. Die Dramaturgie der Erlebnistour arbeitete sich chronologisch von Kaspars erstem Auftauchen am Unschlittplatz bis zu seiner Ermordung in Ansbach voran. Angefangen mit dem Verlies im Keller stiegen die Besucher für jeden Abschnitt seines Lebens ein Stockwerk höher und begegneten dort den unterschiedlichsten Personen.

Es war eine ausgeklügelte Logistik nötig, damit jede Figur zur richtigen Zeit am richtigen Ort auftauchte, die richtige Kleidung trug und die dazu passende Szene spielte. Alle Kostüme und Requisiten mussten an der richtigen Stelle bereitliegen und nach der entsprechenden Szene wieder dort verstaut werden.

Das Einüben der Abläufe hatte das Schauspielteam mehr Zeit und Aufwand gekostet, als das Proben der einzelnen Szenen.

Die Tür des Museums wurde geöffnet und über fünfzig Besucher strömten herein. Schnell bildete sich eine lange Schlange an der Kasse, waren die ersten Grüppchen mit Audioguides oder Museumsmitarbeitern unterwegs.

Auch Mark Schnitzler begrüßte die ersten vier Interessenten der Erlebnistour – zwei Paare mittleren Alters – und führte sie in den Umkleideraum, aus dem sie wenig später teils kichernd (die Frauen), teils verlegen (die Männer) wieder herauskamen.

Fröhlich schwatzend folgten sie Schnitzler durch die eisenbeschlagene Holztür hinunter in den Keller.

„Willkommen im neunzehnten Jahrhundert", begann der

junge Mann und freute sich über die Begeisterung der Besucher. Wenn auch seine Chefin noch gewisse Schwächen in der Mitarbeiterführung hatte, so musste man neidlos anerkennen, dass die Konzeption des Hauses und besonders dieser Erlebnistour einzigartig und innovativ war. Schnitzler kannte kein Museum, das mit einem vergleichbaren Angebot aufwarten konnte.

Sie hatten den kleinen Raum mit dem schwarzen Vorhang erreicht. Das aufgeregte Gemurmel war inzwischen einer angespannten Neugier gewichen. Es war deutlich zu spüren, dass die authentische Kleidung und die beklemmende Atmosphäre ihre Wirkung nicht verfehlten.

*„Wenn du nicht brav bist, kommst du zu Kaspar ins Loch!"*, zitierte Schnitzler in dramatischem Tonfall. „Seit über zehn Jahren kursiert diese Geschichte schon. Ob sie wahr ist, weiß niemand."

Schwungvoll zog er den Vorhang zur Seite und freute sich schon auf die überraschten Ausrufe der Besucher, doch diese blieben aus.

Der Strohsack, die Pferdchen, der Deckel auf dem Boden, alles war so wie es sein sollte, doch wo war Kaspar?

Die Besucher blickten interessiert in den schummrigen Raum hinein, warteten gespannt darauf, was gleich passieren würde.

Nichts passierte.

Mark Schnitzler sah sich überrascht um und wunderte sich.

Wo war Jonas? Keine Viertelstunde zuvor war er noch mit ihm im Umkleideraum gewesen und hatte sich anschließend auf den Weg hierher gemacht. Er hätte längst hier sein, auf sein Stichwort hören und die Spielszene beginnen müssen.

Die ausgefeilte Dramaturgie konnte natürlich nur dann funktionieren, wenn sich alle minutiös an den Zeitplan hielten. In zwanzig Minuten würde er die nächste Gruppe abholen und auf den Weg schicken müssen.

Was war da los?

„Hier sehen Sie Kaspars Verlies, in dem er aller Wahrscheinlichkeit nach zwölf Jahre in völliger Einsamkeit verbracht hatte", versuchte er, Zeit zu gewinnen, in der Hoffnung, Jonas würde gleich auftauchen.

*„Er wisse nicht, wer er selbst und wo seine Heimat sei. So lange er sich entsinnen könne, habe er immer nur ... "*

Als die Einspielung zu Ende war, beschloss Schnitzler, auch ohne Kaspar im Programm weiterzumachen und die Gäste in „ihre" Kammern klettern zu lassen.

„Hier haben Sie die Gelegenheit, am eigenen Leib zu spüren, wie es Kaspar in all den Jahren seiner Gefangenschaft ergangen ist."

Er wies auf die niedrige Tür und sah einen der Männer auffordernd an. Amüsiert bemerkte er, ebenso wie bei den meisten Leuten an dieser Stelle, eine gewisse Ungläubigkeit.

„Was meinen Sie?", fragte der Herr zögernd. „Ich soll doch nicht etwa ...?"

„Doch, das sollen Sie", lächelte Schnitzler. „Sie werden am eigenen Leib spüren, wie sich Kaspar Hauser in seiner Zelle gefühlt hat, wie unfassbar einsam er gewesen sein musste."

Der Mann sah nicht so aus, als sei er erpicht darauf, genau diese Erfahrung zu machen.

„Jetzt zier dich nicht so", kicherte eine Frau und schubste ihn in Richtung Tür. „Wir haben viel Geld ausgegeben, um genau solche Dinge zu erleben."

„Ihr wolltet solche Dinge erleben", knurrte der Mann. „Ich hätte auch sehr gerne solange mit Günter ein Bier getrunken."

„Feigling!"

Das konnte er nicht auf sich sitzen lassen und bückte sich hinunter auf alle Viere.

Mark Schnitzler öffnete die Luke.

„Bitte schön."

Seufzend streckte der Mann den Kopf in die Öffnung. Ein unangenehmer Geruch strömte ihm entgegen.

Entsetzt zuckte er zurück und  rappelte sich wieder auf.

„Dort drin liegt jemand", stammelte er verstört.

Schnitzler sah ihn fragend an, kniete sich hin und blickte in die düstere Kammer hinein.

*„So oft er vom Schlafe erwacht, sei ein Brot neben ihm gelegen und ein Krug Wasser gestanden ... "*

Der Text rauschte in seinen Ohren. Fassungslos starrte er auf das, was er da sah. Auf dem Strohsack lag eine Frau in schickem Kleid und eleganten Schuhen. Ihr Gesicht war zu einer hässlichen Fratze verzerrt. Daneben saß ein junger Mann in schmutzig weißem Hemd und zerzaustem Haar. Auf dem Boden hatte sich eine Pfütze aus Erbrochenem ausgebreitet. Der säuerliche Gestank war widerlich.

„Jonas! Was ist passiert?"

Jonas drehte sich zu ihm um. Schnitzler erschrak. Das Gesicht seines Kollegen war kalkweiß.

„Sie ist tot."

# 10

Alles war vertraut und doch fremd, bekannt und doch neu.
Der Geruch war wie immer, holte sie auch nach all den
Monaten ihrer Abwesenheit wieder zurück an diesen Ort, der
ihr wie eine zweite Heimat gewesen war. Sie sah sich um,
entdeckte wenig Neues, viel Altbekanntes.
Und doch war etwas anders …
Die Stille.
Diese ungewohnte Stille.
Wo war das geschäftige Treiben, das Stimmengewirr, die
Rufe, das Getrappel in den Gängen, das Geräusch
zugeschlagener Türen, das ständige Klingeln der Telefone?
Wo waren die Menschen?
Warum war da niemand?
Erschrocken blickte sie auf die Uhr. War sie etwa zu früh?
Nein, es war Montag, der 04.06.2012, 8.00 Uhr. Sie war
pünktlich wie immer.
Was war nur hier los?
Zögerlich schritt sie durch die Flure, spähte durch die eine
oder andere Tür.
Keiner war da.
In die Verwunderung mischte sich langsam Besorgnis. Hatte
sie etwas verpasst? War womöglich etwas Schlimmes
passiert? Sie zog ihr Handy aus der Tasche und sah die
Eilmeldungen durch.
Nichts. Kein Unglück, keine Katastrophe.
So hatte sie sich ihren ersten Tag nicht vorgestellt.
Sie hatte sich darauf gefreut, alle wiederzusehen, hatte extra
gestern einen Kuchen gebacken, als Einstand.
Und jetzt war keiner da?
„Matthias?" Sie klopfte an der Bürotür, wartete vergeblich
auf das gut gelaunte „Herein!"

Auch das Büro von Markus Metz war verwaist.

Es sah so aus, als seien alle zu einem dringenden Termin gerufen worden und hatten vergessen, dass heute ihr erster Tag war.

Sie spürte einen Kloß im Hals.

*Tilman Peter, Kommissariatsleiter*, stand auf einem kleinen Schild neben der nächsten Tür, an der sie ihr Glück versuchen wollte. Sie klopfte, doch auch ihr Chef schien sie nicht erwartet zu haben.

Charlotte Gerlach atmete tief durch, straffte die Schultern und marschierte zu ihrem Büro – falls es noch ihres war. Vielleicht war sie ja in eine Art Zeitstrudel geraten und im Polizeipräsidium des Jahres 2025 gelandet, oder 1978? Bei der Vorstellung, dass sich die Einrichtung und Ausstattung des Hauses seit 1978 wahrscheinlich nur unwesentlich verändert hatte, musste sie grinsen.

*Charlotte Gerlach, Kriminalhauptkommissarin*, konnte sie zu ihrer Erleichterung auf dem Schildchen lesen. Darunter stand *Torsten Klein, Kriminaloberkommissar*.

Na, zumindest diese Frage war damit geklärt. Sie griff zur Klinke und stutzte. Waren da nicht gedämpfte Geräusche aus dem Büro zu hören? Gemurmel? Gekicher?

Langsam drückte sie die Klinke herunter. Die Geräusche verstummten augenblicklich. Vorsichtig schob sie die Tür einen Spalt auf.

„Willkommen, bienvenue, welcome ...", erklang laut das Lied von Joel Grey, begleitet von vielstimmigem, teils schrägem, aber gut gemeintem Gesang aus über einem Dutzend fröhlicher Kehlen. Eine Hand zog sie in den Raum hinein, Luftschlangen segelten auf sie herab, eine Konfettikanone wurde gezündet. Auf ihrem Schreibtisch türmten sich Blumen und Süßigkeiten.

Alle waren da!

Charlotte bekam feuchte Augen vor Rührung.

Als die letzten Takte der Musik verklungen waren, trat Tilman Peter mit einer Flasche Sekt und feierlichem Gesichtsausdruck auf sie zu.

„Liebe Frau Gerlach", begann er ernst. „Ich möchte Sie im Namen des gesamten Präsidiums willkommen heißen. Wir freuen uns, Sie nach Ihrer Elternzeit wieder hier begrüßen zu dürfen." Er räusperte sich. Es war ihm anzumerken, dass es ihm nicht leicht fiel, die passenden Worte zu finden.

Erst kurz bevor Charlotte die Elternzeit angetreten hatte, hatte sich das Verhältnis zwischen dem Kommissariatsleiter und seinen Mitarbeitern etwas entspannt, war ganz langsam so etwas ähnliches wie Kollegialität bei ihm sichtbar geworden. Es hatte sich herausgestellt, dass er, wie auch Charlotte, ein leidenschaftlicher Fan des 1.FC Nürnberg war und regelmäßig ins Stadion ging.

Seither hatte ihn Charlotte immer wieder einmal bei einem Heimspiel im Stadion getroffen, mit ihm in der Halbzeitpause ein Bratwurstbrötchen gegessen und über den Spielverlauf debattiert.

„Sie haben uns gefehlt und, ähhh, wir sind froh, Sie wieder hier zu haben." Er schüttelte ihr förmlich die Hand.

„Außerdem möchte ich hiermit auch offiziell unseren neuen Kriminaloberkommissar Klein begrüßen. Er hat die Prüfung für den gehobenen Dienst mit Bravour bestanden und bereichert ab sofort unser Team."

Applaus und Jubel brandeten auf, Sektkorken knallten und um Charlottes Fassung war es endgültig geschehen. Dicke Freudentränen rannen ihr über die Wangen, während sie ihre Kollegen herzlich umarmte.

„Ich bin so froh, dass es geklappt hat." Sie drückte auch ihren neuen „echten" Kollegen an sich, der als Praktikant drei knifflige Fälle mit ihr gemeinsam gelöst hatte.

„Danke an euch alle", ergriff sie mit belegter Stimme noch immer schniefend das Wort. „Ich dachte schon, ihr habt mich vergessen. Alles war so still." Ein neuer Schwall Tränen kündigte sich an. Seit der Geburt ihres Kindes war sie noch näher am Wasser gebaut als zuvor. Jetzt genügte schon der geringste Anlass, um sie zum Weinen zu bringen. Bei einer solch großartigen Begrüßung allerdings war es nicht mit ein paar Tränchen getan.

„Ich hab euch alle vermisst", presste sie schniefend hervor, wischte sich über die Augen und packte den Kuchen aus. „Lasst es euch schmecken."

Es wurde noch eine zweite Flasche entkorkt, Kuchen und

Kekse verspeist und viel erzählt. Die Stimmung war so ausgelassen, dass sie beinahe das Klingeln des Telefons überhört hätten.

Torsten nahm das Gespräch an.

„Wie bitte?", brüllte er in den Hörer und hielt sich dabei das andere Ohr zu. „Was? Gut, wir kommen."

Er legte auf und zog Charlotte beiseite. „Ich fürchte, die Feier ist schon zu Ende. Es gibt eine Tote im Kaspar-Hauser-Erlebniszentrum."

Auch so hatte sich Charlotte ihren ersten Arbeitstag nicht vorgestellt. Erst die Befürchtung, alle hätten sie vergessen, dann die rauschende Party mit zum Glück alkoholfreiem Sekt und jetzt auch schon der erste Fall. So schnell hätte es nicht unbedingt gehen müssen, aber leider richteten sich die Verbrecher nun mal nicht nach ihrem Terminplan.

Auch wenn das Willkommensfest ein so jähes Ende genommen hatte, freute sich Charlotte, endlich wieder im Einsatz zu sein, zu ermitteln, die verschiedenen Puzzleteile zusammenzusetzen. Aufgeregtes Kribbeln machte sich in ihrem Magen breit, als sie mit ihrem Nicht-Mehr-Praktikanten Torsten auf dem Weg zum Kaspar-Hauser-Platz war.

„Ich freue mich sehr, dass es geklappt hat und du jetzt als frisch gebackener Oberkommissar bei uns in der Abteilung bist."

Torsten grinste verlegen. „Naja, so frisch gebacken bin ich nun auch nicht mehr. Immerhin bin ich schon seit Januar im Dienst."

„Da hast du mir ja was voraus."

„Das will ich meinen. Vor ungefähr drei Wochen haben wir schon einmal im Umfeld dieses Museums ermittelt."

„Ging es um den Brand? Ich habe davon gelesen."

„Ja, im Keller war ein Feuer ausgebrochen. Zum Glück wurde niemand ernsthaft verletzt."

Charlotte spitzte die Ohren.

„Wisst ihr schon etwas über die Ursache?"

„Die Experten haben gemeint, es habe einen Kurzschluss gegeben. Die Funken hätten dann eine Kiste mit Holzwolle in Brand gesetzt."

„Wurde nicht der Hausmeister im Keller gefunden? Hat er etwas gesehen?"

„Er sagte, er habe nach den Trocknungsgeräten gesehen und sei dann eingesperrt worden."

„Was? Das ist fürchterlich! Habt ihr schon eine Spur, wer dahinterstecken könnte?"

„Nein, leider nicht."

„Ich habe schon mitbekommen, dass es immer wieder Schmierereien und Sabotageakte gab. Dann die Sache mit dem Brand und jetzt haben wir sogar eine Tote. Da gibt es doch bestimmt einen Zusammenhang."

„So würde ich das auch sehen. Dabei hat das Haus doch erst vor kurzem aufgemacht"

„Ja, letzte Woche", wusste Charlotte. „Ich war gestern mit Tim dort. Es war wirklich sehr beeindruckend."

„Ich muss gestehen, dass ich bisher keine Ahnung hatte, wer dieser Kaspar Hauser war. Ich habe zum ersten Mal etwas über ihn in der Zeitung gelesen, als das Museum eröffnet wurde."

„Mir hat Tim schon einiges über diese Geschichte erzählt, aber so richtig verstanden habe ich die Zusammenhänge erst, als ich die Erlebnistour mitgemacht habe. Sehr zu empfehlen."

„Übrigens hat eine alte Bekannte von uns die Feuerwehr alarmiert. Frau Schlenk aus der Agnesgasse, du erinnerst dich?"

Charlotte lächelte. „Aber natürlich. Die freundliche alte Dame, die manchmal unten in den Felsengängen spazieren geht."

„... und offensichtlich ein Gespür für kriminelle Aktivitäten hat", setzte Torsten hinzu. „Ich habe mir ihr gesprochen. Leider hat sie auch nichts Wichtiges beobachtet."

„Ich habe gelesen, ein Passant habe den Hausmeister gerettet. Hast du auch mit ihm gesprochen?"

„Es war ein Mann namens Tom Nowak. Er joggt regelmäßig um diese Zeit und kam zufällig vorbei."

„Und dann hat er den Mut, einen Fremden aus den Flammen zu retten. Respekt!"

Inzwischen hatten sie das Kreuzgassenviertel erreicht. Mehrere Streifenwagen hatten den Bereich abgesperrt, rot-weiße Flatterbänder waren aufgespannt, Polizisten redeten beruhigend auf neugierige Passanten und Anwohner ein.

Im Foyer herrschte gedrückte Stimmung. Überall standen Grüppchen von Menschen, unterhielten sich leise, hielten Kaffeetassen in den Händen.

Charlotte und Torsten fragten einen der Uniformierten, wo die Tote lag.

„Sie ist unten im Keller", informierte sie der Beamte.

„Wer hat sie gefunden?"

„Ein Mitarbeiter des Hauses und vier Besucher. Sie warten im Büro auf Sie."

„Gut, vielen Dank. Wir gehen erst nach unten und sprechen dann anschließend mit ihnen."

Charlotte öffnete die rustikale Tür, betrat den schmalen Gang und war wieder fasziniert von der Authentizität der Szenerie. Die Mauern, das Licht, der Geruch, alles war genauso, wie sie sich ein jahrhundertealtes Gemäuer vorstellte.

Und doch war heute alles anders.

Das flackernde Licht, das tags zuvor noch für eine stimmungsvolle Atmosphäre gesorgt hatte, wirkte angesichts dessen, was dort unten auf sie wartete, eher unheimlich und düster. Mit ihren weißen Overalls wirkten Markus Metz und seine Kollegen von der Spurensicherung in dieser historisch gestalteten Umgebung wie Geister, die aus ihrer Gruft aufgestanden sich anschickten, die Seelen der Menschen an sich zu reißen. Charlotte lief ein Schauer über den Rücken.

Dieser Ort war exakt dem nachgestellt, an dem einst an einem Kind ein Verbrechen verübt worden war.

Nun war er zum Tatort geworden.

„Hallo Torsten, grüß dich, Charlotte. Willkommen zurück", begrüßte sie Jens Kohlbrenner mit gedämpfter Stimme. „Sie liegt hier drin." Offenbar konnte sich auch der Rechts-mediziner der Wirkung dieser Räumlichkeiten nicht entziehen. Obwohl allen klar war, dass sie sich in einer Theaterkulisse und keineswegs in einem mittelalterlichen Keller oder gar dem Wasserschloss von Pilsach befanden, arbeiteten sie schweigend, bewegten sich langsam, beinahe ehrfürchtig, als fürchteten sie, die eigenartige Stimmung zu zerstören.

Wie bereits gestern kostete es Charlotte auch heute Überwindung, sich zu bücken und in die kleine Kammer zu krabbeln. Wieder fühlte sie sich klein und schutzlos, höheren Mächten ausgeliefert, ihrer Freiheit beraubt.

Torsten folgte ihr.

Es stank nach Erbrochenem. Charlotte versuchte, durch den Mund zu atmen. Auf dem Strohsack, auf dem sie selbst am Tag zuvor noch gesessen und mit einem Holzpferdchen gespielt hatte, lag eine Frau. Ihre Augen waren weit geöffnet, ihr Gesicht schmerzhaft verzerrt.

Es gab kein Blut, keine Waffe, keine Spuren eines Kampfes. Sie lag einfach da, der Körper zusammengekrümmt, die Hände auf den Bauch gepresst.

Charlotte erkannte sie sofort: Marta Niedermann, die wissenschaftliche Leiterin des Hauses.

Noch wenige Stunden zuvor hatte sie mit ihr gesprochen, ihr gesagt, wie eindrücklich die Erfahrungen bei der von ihr konzipierten Erlebnisführung gewesen waren.

Jetzt würde sie nichts mehr konzipieren. Ihre Kompetenz, ihr Fachwissen und ihre Ideen waren mit ihr gestorben.

In eine Ecke der Kammer kauerte ein historisch gekleideter junger Mann mit zerzausten Haaren, den Rücken an die kalte Wand gelehnt, die Beine mit den Armen umfassend, den Blick starr geradeaus.

Charlotte erkannte in ihm den Schauspieler, der am gestrigen Sonntag den Kaspar gespielt hatte.

„Hallo. Mein Name ist Gerlach von der Kriminalpolizei. Das ist mein Kollege Klein. Darf ich fragen, wer Sie sind?"

Keine Reaktion.

„Hallo?"

Der Mann beachtete sie nicht.

„Das haben wir auch schon versucht." Jens Kohlbrenner war hinter Charlotte in den Raum gekrabbelt und berührte den jungen Mann vorsichtig am Arm. „Herr Niedermann, bitte sprechen Sie mit uns."

„Niedermann?", fragte Charlotte verblüfft. „Heißt die Tote

nicht auch Niedermann?"

„Ja, sie war seine Mutter."

„Oh, das tut mir leid." Charlotte sah den Mann mitfühlend an, doch dieser schien sie gar nicht wahrzunehmen.

Auch wenn sie seit Jahren von Berufs wegen mit Leid und Tod konfrontiert war, berührten sie die einzelnen Schicksale noch immer. Sie wusste nicht, ob sie es jemals schaffen würde, sich diesbezüglich ein dickes Fell zuzulegen und ob sie das überhaupt wollte. Eigentlich wollte sie keine gefühlskalte Polizistin werden, für die das Leid der Betroffenen zur Routine wird. Auf der anderen Seite war es unerlässlich, eine professionelle Distanz zu wahren. Ihre Aufgabe war nicht die psychologische Betreuung der Beteiligten, sondern die Ermittlung des Täters.

„Herr Niedermann", versuchte nun Torsten sein Glück. „Bitte erzählen Sie uns, was passiert ist."

Er schwieg.

„Wir sollten ihm noch etwas Zeit lassen", meinte Jens Kohlbrenner. „Der Psychologe ist unterwegs."

Daraufhin schob er sich rückwärts aus der Kammer hinaus und richtete sich stöhnend wieder auf. Die Decke in dem nachgebauten Verlies war so niedrig, dass bestenfalls ein Kind darin aufrecht stehen könnte.

Auch Charlotte und Torsten krochen erleichtert wieder zurück in den vergleichsweise großen Raum, von dem aus die Eingänge in die einzelnen Zellen abgingen. Sie holten zunächst einmal tief Luft.

„Seltsamer Typ", flüsterte Torsten Charlotte zu. „Und ein armer Kerl. Immerhin sitzt er neben seiner toten Mutter."

„Vielleicht hat er auch etwas mit ihrem Tod zu tun", mutmaßte Charlotte. „Noch wissen wir gar nichts. Jens, hast du schon Infos für uns? Woran könnte die Frau gestorben sein?"

„Schwer zu sagen. Ich konnte bisher keine Einwirkungen äußerer Gewalt feststellen. Keine Hämatome, keine Wunden keine Würgemale. Allerdings konnte ich eindeutig Alkohol riechen. Möglicherweise hat sich die Dame mehr einverleibt, als sie vertragen hat. Darauf würde auch das Erbrochene hinweisen. Ich kann mir aber nicht vorstellen, dass sie allein an einer Überdosis Alkohol gestorben ist. Ich denke, da waren noch andere Substanzen im Spiel. Vielleicht hatte sie aber auch eine Vorerkrankung. Auch wenn ihr es nicht gerne hört, aber diesmal muss ich euch wirklich auf die Obduktion vertrösten."

„Habt ihr hier Flaschen gefunden? Glaubst du, sie hat hier unten getrunken?"

„Nein, so viel ich weiß, lag hier keine Flasche. Sie muss vorher schon angetrunken gewesen sein."

„Meinst du, mit einem tödlichen Alkoholgehalt im Blut war sie noch in der Lage, hierher zu kommen, die Tür aufzusperren und durch die Luke zu kriechen?"

„Das tut mir leid, liebe Kollegin. Bevor ich die Dame nicht näher untersucht habe, kann ich nichts weiter dazu sagen. Es kann auch sein, dass ihr beide hier überflüssig seid und ein Suizid vorliegt. Ich sag euch Bescheid."

Torsten und Charlotte sahen sich an.

Sie hatten also einen Fall, von dem sie nicht wussten, ob es überhaupt einer war. Vielleicht konnten die Spurensicherer schon etwas dazu sagen?

„Habt ihr irgendwelche Hinweise auf Fremdeinwirkung?"

Markus Metz schüttelte bedauernd den Kopf.

„Hier gibt es überall Fingerabdrücke, Stofffasern, Haare und Schmutzpartikel. Ob irgendetwas davon mit dem Tod der Frau zu tun hat, weiß ich noch nicht."

„Alles klar. Dann hören wir mal, was der Museumsführer und die Besucher zu berichten haben."


Erleichtert ließen Charlotte und Torsten die bedrückenden Kellerräume hinter sich und suchten das Büro von Frau Niedermann.

Zwischen Unmengen von Blumen, Flaschen, Briefen und Schachteln saß Mark Schnitzler und tippte auf seinem Smartphone herum. Ertappt steckte er das Gerät weg, als die Polizisten hereinkamen.

„Hallo", begrüßte ihn Charlotte. „Mein Name ist Gerlach, von der Kripo Nürnberg. Das ist mein Kollege Klein. Ich glaube, wir kennen uns von gestern. Herr Schnitzler?"

Dem jungen Mann war die Überraschung anzumerken. Als

man ihm sagte, der ermittelnde Beamte werde mit ihm sprechen wollen, hatte er einen Herrn mittleren Alters mit Schnauzbart, Pullunder und Halbglatze erwartet und sicher keine Frau in Jeans und T-Shirt.

„Äh, ja, genau", stammelte er perplex. „Sie haben gestern die Erlebnistour gemacht. Da wusste ich nicht, dass Sie, ich meine, dass Sie ..."

Charlotte lächelte. „Ich wusste gestern auch nicht, dass ich heute beruflich mit Ihnen zu tun haben werde. Sie haben die Tote entdeckt?"

Schnitzler fasste sich langsam. „Richtig. Ich bin mit vier Gästen nach unten gegangen, um ihnen die erste Station unserer Tour, ... , aber das wissen Sie ja noch von gestern, nehme ich an."

„Natürlich. Wo sind denn die Gäste? Meine Kollegen haben gesagt, sie würden hier mit Ihnen warten?"

„Das haben sie auch. Vor ein paar Minuten sind sie hoch ins Café gegangen."

Charlotte wandte sich an Torsten. „Du könntest doch schon einmal mit den Herrschaften sprechen. Wir treffen uns dann später."

„Alles klar." Er ging hinaus und schloss die Tür.

Charlotte setzte sich und zog ihr Notizbuch aus der Tasche. Auch in Zeiten der Digitalisierung setzte sie bei Zeugenbefragungen gerne auf analoges Papier und einen kleinen Bleistift.

„Bitte erzählen Sie, was passiert ist."

„Das erste Mal bin ich stutzig geworden, als ich den Vorhang zur Seite gezogen habe und Jonas nicht auf seinem Platz war. Sie wissen schon, er spielt den Kaspar."

Charlotte nickte.

„Ich habe mich gewundert. Jonas war immer zuverlässig und pünktlich, war immer schon eine Viertelstunde vor den ersten Gästen auf seinem Strohsack. Er war mit uns im Umkleideraum und ist als erster runtergegangen."

„Er war also alleine unten im Keller?"

„Ja, wissen Sie, er ist nicht so gerne mit uns anderen zusammen."

„Und dann?"

„Ich habe mit dem Programm weitergemacht. Wir müssen uns streng an die Zeitvorgaben halten, sonst funktioniert das alles nicht. Als ich dann einen Besucher in das Verlies geschickt habe, hat er die Frau entdeckt. Ich hab dann reingeschaut und Jonas mit seiner Mutter gesehen." Schnitzlers Stimme wurde brüchig. „Entschuldigung, es ist so entsetzlich." Der junge Mann zog ein Taschentuch heraus und schnäuzte sich. „Erst die ganzen Schmiereien, die miserable Presse und Attacken der Hauser-Gegner, der schreckliche Brand und jetzt das. Ich hätte nicht gedacht, dass sie so weit gehen würden."

„Sie? Wen meinen Sie?"

„Ach, niemand Bestimmten", ruderte Schnitzler zurück. „Es sind viele, denen das Erlebniszentrum nicht in den Kram passt. Dabei ist es ein langjähriger Traum des Freiherrn von Tucher. Haben Sie gewusst, dass einer seiner Vorfahren der Vormund Kaspars war? Der hat es damals immer gut gemeint mit seinem Schützling. Leider hat er ihn nicht beschützen können. Tucher ist der Meinung, dass es höchste Zeit war, dem berühmten Findelkind auch in Nürnberg ein würdiges Denkmal zu setzen. Offenbar sehen das andere nicht so."

„Könnten Sie uns die Namen dieser Hauser-Gegner nennen?"

Mark Schnitzler fühlte sich zunehmend unwohl und rutschte unruhig auf seinem Stuhl herum.

„Ja, ... nein, ... bitte verstehen Sie doch, ich möchte niemanden anschwärzen."

„Das kann ich gut verstehen, aber es geht immerhin um das Leben eines Menschen."

„Wie ist sie denn gestorben? Dort war nirgends Blut oder ..." Er blickte verlegen zur Seite. „Ich meine, vielleicht hat sie auch ..."

„... Selbstmord begangen?"

„Ach, es ist so fürchterlich, über solche Dinge sprechen zu müssen."

„Da gebe ich Ihnen vollkommen recht. Hatten Sie denn den Eindruck, Frau Niedermann war suizidgefährdet?"

„Nein, eigentlich gar nicht. Sie war sehr ehrgeizig und

kompetent. Ich glaube, mit der Eröffnung dieses Hauses ist auch für sie ein Traum in Erfüllung gegangen. Freiherr von Tucher hätte keine bessere wissenschaftliche Leitung für das Projekt finden können."

„Kann es sein, dass sie durch die wiederholten Angriffe frustriert war?"

Schnitzler überlegte.

„Sie war eine Kämpferin, hat sich nicht unterkriegen lassen. Ich glaube eher, dass sie durch jeden weiteren Vorfall noch mehr Kraft entwickelt hat. Der Erfolg seit der Eröffnung gibt ihr auch recht."

„Also halten Sie einen Selbstmord für unwahrscheinlich?"

„Eigentlich schon, aber Sie wissen ja selbst, dass man in einen Menschen nicht reinschauen kann." Er hob abwehrend die Hände. „Ich kannte sie noch nicht so lange. Sie sollten mit Leuten sprechen, die ihr näher standen."

„Hatte sie Angehörige? Ich meine außer Jonas?"

„Keine Ahnung. So viel ich weiß, war sie nicht verheiratet."

„Was hat sie so spät abends dort unten gemacht? Haben Sie dafür eine Erklärung?"

„Diese Ausstellung war ihr Leben. Sie konnte erst beruhigt das Haus verlassen, wenn sie überall noch einmal nach dem Rechten gesehen hat. Ich vermute, sie ist dann dort … zusammengebrochen."

„Vielen Dank für die Informationen, Herr Schnitzler. Vielleicht melden wir uns noch einmal bei Ihnen."

# 11

Die Spuren der Begrüßungsfeier waren fast alle beseitigt, als Charlotte und Torsten am frühen Nachmittag ins Präsidium am Jakobsplatz zurückkehrten. Lediglich die Blumen in der Vase und die Teller mit Resten von Kuchen und Keksen erinnerten daran, dass sie wenige Stunden zuvor noch ausgelassen gefeiert hatten.

Jetzt hatten sie womöglich einen neuen Fall, oder zumindest eine Tote, die aus noch ungeklärter Ursache verstorben war.

Charlotte setzte sich zum ersten Mal seit über 18 Monaten an ihren aufgeräumten Schreibtisch, betrachtete den Monitor und die Tastatur des Computers, die leeren Ablagefächer und das Telefon. Langsam öffnete sie die oberste Schublade. Da waren der Locher, der Tacker, Bleistifte und Radierer, Büroklammern und Kugelschreiber.

Ohne es verhindern zu können, wurden ihre Augen feucht. Alles war noch so, wie sie es hinterlassen hatte. Sie war wieder da, wieder zu Hause ...

„Hallo? Ist da jemand?", riss sie Torsten aus ihren Gedanken. „Du siehst aus, als würdest du gleich in Tränen ausbrechen. Das ist doch nur dein Schreibtisch."

„Das ist es ja", schniefte sie. „Es ist so schön, wieder hier zu sein."

Torsten lachte und reichte ihr ein Taschentuch. „Na, so wie ich die Sache sehe, sollte ich in Zukunft immer ausreichend Taschentücher bereithalten."

Charlotte schmollte. „Du bist doof! Ich kann doch auch nichts dafür, dass meine Hormone noch verrückt spielen."

„Ist schon ok", versicherte Torsten grinsend. „Man muss als Mann nicht alles verstehen."

Er setzte sich an seinen Arbeitsplatz und nahm die grüne Mappe zur Hand, die auf seinem Schreibtisch lag.

„Haben wir jetzt einen Mordfall oder nicht? Was meinst du?"

Charlotte zuckte mit den Schultern. „Ich weiß es nicht. Wir müssen tatsächlich auf die Ergebnisse der toxikologischen Untersuchung warten."

Sie spürte eine gewisse Unruhe, warf einen Blick auf die Uhr. Noch zwei Stunden, dann musste sie Marek von der Krippe abholen. Tim hatte heute am ersten Schultag nach den Ferien am Nachmittag einen Termin und sie hatte gedacht, es sei problemlos möglich, heute rechtzeitig zu gehen. Es konnte ja keiner ahnen, dass es gleich einen neuen Fall gab.

Sie seufzte innerlich. Das Leben als berufstätige Mutter warf bereits seine Schatten voraus.

„Charlotte? Alles in Ordnung?"

Der Seufzer war wohl doch nicht nur innerlich gewesen.

„Alles klar, ich muss nur wieder hier ankommen. Die Tote hätte ruhig noch ein paar Tage warten können. Ich muss heute spätestens um drei Uhr gehen."

„Mach dir keine Sorgen", beruhigte sie Torsten. „Wir können sowieso noch nicht viel tun, solange wir nicht wissen, wie Frau Niedermann gestorben ist." Er zog einige Papiere aus der Mappe und überflog sie.

„Hast du schon Infos von Matthias?"

Matthias Steffens war die gute Seele des Präsidiums und zuständig für Recherchearbeiten aller Art. Seit einem Motorradunfall vor einigen Jahren saß er im Rollstuhl und arbeitete den Kollegen vom Büro aus zu, was er hervorragend machte. Er hatte sich gut mit seiner neuen Situation arrangiert und verbreitete stets gute Laune und Zuversicht.

„Hier sind einige Angaben zu Frau Niedermann. Sie wurde 1960 in Polen geboren und kam 1980 nach Nürnberg. Hier hat sie dann als Pflegerin gearbeitet ... ach, nein ..."

„Was ist denn?"

„Du glaubst nicht, wen sie jahrelang gepflegt hat."

Charlotte rollte die Augen. „Woher soll ich denn das wissen? Wir kennen doch noch kaum jemanden in diesem vielleicht-doch-nicht-Fall."

„Stimmt, aber einen kennen wir schon." Torsten sah sie triumphierend an.

„Sag schon."

„Die Mutter vom alten Tucher."

„Ach!" Charlotte legte die Stirn in Falten. „Und?"

„Naja, also ich weiß auch nicht, ob diese Information wichtig ist, aber interessant ist sie allemal."

„Na gut. Weiter."

„Gut, sie hat in Deutschland das Abitur nachgemacht und anschließend Geschichte studiert." Torsten blickte freudig auf. „Da haben wir es schon."

„Was haben wir schon?"

„Na, eine weitere interessante Tatsache. Offenbar hat ihr Tucher genug bezahlt und sogar ihr Studium finanziert. So als eine Art Ersatztochter." Torstens Augen leuchteten, als habe er soeben den Täter entlarvt.

Charlotte schmunzelte. „Kann sein, muss aber nicht. Wir behalten das Ganze mal im Hinterkopf."

„1992 bekam sie dann ihren Sohn und ..."

„War sie verheiratet?"

„Charlotte, wir leben im 21. Jahrhundert. Da kann man auch ohne Trauschein Kinder bekommen."

„Schon, aber auch im 21. Jahrhundert braucht man dafür einen Mann."

„Tucher?"

„Vorsicht, Herr Oberkommissar. Das ist hochspekulativ."

„Aber möglich. Tucher findet Gefallen an der jungen Polin und verlangt für die Finanzierung des Studiums gewisse Gegenleistungen."

„Wie gesagt, wir sollten die Beziehung zwischen Tucher und Niedermann näher anschauen. Gibt es noch mehr Infos zu ihrem beruflichen Werdegang?"

„Ja, sie hatte nach dem Studium verschiedene zeitlich begrenzte Jobs und hat dann im Herbst 2009 den Auftrag zur Konzeption des Kaspar-Hauser-Museums bekommen. Ihr erster richtig großer Auftrag. Auch von Tucher. Das ist doch eine Vetternwirtschaft."

„Aber nicht unüblich. Schließlich ist das Haus privat finanziert. Da kann der Geldgeber die Aufträge verteilen, an

wen er will. Und offensichtlich hat es gut funktioniert."
„Wenn man von den Anfeindungen und Sabotagen absieht", schränkte Torsten ein.
„Das sollten wir uns auch noch einmal genau ansehen."
Langsam kam Charlotte in Fahrt. Je mehr sie über die Tote erfuhr, desto länger wurde die Liste der Dinge, die näher betrachtet werden sollten.
Leider wurde ihre Euphorie im Moment von zwei Dingen ausgebremst: dem ausstehenden Obduktionsbericht und den Öffnungszeiten der Kinderkrippe.
„Hatte sie außer ihrem Sohn noch weitere Angehörige?"
Torsten überflog den Rest der Unterlagen.
„Nein, sieht nicht so aus."
„Gibt es Informationen von ihrem Hausarzt?"
„Er hat bisher keine Suizidabsichten bei ihr feststellen können. Außerdem hatte sie keine Herzprobleme oder sonstige Vorerkrankungen, die einen so plötzlichen Tod erklären könnten."
„Also doch Mord?"
„Oder zu viele Tabletten in Verbindung mit Alkohol. Ich fürchte, wir müssen auf Jens' Bericht warten."
Die angelehnte Tür wurde aufgeschoben und Matthias kam hereingerollt.
„Na, Frau Hauptkommissarin. Wie fühlt es sich an, wieder hinter dem Schreibtisch zu sitzen und darauf zu warten, dass der überaus talentierte Kollege aus dem Nachbarzimmer bahnbrechende Neuigkeiten liefert?" Er grinste über das ganze Gesicht. „Außerdem musst du dich auch erst damit arrangieren, dass dir kein Praktikant mehr gegenüber sitzt, sondern ein echter Kriminaloberkommissar."
„Das ist natürlich das größte Problem", gab Charlotte ernst zu. „Einen Praktikanten konnte ich jederzeit zum Kopieren schicken. Jetzt muss ich das wieder selbst machen."
„Du konntest dich ja auch lange genug daheim ausruhen und bist jetzt voller Tatendrang, richtig?"
„Richtig."
„Prima, dann könnt ihr euch gleich mit Jonas Niedermann beschäftigen. Der Psychologe konnte ihn dazu bewegen, mit euch zu reden. Er wartet im Besprechungszimmer."

„Im Besprechungszimmer?", wunderte sich Charlotte. „Warum das denn? Er ist immerhin der Sohn der Verstorbenen. Wir hätten doch auch bei ihm zu Hause mit ihm sprechen können."

„Das hat ihm der Kollege auch vorgeschlagen, aber er hat gemeint, er lege keinen Wert auf Polizei in seiner Wohnung."

Torsten blätterte in den Papieren. „Wohnt er nicht noch bei seiner Mutter?"

„Zumindest ist er unter der gleichen Adresse gemeldet."

„Sollte Jens irgendeine Fremdeinwirkung feststellen, wird ihm unser Besuch in den heiligen Hallen nicht erspart bleiben, fürchte ich. Danke Matthias." Charlotte nickte Torsten zu. „Dann wollen wir mal."

Bevor sie das Gespräch begannen, gingen Charlotte und Torsten zunächst in einen kleinen, angrenzenden dunklen Raum. Durch den Einwegspiegel konnten sie zwei Personen erkennen: Den Polizeipsychologen und Jonas Niedermann, der zusammengesunken auf dem Stuhl saß und abwesend vor sich hin starrte.

Mit Wohlwollen registrierte Charlotte, dass in ihrer Abwesenheit die nervtötende Neonröhre in dem kleinen Zimmer ausgetauscht und durch eine neue LED-Deckenleuchte ersetzt worden war. Auch das lästige Gurgeln der Heizung war heute bei 24°C Außentemperatur kein Thema. Was sich allerdings nicht geändert hatte, war die Unsicherheit kurz vor einem solchen Gespräch. Würde der Zeuge / der Verdächtige kooperativ oder aggressiv sein, zurückhaltend oder berechnend, vorwurfsvoll oder fordernd? Welche neuen Erkenntnisse würden sie erhalten?

In diesem Fall würde Charlotte froh sein, wenn der junge Mann überhaupt mit ihnen sprechen würde.

„Ich fange schon einmal an", schlug Torsten vor. „Du kannst ja später dazustoßen."

„Guten Tag, Herr Niedermann", begann er wenig später und bot dem jungen Mann die Hand an, was dieser ignorierte. „Mein Name ist Torsten Klein. Mein herzliches Beileid."

Er setzte sich und sah sein Gegenüber ruhig an.

„Es muss komisch für Sie sein, hier in diesem unge-mütlichen Zimmerchen zu sitzen wie bei einem Verhör."

Jonas Niedermann schwieg.

„Wir können auch gerne in mein Büro gehen und eine Tasse Kaffee trinken."

Keine Reaktion.

„Vielleicht könnten Sie uns einfach Kaffee und ein paar Kekse organisieren", bat Torsten den Psychologen. Charlotte war gespannt, wie der Mann reagieren würde. Er hatte erst im Präsidium angefangen, als sie bereits in Mutterschutz war. Manchmal nahmen sich die Psychologen zu wichtig, um sich von einem Oberkommissar zum Kaffee holen schicken zu lassen. Doch das traf wohl nicht auf alle zu.

„Das ist eine gute Idee", lächelte er und ging hinaus.

„Wie geht es Ihnen?", versuchte Torsten erneut sein Glück. „Mein Kollege hat gesagt, Sie seien bereit, mit uns zu sprechen."

Charlotte stellte bewundernd fest, dass Torsten in den vergangenen Monaten noch verständnisvoller und einfühl-samer geworden war. Er hatte schon immer ein Händchen gehabt – vor allem für ältere Damen, aber auch für andere Personen, die nicht auf die Fragen der Polizei antworten und nichts von sich preisgeben wollten. Durch seine gelassene Art nahm er den Menschen die Angst und brachte sie zum Erzählen.

Manchmal ging es schneller, manchmal dauerte es etwas.

Diesmal dauerte es.

Der Psychologe hatte das volle Tablett abgeliefert und sich dann verabschiedet. Mit einer Engelsgeduld goss sich Torsten eine Tasse Kaffee ein und stellte Jonas den Teller mit den Keksen hin.

„Erzählen Sie mir von ihrer Mutter", forderte er sein Gegenüber auf, während er sich über das Gebäck hermachte. Alles wirkte so locker und ungezwungen, als träfen sich zwei Freunde zum Plaudern. Das schien endlich auch Jonas zu überzeugen.

„Sie war hart."

„Hart? Zu wem? Zu Ihnen?"

Jonas nahm sich einen Keks.

„Zu mir, zu allen Menschen und vor allem zu sich selbst."

Torsten füllte eine zweite Tasse und schob sie über den Tisch. „Wissen Sie, woran sie gestorben ist?"

Kein Vorwurf war in seiner Stimme zu hören, keine Anklage.

„Sie war schon tot, als ich sie gefunden habe."

„Was könnte passiert sein?"

Jonas tat, als gehe ihn das alles nichts an.

Charlotte beobachtete die Szene mit angehaltenem Atem. Da saß ein etwa Zwanzigjähriger in schmutzig weißem Hemd und Lederhose ohne Hosenboden, starrte vor sich hin und erzählte völlig emotionslos von seiner Mutter, die er vor wenigen Stunden tot aufgefunden hatte. Man konnte meinen, er hätte weder mit ihr selbst, noch mit ihrem Tod etwas zu tun, als ginge es um eine völlig fremde Person, um jemand, den er nicht gekannt hatte.

Und wieder spürte Charlotte einen Kloß im Hals. Wie abgestumpft musste jemand sein, dass er den Tod der Mutter nicht betrauern konnte?

Abgestumpft oder … verletzt? Vernachlässigt? Missbraucht?

Wieder musste sie an ihren Sohn denken, ihr Baby, das sie über alles liebte und für das sie alles Menschenmögliche tun würde.

Hatte Marta Niedermann für ihren Sohn anders empfunden? Hatte sie nie für ihn gekämpft, sich für ihn eingesetzt, ihn beschützt?

Oder war Jonas' Reaktion nur ein Schutz?

Plötzlich fiel ihr siedend heiß ein, dass Marek bereits seit zehn Minuten auf seine ihn angeblich so liebende und vor allen Gefahren des Lebens beschützen wollende Mutter wartete.

Na prima! Und das gleich am ersten Tag. Wo sollte das noch hinführen?

Hektisch rannte sie in ihr Büro, kramte ihre Sachen zusammen, sagte schnell noch bei Matthias Bescheid und hetzte los. Zum Glück lag der Kindergarten in unmittelbarer Nähe des Präsidiums. Um 15.15 Uhr stand sie vor der Eingangstür.

Mist, dachte sie frustriert, wahrscheinlich müsste sie jetzt auch noch klingeln. Die Tür war nur in einem Zeitfenster von 14.55 bis 15.10 Uhr geöffnet, dann wurde sie wieder abgesperrt. Alle, die zu spät kamen, mussten dann klingeln und sich zurechtweisen lassen. Bis vergangenen Freitag war es Charlotte völlig schleierhaft gewesen, warum es diese Rabeneltern nicht auf die Reihe bekamen, sich an die Öffnungszeiten zu halten.

Das war doch alles nur eine Frage der Organisation.

Man musste nur rechtzeitig vom Arbeitsplatz oder der bequemen Couch aufbrechen, das musste doch möglich sein.

Und jetzt stand sie selbst vor verschlossener Tür.

Sie hatte versagt!

„Hallo Frau Gerlach", begrüßte sie eine Mutter mit einem etwa fünfjährigen Kind an der Hand. „Warum gehen Sie denn nicht rein?" Sie lächelte Charlotte an und hielt ihr die Tür auf. „Hatten Sie heute nicht Ihren ersten Arbeitstag?"

„Ja, schon, aber warum ist denn noch offen? Es ist doch schon gleich 15.20 Uhr."

Die Frau schaute auf ihre Uhr. „Dann geht vielleicht Ihre Uhr falsch. Bei mir ist es jetzt genau 15.00 Uhr."

Fassungslos zog Charlotte ihr Handy aus der Tasche:

15.00 Uhr.

Das Gerät vibrierte und zeigte ihr eine SMS an.

Sie war von Tim.

*Hallo Schatz, es hat sich doch bestimmt gelohnt, dass ich heute morgen deine Uhr etwas verstellt habe, oder? Bis später :-)*

# 12

Charlotte gähnte herzhaft und stellte eine Tasse unter die Kaffeemaschine. Während der Apparat die rettende, tiefschwarze Flüssigkeit ausspuckte, lehnte sie sich an die Wand und schloss kurz die Augen. Inzwischen rauschte Torsten hochmotiviert ins Büro. Freudestrahlend legte er einen Stapel Papiere auf ihren Schreibtisch.

„Guten Morgen. Schau mal, ich hab schon die Protokolle von gestern ..." Entsetzt starrte er sie an. „Bei allem Respekt, aber du siehst furchtbar aus."

Ihre Augen waren rot unterlaufen, Tränensäcke hingen über die Wangen, die Haare waren ungekämmt und der Pulli verkehrt herum.

„Ach, wirklich? Dabei konnte ich mich heute Nacht eine ganze Stunde lang ausschlafen." Sie gähnte wieder und schleppte sich mit der Tasse in der Hand zu ihrem Schreibtisch.

„Um Gottes Willen, was ist denn passiert?" Torsten war ehrlich betroffen und hatte verschiedenste Horrorszenarien im Kopf. Vom abgebrannten Haus bis zu einem medizinischen Notfall war alles dabei.

„Marek", murmelte Charlotte und schlürfte den heißen Kaffee.

Torsten riss die Augen auf. „Was ist mit ihm? Geht es ihm gut, ich meine, es ist doch nichts Schlimmes passiert, oder?"

Charlotte lächelte gequält. „Keine Angst, ihm geht es gut, aber frag mal Tim und mich."

„Was ist mit euch? Seid ihr krank? Du kannst gerne nach Hause gehen, ich schaffe das hier schon. Wir haben immer noch keinen Obduktionsbericht und ..."

„Alles gut. Der Kleine hat uns nur die ganze Nacht auf Trab gehalten. Er hat in der Krippe nicht geschlafen und war dann am Nachmittag um halb vier so müde, dass er auf dem Sofa eingeschlafen ist. Naja, um sechs ist er dann aufgewacht und wollte bis Mitternacht bespaßt werden. Um zwei hatte er dann Durst und um vier die Windel voll. Dazwischen hat er in unserem Bett im Schlaf um sich geschlagen."

Erleichtert atmete Torsten auf. „Ach so, ich dachte schon, es sei was passiert."

Charlotte sah ihn resigniert an. „Nein, nur der ganz normale Eltern-Wahnsinn. Ich brauche jetzt dringend Ablenkung. Wie was das Gespräch mit Jonas Niedermann?"

„Naja. Es war ganz schön anstrengend. Wahrscheinlich habe ich gestern ähnlich furchtbar ausgesehen wie du jetzt."

„Kein Kommentar."

„Der Kerl ist ein zäher Brocken, wenn ich das so deutlich sagen darf." Er nahm das Protokoll zur Hand. „Die Beziehung zu seiner Mutter war wohl nicht die beste. Für sie war immer die Arbeit wichtiger als er. Er musste funktionieren, machen, was sie von ihm erwartete, was nach seinen Aussagen quasi nicht machbar war."

Charlotte ließ sich gleich noch einen Kaffee aus der Maschine, öffnete das Fenster und atmete tief durch. Langsam kehrten ihre Lebensgeister zurück. Für sie stand fest, dass Marta Niedermann ermordet worden war, auch wenn es bislang noch nicht zweifelsfrei geklärt war. Nach all den Sabotagen und dem Brand konnte sie sich nicht vorstellen, dass die Leiterin des Hauses zufällig einen Herzinfarkt erlitten haben sollte.

Noch war der Fall sehr verworren, waren ihr die Zusammenhänge nicht klar. Da war eine angeblich gefühlskalte, jetzt tote Mutter, die aus Polen stammte. Sie hatte die Mutter des Freiherrn von Tucher gepflegt und dafür von ihm ihr Studium finanziert bekommen (müsste allerdings noch verifiziert werden). Womöglich hatte er sie als Dankeschön auch geschwängert (müsste ebenfalls noch verifiziert werden). Dann war da noch das interessante Thema rund um den Mythos *Hauser* und dieses innovative, aber nicht unumstrittene Museum, das pausenlos angefeindet wurde.

Spannend, spannend, aber nun einmal davon abhängig, wie die Dame ums Leben gekommen war.

„Charlotte? Träumst du mit offenen Augen?"

„Bitte entschuldige, aber ich wache so langsam auf. Gibt es nach Meinung des Sohnes Anhaltspunkte für einen Suizid?"

Torsten schüttelte energisch den Kopf.

„Ich zitiere: *eher würde sie die ganze Welt umbringen als sich selbst.*"

„Das ist ja mal eindeutig. Was macht der junge Mann eigentlich beruflich?"

„Das ist etwas undurchsichtig. Angeblich studiert er Geschichte. Ich gehe aber davon aus, dass er das mehr auf dem Papier als in der Realität tut."

„Wie kommst du darauf?"

„Es war die Art, wie er darüber gesprochen hat. So widerwillig und ablehnend. Ich vermute, die Mutter hatte ihn mehr oder weniger dazu gezwungen."

„Und wovon lebt er?"

„Bisher von der Frau Mama. Wie er sich das in Zukunft vorstellt, hat er nicht gesagt."

„Gut. Gibt es Neuigkeiten von der Spurensicherung?"

„Nicht wirklich. Die warten auch noch darauf, ob es überhaupt ein Verbrechen war. Das Museum ist geschlossen und der Fundort der Leiche abgesperrt. Ich hoffe, Jens liefert uns möglichst schnell Ergebnisse."

Das Telefon klingelte.

Charlotte und Torsten sahen sich an.

„Jens!", riefen beide gleichzeitig.

Charlotte ging ran.

„Hallo? ... Ah, Jens", sie zwinkerte ihrem Kollegen zu, „wir haben gerade von dir gesprochen ... gut ... wir sind gleich da."


Das Institut für Rechtsmedizin lag zwar in Erlangen, für die Obduktion der Toten, die nicht zweifelsfrei eines natürlichen Todes gestorben sind, standen allerdings auch in Nürnberg Räumlichkeiten zur Verfügung: im Krematorium am Westfriedhof.

Das ehrwürdige Gebäude mit dem angrenzenden Kirchturm strahlte die für einen solchen Ort angemessene Würde aus.

In dem Trakt, der für Charlottes Arbeit wichtig war, war es allerdings mit würdevollem Ambiente nicht weit her. Hier war es eher kalt und steril. Geflieste Räume mit Mobiliar aus Edelstahl, riesige Entlüftungsvorrichtungen an der Decke, zwei löchrige Obduktionstische und martialische Werkzeuge, die in Reih und Glied auf ihren Einsatz warteten.

An einem dieser Tische war gerade eine kleine, hutzelige Gestalt fröhlich pfeifend damit beschäftigt, mit einem Schlauch große Mengen Blut in die Ablauflöcher zu spülen. In seinem viel zu großen grünen Kittel und dünnen, abstehenden Haaren sah er aus wie ein skandinavischer Troll.

„Hallo Heiner. Wie schön, dich zu sehen", begrüßte ihn Charlotte herzlich. Er war Präparator, also derjenige, der die Körper für die Rechtsmediziner öffnete und nach deren Arbeit wieder schloss und herrichtete.

„Welch Glanz in unserer bescheidenen Hütte!", rief Heiner mit krächzender Stimme, kletterte von seinem weißen Hocker herab, stürmte freudestrahlend auf Charlotte zu und umarmte sie auf Bauchhöhe – höher kam er nämlich mit seinen 1,45 m nicht.

„Ich habe dich ja schon so lange nicht mehr gesehen, dass ich beinahe vergessen hatte, dass es dich gibt", scherzte er gut gelaunt und strahlte Charlotte an. „Wie geht es dir? Was macht dein kleiner Mann? Ich habe gehört, du hast einen würdigen Nachfolger für unser Club-Phantom bekommen?"

Charlotte lachte. Sie mochte diesen fröhlichen, älteren Mann mit seinem zerfurchten, blassen und unrasierten Gesicht und der immer guten Laune. Wie sie selbst war auch er Dauerkartenbesitzer beim 1.FC Nürnberg. Er begleitete den Verein schon seit Jahrzehnten bei all seinen Höhen und Tiefen und freute sich jedes Mal, wenn er mit der jungen Kommissarin über das eigentlich wichtigste Thema des Alltags diskutieren konnte: Fußball!

Was waren schon Obduktionsergebnisse, toxikologische Untersuchungen, Hämatome oder Gewebeproben im Gegensatz zu solch wichtigen Dingen wie ungerechte

Schiedsrichterentscheidungen, der letzte Heimsieg oder der fabelhafte zehnte Platz in der Tabelle, den sich der Club etwa vier Wochen zuvor gesichert hatte?

Auch nach einer Serie von Niederlagen verlor dieser winzige, spindeldürre Mann niemals die Zuversicht, hielt seinem Club in allen Lebenslagen die Stange. Umso glücklicher war er, dass Charlotte ihren Sohn nach einem der erfolgreichsten Clubspieler benannt hatte: Marek Mintál, der auch *das Phantom* genannt wurde.

„Ich denke, ich werde ihn ab der nächsten Saison auch mit ins Stadion nehmen. Schließlich gibt es auch Fan-Klamotten in Größe 86/92."

Heiner grinste breit und zeigte dabei unfassbar krumme Zähne, was aber seiner sympathischen Ausstrahlung keinen Abbruch tat.

„Prima, wir beide werden wahrscheinlich sehr gute Freunde werden."

„Hallo Herr Hofstetter", meldete sich nun Torsten vorsichtig zu Wort. Er wollte keinesfalls die herzliche Begrüßung stören, war aber sehr neugierig auf die Ergebnisse der Untersuchung.

„Ach, Jungchen! Wie oft habe ich dir schon gesagt, du sollst mich Heiner nennen. Herr Hofstetter … das klingt ja gerade so, als wäre ich ein altes, hutzeliges Männchen", er gluckste und grinste Charlotte verschmitzt zu. „Dabei bin ich doch ein attraktiver, muskulöser Kerl in den besten Jahren."

„Sprichst du von mir?" Jens Kohlbrenner kam aus dem Nebenraum und verrieb sich das Desinfektionsmittel in den Händen. „Da fühle ich mich direkt geschmeichelt."

Heiner Hofstetter zog eine Grimasse. „Dieser Doktor hat wohl eine verschobene Wahrnehmung, aber geht nur mit ihm hinüber. Ich glaube, er hat interessante Neuigkeiten von dieser ausnehmend gut aussehenden Dame, die ich gerade auf meinem Tisch liegen hatte. Wirklich schade um sie."

Er zuckte mit den Schultern, kletterte wieder auf seinen Schemel und setzte die Reinigungsaktion fort. „Schön, dass du wieder da bist."

Charlotte und Torsten folgten dem Mediziner in den Nebenraum.

„Dieser Charmeur. Es ist unglaublich." Jens ging auf einen Tisch zu, auf dem ein mit einem weißen Leinentuch bedeckter Körper lag.

„Hast du was Interessantes für uns?"

Für Charlotte hätte es gereicht, die Ergebnisse auf einem Papier im Präsidium zu lesen, ohne den weißen, fleckigen, mit groben Stichen zusammengenähten Körper dazu sehen zu müssen. Sie wusste aber auch, dass es wichtig war, die Toten noch einmal zu sehen, bevor sie erst in der Kühlkammer und später dann im Sarg verschwanden.

„Es war gar nicht so einfach", begann Jens und klappte das obere Stück des Tuches zurück.

Das Gesicht von Marta Niedermann sah jetzt friedlich aus, die Augen waren geschlossen.

„Meiner Meinung nach ist sie an Herzversagen gestorben."

„Oh", entfuhr es Torsten. „Laut Aussage ihres Hausarztes hatte sie aber keine Herzprobleme."

Jens sah ihn strafend an. Er mochte es nicht, wenn man ihn nicht ausreden ließ und nach jedem Satz irgendwelche Kommentare gab.

„Bitte entschuldige." Torsten senkte schuldbewusst den Kopf.

„Also", fuhr Jens fort. „Ich weiß natürlich auch, was in ihrer Krankenakte steht. Ich sagte bisher nur, dass Herzversagen die Todesursache war. Warum das Herz versagt hatte, habe ich noch nicht erwähnt."

Torsten und Charlotte sahen ihn erwartungsvoll an.

„Ich habe mehrere toxikologische Tests durchgeführt und bin mir jetzt ziemlich sicher, dass sie vergiftet wurde."

„Sieh an", murmelte Charlotte. „Also doch. Weißt du schon, welches Gift es war?"

„Es fehlen noch ein paar abschließende Ergebnisse, im Moment tippe ich auf Digitalis."

„Digitalis?"

„Das Gift des Fingerhuts", erläuterte Jens, ganz in seinem

Element. „Die Pflanze steht zu dieser Jahreszeit überall auf den Wiesen. Man muss sie nur ernten, trocknen, pulverisieren und zum Beispiel in Pralinen einarbeiten."

Er sah die Kommissare triumphierend an.

„Ein vermeintlich gesunder Spaziergang durch Wald und Wiese ist in Wirklichkeit ein Spießrutenlauf durch den Giftschrank der Natur. Oleander, Goldregen, Maiglöckchen oder Rizinus, der beschönigend auch noch Wunderbaum heißt. All diese bunten Schönheiten sind potentielle Mordwaffen."

„Mordwaffen ..."

„Viele davon werden in geringer Dosis als Medikament verwendet. Unser Fingerhut zum Beispiel dürfte den meisten Patienten mit Herzschwäche bekannt sein. Digitalis führt zur Steigerung der Herzfrequenz. Bei einer Überdosierung passiert dann leider das, was dieser bedauernswerten Dame widerfahren ist: Herzstillstand."

„Respekt." Charlotte nickte anerkennend. „Du hast etwas von Pralinen erwähnt. Ich nehme an, das ist eine Anspielung auf ihren Mageninhalt?"

Jens grinste. „Sehr richtig. Ich freue mich, dass du trotz durchwachter Nächte und Krabbelgruppen deinen Scharfsinn bewahrt hast."

„Sehr witzig."

„Scharfsinn vielleicht schon, aber wo ist dein Humor geblieben?"

„Jetzt sag schon. Ich habe letzte Nacht tatsächlich schlecht geschlafen."

„Das wird schon", verkündete Jens zuversichtlich. „Also, du hast natürlich recht. Ich habe auch den Inhalt des Magens untersucht und jede Menge Schokolade gefunden. Außerdem hatte sie ziemlich viel Promille im Blut. Sie hat es sich offensichtlich kurz vor ihrem Tod noch einmal richtig gut gehen lassen – mit reichlich Wodka und edlen Pralinen, die vermutlich mit dem Gift versetzt waren."

Charlotte sah Torsten an. „Lagen nicht in Frau Niedermanns Büro mehrere Pralinenpackungen? Hat sich Markus den

Raum schon näher angesehen?"

„Nein, wir wussten ja nicht, woran die Frau gestorben ist. Ich sag ihm gleich Bescheid."

„Hoffentlich haben nicht noch mehr Leute von den Pralinen gegessen." Charlotte überlegte. „Warte mal, hatte nicht Freiherr von Tucher am Tag der Eröffnung einen Schwäche-anfall? Wissen wir schon, wie es ihm geht? Möglicherweise hat auch er …?"

„Ist notiert."

„Da haben wir noch einiges zu tun." Charlottes Lebens-geister erwachten immer mehr. „Gibt es sonst noch etwas?"

„Ja, Frau Niedermann war kurz vor ihrem Tod noch sexuell aktiv. Wir haben Sperma gefunden. Die DNA-Untersuchung läuft noch."

„Oha! Wie kurz davor? Was denkst du?"

„Ich tippe auf vier bis fünf Stunden."

„Wann ist sie gestorben?"

„Zwischen ein und zwei Uhr nachts."

„Und wie lange hat wohl das Gift gebraucht, bis es gewirkt hat?"

„Das kann ich nicht so genau sagen. Auf jeden Fall mehrere Stunden."

„Lasst uns doch mal ihren letzten Abend rekonstruieren. Das Museum schließt um 18.00 Uhr. Frau Niedermann geht an-schließend in ihr Büro und erledigt noch etwas Papierkram. Dann bekommt sie Besuch von ihrem Liebhaber, trinkt reichlich Wodka, sonnt sich in ihrem Erfolg und macht eine Schachtel Pralinen auf. Sie hat ja genug Auswahl. Vielleicht war ihr Liebhaber dabei und hat auch getrunken?"

„Vielleicht hat er auch eine Praline gegessen, die ihm nicht bekommen ist, ihn aber nicht umgebracht hat", mutmaßte Torsten.

„Wie auch immer. Frau Niedermann trinkt immer weiter und isst einen Trüffel nach dem anderen. Später am Abend sieht sie dann nach der Ausstellung, bekommt in Kaspars Verlies Magenkrämpfe und legt sich auf den Strohsack."

„Das müsste doch dann heißen, dass das Stelldichein mit

ihrem Liebhaber im Museum stattgefunden haben muss."

„Richtig", stimmte Charlotte zu. „Es ist ziemlich unwahr-scheinlich, dass sie in ihrem Büro Wodka trinkt und Schokolade isst, sich dann irgendwo in der Stadt mit einem Mann trifft, um anschließend wieder ins Museum zurück-zugehen und nach dem Rechten zu sehen. Das wird immer interessanter. Wir müssen uns die Liste der Mitarbeiter besorgen und schauen, wer da in Frage kommt. Danke dir für die schnelle Arbeit, Jens. Mach´s gut."

Sie war schon im Begriff zu gehen.

„Nicht so schnell, meine Liebe. Ich bin noch nicht fertig." Jens Kohlbrenner hatte allem Anschein nach noch einen Trumpf im Ärmel. „Ich habe noch etwas Überraschendes festgestellt."

„Ja?"

„Diese Frau hat nie ein Kind geboren."

# 13

Nachdenklich fuhren Charlotte und Torsten zur Wohnung der Niedermanns in der Kleinweidenmühle 20.

Markus Metz war mit seinem Team bereits auf dem Weg ins Museum, um alle noch vorhandenen Spuren zu sichern. Er würde sich dann bei ihnen melden.

Durch die Obduktionsergebnisse waren zwar manche Fragen beantwortet, aber dafür noch viel mehr Unklarheiten aufgetaucht.

Sicher war, dass sie nun in einem Mordfall ermittelten. Marta Niedermann wurde eindeutig vergiftet, mit einer Substanz, auf die im Prinzip jeder Zugriff hatte. Generell kam also jeder als Täter in Frage, vorausgesetzt, er kannte sich mit der Wirkung des Fingerhutes aus, hatte ein Motiv und ausreichend kriminelle Energie.

Außerdem hatte das Opfer vermutlich ein Verhältnis – vielleicht sogar mit einem der Museumsmitarbeiter.

Im ersten Moment war es auch eigenartig zu hören, dass Frau Niedermann zwar Mutter war, nachweislich aber nie ein Kind geboren hatte. Gut, das war nicht unbedingt außergewöhnlich. In Deutschland gab es viele Adoptiv- und Pflegemütter. Charlotte fand es nur seltsam, dass bisher noch nicht davon die Rede gewesen war. Allerdings hatte sie sich auch schon darüber gewundert, dass zwischen Mutter und Sohn so überhaupt keine Ähnlichkeit bestanden hatte.

Matthias würde recherchieren, ob Jonas adoptiert worden war und wer seine leiblichen Eltern waren. Fest stand damit auf jeden Fall, dass das Kind nicht vom Freiherrn stammen konnte, wie sie schon einmal überlegt hatten – zumindest nicht mit Marta Niedermann als Mutter.

Sie parkten den Wagen und nahmen den Fußweg bis zur Kleinweidenmühle.

Die Häuser mit den hübschen Balkonen und kleinen Gärtchen lagen idyllisch am Pegnitzufer. Ähnlich wie Charlottes Wohnung lagen auch diese zentral und trotzdem ruhig.

Sie klingelten bei *M. Niedermann.*

Dass in der Wohnung auch ein J. Niedermann wohnte, war wohl nicht wichtig. Charlotte musste daran denken, was Jonas über die Beziehung zu seiner Mutter gesagt hatte. Sie sei kalt und unnahbar gewesen, nicht unbedingt herzlich und stets auf ihren eigenen Vorteil bedacht.

Da passte es, dass der Name ihres Sohnes nicht auf dem Klingelschild auftauchte.

„Wer ist da?" Es sah aber so aus, als wohne er wirklich hier. Zumindest war es seine Stimme, die kaum verständlich aus der Gegensprechanlage schnarrte.

„Torsten Klein von der Kripo Nürnberg. Hallo, Herr Niedermann. Bitte entschuldigen Sie die Störung. Wir müssten noch einmal dringend mit Ihnen sprechen." Er hatte seinen verständnisvollsten Tonfall ausgepackt.

Schweigen. Die Anlage rauschte. Offenbar hatte der junge Mann noch nicht aufgelegt. Charlotte überlegte gerade, was sie tun sollten, wenn Jonas nicht bereit wäre, sie hereinzulassen, als der Türöffner summte.

„Danke."

Das Treppenhaus war hell und gepflegt. Auf den Fensterbrettern standen Topfpflanzen, vor den Türen Schuhregale und Tretroller. Das Haus wirkte lebendig und gemütlich. Charlotte hatte ihre Zweifel daran, dass dies auch auf die Wohnung der Niedermanns zutreffen würde.

Im Erdgeschoss war eine Tür einen Spalt offen. Hier gab es keine Schuhe, keine Roller, keine Pflanzen, kein buntes Namensschild.

Langsam schob Torsten die Tür auf. Es roch nach abgestandener Luft, fauligem Obst, kaltem Rauch und einem Hauch Damenparfum. An der modernen Garderobe hing ein schicker, lachsfarbener Blazer und eine Seidenbluse. Darunter stand ein Schuhregal mit mehreren hochhackigen Pumps.

Nichts deutete darauf hin, dass außer einer modebewussten

Frau auch noch ein junger Mann hier wohnte.

Keine Turnschuhe, keine Jeansjacke, keine Sporttasche, keine schmutzige Wäsche.

„Hallo, Herr Niedermann?"

Aus einem Zimmer am Ende des Flurs drangen die nervtötenden Geräusche eines Computerspiels: Explosionen, Schüsse, zersplitterndes Glas, Reifenquietschen, Schreie. Dazwischen das ständige Klacken des Controllers.

„Dürfen wir reinkommen?"

Das Geballer ging ungebremst weiter.

Charlotte verdrehte die Augen. Die nächste halbe Stunde versprach, mühsam zu werden.

Der Flur führte in einen großzügigen Wohn-/Essbereich, der genauso aussah, wie ihn Charlotte erwartet hatte: wenige edle Holzmöbel, Kunstdrucke an den Wänden, zwei ausladende Zimmerpflanzen, ein riesiger Fernseher.

Interessant war auch das, was nicht da war: Familienfotos, Zeitschriften, bunte Kissen, benutztes Geschirr, leere Chipstüten oder was sonst so üblicherweise in den Wohnungen herumlag und diese damit gemütlich und bewohnt aussehen ließ. Dieses Ensemble war so kalt und steril wie die Bewohnerin selbst gewesen sein musste, irgendwie leblos und unpersönlich.

Ein ganz anderes Bild bot sich im Zimmer des Sohnes, der sich zumindest in seinem kleinen Reich offensichtlich über die Ansprüche und Erwartungen der Mutter hatte hinwegsetzen können.

Der Boden und sämtliche zur Verfügung stehenden Ablageflächen waren bedeckt mit Kaffeebechern, leeren Flaschen und Dosen, Fast-Food-Verpackungen und Pizzakartons. Dazwischen tummelten sich die im Rest der Wohnung bereits vermissten Chipstüten, Schokoriegel und Kekspackungen. Als gesunden Ausgleich dazu entdeckte Charlotte tatsächlich auch Bananenschalen und Reste von Äpfeln, Birnen und Orangen, die nicht unwesentlich zum Gestank im Zimmer beitrugen. Der Rollo war geschlossen, eine kleine Schreibtischlampe mühte sich redlich, den Raum einigermaßen zu beleuchten.

Zwischen all dem Müll lümmelte Jonas Niedermann mit

ausgebeulter Jogginghose und schlabbrigem T-Shirt in einem Sessel und starrte auf den fast zwei Quadratmeter großen Bildschirm, auf dem sich grimmig aussehende und bis an die Zähne bewaffnete Gestalten aus den Fenstern zerbeulter Autos heraus auf staubigen Wüstenpisten brutale Feuergefechte lieferten. Mit unbewegter Miene jagte er per Knopfdruck immer mehr Kämpfer samt ihrer Fahrzeuge in die Luft.

Kurz durchzuckte Charlotte die Horrorvision, ihr kleiner Marek könne in zwanzig Jahren womöglich auch völlig ungepflegt in einem solchen Zimmer zwischen stinkenden Müllbergen hausen und emotionslos das Leben unzähliger virtueller Soldaten auslöschen. Der Anflug eines schlechten Gewissens erfasste sie. Statt sich mit ihrem Kind zu beschäftigen, ihm hochwertiges Holzspielzeug mit Öko-Siegel zu kaufen und die Klassiker der Kinderliteratur vorzulesen, hatte sie ihn am Morgen wieder in die Krippe gebracht, abgeschoben, sich seiner entledigt.

War das der Anfang vom Ende?

„Würden Sie das bitte ausschalten? Wir müssen kurz mit Ihnen sprechen." Zum Glück wurde Torsten nicht von solchen Überlegungen abgelenkt und hatte gleich den richtigen Ton angeschlagen.

Niedermann schielte ihn mit müden Augen an und ballerte weiter.

Mit einem Lächeln auf den Lippen nahm Torsten dem verblüfften jungen Mann den Controller aus den Händen, drückte ein paar Knöpfe und beendete das Spiel, sofern man dieses Gemetzel überhaupt als *Spiel* bezeichnen konnte.

„Was fällt Ihnen ein!", rief Niedermann entrüstet und wollte nach der Steuerung greifen, doch Torsten legte sie auf einem Berg Kartons am anderen Ende des Raumes ab und stellte sich demonstrativ davor.

„Sie können gleich weitermachen. Bitte folgen Sie uns ins Wohnzimmer. Ich denke, dort können wir besser miteinander sprechen."

Freundlich aber bestimmt wies er auf die Tür.

Jonas Niedermann erhob sich brummelnd und schlurfte aus seiner Spielhölle hinaus in das klinisch saubere Wohnzimmer.

Charlotte atmete erleichtert durch.

Der unpersönliche Charakter des Raumes hatte plötzlich etwas Befreiendes, Angenehmes, Offenes, Luftiges.

„Setzen Sie sich."

Widerwillig ließ sich Niedermann auf das Sofa fallen. Die Kommissare nahmen ihm gegenüber Platz.

„Wir kommen gerade aus der Rechtsmedizin." Torsten wartete auf eine Reaktion. Vergeblich.

„Die Todesursache steht jetzt fest."

Jonas' Augenlider zuckten leicht.

„Herr Niedermann, Ihre Mutter wurde vergiftet."

Jetzt schreckte er auf. „Vergiftet?"

„Sie hat Pralinen gegessen, die mit einer hohen Dosis einer herzstimulierenden Substanz versetzt waren. Es tut mir sehr leid."

„Diese Schweine!", stieß Jonas wütend hervor.

Torsten beugte sich vor und stützte die Ellbogen auf die Knie. „Wen meinen Sie damit?"

„Dieses Haus war Mutters Lebensinhalt", berichtete er mit einer gewissen Bitterkeit in der Stimme. „Sie hat nur dafür gelebt. Niemand hatte das Recht, sie deshalb zu töten."

„An wen denken Sie?"

Charlotte spürte das Vibrieren ihres Handys in der Hosentasche, nickte Torsten kurz zu und ging ins angrenzende Bad.

Im Display war die Nummer des Spurensicherers angezeigt.

Sie setzte sich auf den Badewannenrand und nahm das Gespräch an.

„Markus? Habt ihr was?"

„Hallo Charlotte. Wir haben etliche Schachteln Pralinen sichergestellt. Eine davon war fast leer. Es sind teure Trüffel von einer Confiserie. Das könnten die richtigen sein. Sie müssen natürlich erst noch ins Labor."

„Von wem sind sie? Steht was auf der Schachtel?"

„Ja, es lag ein goldener Anhänger dabei mit herzlichen Glückwünschen von einem gewissen Prof. Dr. Robert Biburger. Sagt dir der Name etwas?"

Charlotte überlegte. „Biburger kommt mir irgendwie

bekannt vor. Gibt es nicht eine Journalistin, die so heißt?"

„Ja, du hast recht. Johanna Biburger. Die Dame hat doch in den letzten Wochen immer wieder reißerische Artikel über das Erlebniszentrum geschrieben."

„Richtig. Jetzt fällt es mir wieder ein. Ich rufe gleich Matthias an. Er soll versuchen herauszufinden, ob die beiden miteinander verwandt sind."

„Dann hätten wir auch gleich ein mögliches Motiv. Frau Biburger scheint nicht gerade begeistert von dem Museum zu sein."

„Da werden wir wohl den Biburgers mal einen Besuch abstatten. Vielen Dank, Markus."

„Aber bitte warte mit deinem Besuch, bis du das Ergebnis aus dem Labor hast. Wenn Biburgers Pralinen nicht die vergifteten waren, wäre das mehr als peinlich."

„Mach ich."

„Übrigens, es sieht so aus, als habe unser Opfer vor seinem Tod noch etwas Spaß gehabt. Wir haben frische Spermaspuren auf der Couch in Niedermanns Büro gefunden."

„Sieh einer an. Damit ist das auch geklärt."

„Was?"

„Jens hat schon bei der Obduktion festgestellt, dass die Frau kurz vor ihrem Tod noch Sex hatte. Wir haben uns gefragt, wo sich die beiden getroffen haben."

„Na, das wisst ihr jetzt. Dann ist es doch sehr wahrscheinlich, dass es jemand aus dem Museumsteam war, oder? Vielleicht war es sogar der Täter?"

„Markus, Markus, an dir ist ja ein echter Ermittler verloren gegangen", scherzte Charlotte.

„Zum Glück bin ich nicht verloren gegangen", gab Markus stolz zurück. „Ich stehe euch natürlich jederzeit mit all meinen Fähigkeiten zur Verfügung."

„Das beruhigt mich sehr. Danke dir."

„Sehr gerne. Ich melde mich, wenn es noch was gibt."
Charlotte wollte gerade die Nummer des Präsidiums wählen, als erneut der Vibrationsalarm losging: Matthias.

„Hallo, ich wollte dich gerade anrufen", begrüßte sie den Kollegen.

„Da warst du wohl eine Sekunde zu spät. Ich wollte dir mal

einen Zwischenbericht zu unserem potentiellen Adoptivsohn geben."

„Jonas Niedermann? Wir sind gerade bei ihm. Er ist eine harte Nuss. Torsten macht es aber richtig gut."

„Nichts anderes habe ich erwartet. Hör mal. Ich kann keine Hinweise darauf finden, dass Niedermann adoptiert wurde."

„War er dann ein Pflegekind?"

„Nein, auch nicht, zumindest nicht offiziell. In allen Unterlagen ist er als leiblicher Sohn von Marta Niedermann geführt – Vater unbekannt."

Charlotte stutzte.

„Wie kann das sein? Jens hat eindeutig gesagt, dass die Frau, die er obduziert hat, noch nie ein Kind geboren hat."

„Dann wird es auch so sein. Ich vertraue ihm da hundertprozentig."

„Ich auch. Aber wie ist die Frau zu dem Kind gekommen?"

„Hmmm, entweder sie war gar nicht Marta Niedermann, was ich ehrlich gesagt nicht glaube, oder sie hat sich das Kind illegal besorgt."

„Besorgt? Das klingt in diesem Zusammenhang etwas unpassend, finde ich."

„Vielleicht hat sie es entführt oder im Ausland gekauft?"

„Matthias! Wir sprechen von einem Kind und nicht von einem Auto."

„Du weißt schon, was ich meine."

„Ja, ja. Gibt es eine ordnungsgemäße Geburtsurkunde?"

„Gibt es. Ausgestellt in Nürnberg."

„Dann frag doch bei den Kliniken und Hebammen nach, welche Kinder am fraglichen Tag geboren wurden und ob ein Jonas Niedermann dabei war. Irgendwo muss doch der Fehler sein. Schau doch auch die Vermisstenanzeigen durch und die Fälle von Kindesaussetzung."

„Jawohl, wird erledigt."

„Gut. Und ich frage Jonas, was der dazu sagt. Könntest du bitte auch noch herausbekommen, ob Robert und Johanna Biburger miteinander verwandt sind und wo sie wohnen? Markus hat gemeint, an der Schachtel mit den vergifteten Pralinen in Niedermanns Büro hing ein Kärtchen mit Biburgers Namen."

„Mach ich. Bis später."

Charlotte blieb noch kurz sitzen.

Das könnte eine Erklärung für die emotionale Distanz zwischen Mutter und Sohn, beziehungsweise zwischen der Frau und dem Kind sein. Angenommen, die Frau war tatsächlich illegal zu dem Kind gekommen, warum hatte sie es dann behalten und aufgezogen, obwohl sie es vermutlich nicht wirklich geliebt hatte? Oder sie hatte es geliebt und konnte es nur nicht zeigen?

Sie kehrte wieder ins Wohnzimmer zurück. Hier herrschte eisiges Schweigen.

„Sind wir fertig?" Die Frage war unmissverständlich. Jonas Niedermann wollte wieder in seine Dreckhöhle abtauchen.

„Ich habe noch eine Frage." Charlotte ließ ihn noch nicht vom Haken. „Könnte ich bitte einmal Ihre Geburtsurkunde sehen?"

Torsten warf ihr einen überraschten Blick zu.

„Was soll das denn jetzt? Meine Mutter wurde ermordet! Was interessiert Sie da meine Geburtsurkunde?"

„Kann ich sie bitte sehen?"

„Ich habe keine Ahnung, wo sie ist. Sie können gerne selbst die Schränke durchsuchen."

Charlotte setzte sich und sah ihn ernst an.

„Wussten Sie, dass Sie nicht der leibliche Sohn von Marta Niedermann sind?"

Jonas wurde nervös. Kleine Schweißperlen bildeten sich auf seiner Stirn. Der von seinem ungewaschenen Shirt ausgehende Geruch wurde penetranter.

„Was soll der Quatsch?", brauste er wenig überzeugend auf. Es war eindeutig, dass er es gewusste hatte. „Wollen Sie mir weismachen, meine Mutter sei nicht meine Mutter gewesen?"

„Es steht fest, dass sie nie ein Kind geboren hat", fuhr Charlotte unbeirrt fort. „Außerdem haben wir keinerlei Adoptionsunterlagen oder Hinweise auf eine Pflegschaft gefunden."

„Dann haben Sie stümperhaft gearbeitet. Marta war meine Mutter. Und jetzt ist sie tot."

Seine Unterlippe zitterte, die äußerliche Gelassenheit

bröckelte.

„Vielleicht haben Sie recht. Wenn es in Ordnung ist, schauen wir uns hier noch ein bisschen um. Sie können gerne weiterspielen."

Charlotte wollte die Situation nicht eskalieren lassen. Sie hatte erfahren, was sie wissen wollte.

Jonas Niedermann hat mit ziemlicher Sicherheit gewusst, dass er nicht der leibliche Sohn der Frau war, die sich als seine Mutter ausgegeben hatte. Wenn er das erst vor kurzem erfahren hatte, müssten sie ihn zum Kreis der Verdächtigen zählen.

# 14

„Hirschelgasse 9-11? Ist das nicht die Adresse des Museums Tucherschloss?", fragte Charlotte verwundert und biss voller Appetit in ihr zweites Bratwurstbrötchen.

Auch Torsten hatte den Mund voll. „Dasch ischt die Adresche, die mir Matthiasch gegeben hat", nuschelte er und spuckte dabei den einen oder anderen Brösel in Richtung Hauptmarkt. „Wahrscheinlich ist der alte Freiherr selbst schon ein Ausstellungsstück?", ergänzte er, als der Mund einmal kurz leer war.

Charlotte sah ihn strafend an. „Etwas mehr Respekt, Herr Oberkommissar!"

„Schmeckt euch das denn?", hörten sie den fröhlichen friesischen Dialekt, der gemeinsam mit einer duftenden Wolke aus Rauch und Fett aus dem Fenster der Bratwurstküche strömte. Die Stimme gehörte Gerti, der Besitzerin des kleinen Grills nahe des Schönen Brunnens. Wann immer Charlotte es einrichten konnte, gönnte sie sich ein oder am besten noch zwei Mal *Drei im Weckla*, die köstliche Spezialität, die nach anstrengenden Ermittlungs- oder Büroarbeiten ihre Lebensgeister wieder erwachen ließ. Ihren Kolleginnen und Kollegen aus dem Präsidium ging es nicht viel anders. Bei würzigen Würstchen und knusprigen Brötchen war – oft auch mit Informationen aus Gertis unerschöpflichem Wissensfundus – so mancher Fall gelöst worden.

Bratwurst-Gerti war seit Jahrzehnten eine Institution am Hauptmarkt, obwohl oder vielleicht gerade weil sie gar keine Nürnbergerin war, sondern aus Nordfriesland stammte. Die Art, wie sie die original Nürnberger Spezialität auf friesisch ankündigte, war so sympathisch, dass sie sich schon jetzt einen Platz neben der bronzenen Büste der berühmten

Marktfrau *Marchared* gesichert hatte. Nach ihrem Ableben – möge dieser Tag noch in weiter Ferne liegen – würden dann zwei Büsten in der kleinen Gasse neben der Frauenkirche hängen und an beide unvergessene Originale erinnern.

„Köstlich wie immer", schwärmte Charlotte und strahlte Gerti glücklich an.

„Wollt ihr zum alten Tucher? Ich habe gehört, er hatte einen Schwächeanfall. Dieser ganze Stress mit dem Museum ist einfach zu viel für ihn."

Es wunderte Charlotte gar nicht, dass Gerti wieder einmal Bescheid wusste. Sie hatte ihnen schon oft wertvolle Hinweise gegeben. „Ist er noch im Krankenhaus?"

„Nein, wo denkst du hin." Gerti lachte. „Der Theo bleibt keinen Tag länger bei diesen Halsabschneidern, wie er immer sagt. Er lässt sich lieber zu Hause von seinen jungen Krankenschwestern pflegen."

„Aha", meinte Charlotte amüsiert. „Hat er da wohl welche?"

„Mindestens drei oder vier. Und alle jung und gut aussehend." Gerti grinste verschmitzt. „Der Theo ist zwar schon über achtzig, aber er lässt es sich gut gehen. Sag mal, Frau Kommissarin, ihr wisst schon, dass die arme Frau, die ihr gestern in Tuchers Museum gefunden habt, als junges Ding mal bei ihm gearbeitet hat, oder?"

Charlotte pfiff anerkennend durch die Zähne.

„Wir sollten uns angewöhnen, immer zuerst dich zu fragen, bevor wir aufwendige Recherchearbeiten in Auftrag geben", flachste sie.

„Du willst mir doch nicht erzählen, dass ihr aufwendig recherchiert habt, um rauszukriegen, dass die schöne Marta Theos Mutter gepflegt hat, oder?"

Torsten schüttelte ungläubig den Kopf. Warum hatte ihr Chef diese Frau nicht längst eingestellt? Als verdeckte Ermittlerin? Geheime Informantin? Wahrscheinlich deshalb, weil es in ihrem Fall mit *geheim* und *verdeckt* nicht so weit her wäre. Gerti war in der Stadt bekannt wie ein bunter Hund. Sie würden sich damit zufriedengeben müssen, Gerti weiterhin hier in ihrer Bratwurstküche arbeiten zu lassen, was zumindest die kulinarische Versorgung der Beamten sicherstellen würde.

„Eigentlich schade um sie", sinnierte Gerti. „Sie hat immer wieder mal *Drei im Weckla* bei mir gegessen. Es sah schon komisch aus, wie sie mit ihren Stöckelschuhen dastand und aufpasste, dass der Senf nicht auf den teuren Pelzmantel tropfte. Woran ist die arme Frau denn gestorben?"

„Das dürfen wir dir leider nicht sagen", antwortete Charlotte bedauernd. Gerti hätte sicherlich die eine oder andere Vermutung, wer das Gift in die Schokolade gemischt haben könnte.

„Ach, du brauchst mir auch nichts zu sagen, Kindchen. Ich weiß auch so, dass sie nicht an Altersschwäche gestorben ist, sonst würdet ihr euch gar nicht dafür interessieren, richtig?"

Charlotte zog vielsagend eine Augenbraue nach oben und wischte sich mit eine Serviette über den Mund.

Gerti winkte die Kommissarin mit einer verschwörerischen Geste näher heran. „Seht euch diesen Biburger mal genauer an", murmelte sie mit gesenkter Stimme. „Dieser unmögliche Kerl wettert seit Monaten über Tucher, das Museum und … Frau Niedermann. Allein seine missratene Tochter ist ein Fall für das Jugendamt."

„Warum? Was ist mit ihr?"

Gerti riss entsetzt die Augen auf. „Das Mädchen sieht aus wie Frankenstein. Die hat mehr Schrauben und Stecker im Gesicht als ein Schlosser in seiner Werkstatt. Und die Haare … ich würde das als Mutter nicht erlauben."

Gerti legte frische Würste auf den Rost und verschwand in einer dichten Rauchwolke.

„Vielen Dank, Gerti. Da haben wir ja noch einiges zu tun. Bis bald."

„Macht's gut und passt auf euch auf", tönte es aus der Wolke hervor.

Auch Torsten hatte inzwischen jeden Krümel in seinem Magen und die benutzte Serviette im Mülleimer versenkt. „Dann mal los."

„Guten Tag, Herr Kommissar", begrüßte ihn eine ältere Dame in einer schicken, mit Blümchen bestickten Trachtenjacke. Dazu trug sie einen passenden, grünen Filzhut mit einer mindestens dreißig Zentimeter langen Pfauenfeder.

„Ist das nicht Ihre Kollegin? Die junge Mutter?"

„Hallo, Frau Schlenk", freute sich Torsten.

„Schön, Sie zu sehen", schloss sich Charlotte an. „Gut sehen Sie aus."

Gerlinde Schlenk lächelte verlegen. „Wissen Sie, in meinem Alter muss man sich mehr anstrengen als in der Jugend. Sonst sieht man schnell aus wie eine alte Kräuterhexe."

„Das ist bei Ihnen definitiv nicht der Fall", lobte Charlotte und bemerkte überrascht einen kleinen Dackel, der neugierig an ihren Hosenbeinen schnupperte.

„Siggi! Mach Platz!" Frau Schlenk schob ihre Jacke etwas zur Seite und griff in ein schwarzes Beutelchen, das an ihrem Gürtel befestigt war. Mit strengem Blick sah sie auf den Hund hinab und hielt ihm ein braunes Etwas hin.

„Brav Platz, Herr Hauenstein!"

Charlotte grinste über das ganze Gesicht. Es sah so aus, als sei auch Frau Schlenk unter die Hundebesitzer gegangen.

Der Dackel setzte sich brav hin und verspeiste anschließend genüsslich seine Belohnung.

„Wissen Sie, Frau Kommissarin, das ist nicht einfach ein Dackel", erläuterte die alte Dame ernst. „Das ist Siegfried von Hauenstein, ein reinrassiger, blaublütiger ..." Jetzt musste auch sie lachen. „Lassen Sie sich nichts erzählen. Siggi ist einfach ein kleiner, liebenswerter Kerl, der eine neue Besitzerin gesucht hat. Und hier bin ich! Er hat meinen Nachbarn gehört, einem Germanistikprofessor und seiner Frau. Die beiden haben viel Zeit und Geld in seine Erziehung investiert, das können Sie mir glauben. Jetzt ist der Professor leider verstorben und aus Herrn von Hauenstein wurde kurzerhand Siggi." Gerlinde Schlenk strahlte die Polizisten glücklich an. „Wir verstehen uns ausgezeichnet, wir beide."

„Gerlinde!" Bratwurst-Gerti war inzwischen wieder aus der Rauchwolke aufgetaucht. „Du siehst so aus, als wolltest du die Schweine für deine *Drei im Weckla* selbst jagen. Nimmst du so lange mit meinen bescheidenen Würstchen vorlieb?"

Charlotte und Torsten verabschiedeten sich lachend von den beiden Damen, die binnen Sekunden in ein intensives Gespräch über Trachtenmode, extravagante Hüte und die Erziehung von Hunden vertieft waren.

Nach etwa zehn Minuten erreichten sie das Museum Tucherschloss. Charlotte hatte sich schon gefragt, wo denn die Angehörigen des Stadtadels, die Nachfahren der ehemals einflussreichen Nürnberger Patrizierfamilien heutzutage wohl wohnten und ob sie noch immer in unermesslichem Reichtum schwelgten wie einst ihre Vorväter.

Im Falle des Freiherrn von Tucher waren beide Fragen geklärt: Er wohnte in einem Seitentrakt des Tucherschlosses und schien nicht gerade am Hungertuch zu nagen.

Torsten betätigte die Klingel. „Wahrscheinlich kommt jetzt ein junges, hübsches Dienstmädchen mit strengem Haarknoten, kurzem, schwarzem, hochgeschlossenem Kleidchen und gestärkter, weißer Schürze", flüsterte er Charlotte zu.

Langsam öffnete sich die massive Haustür. Charlotte hätte beinahe laut losgelacht, als sie sah, wer sie da begrüßte:

Ein junges, hübsches Dienstmädchen mit strengem Haarknoten, kurzem, schwarzem, hochgeschlossenem Kleidchen und gestärkter, weißer Schürze.

„Ja? Sie wünschen?"

Nur mit Mühe gelang es Charlotte, ernst zu bleiben. Sie zog ihren Dienstausweis heraus.

„Kriminalhauptkommissarin Gerlach. Das ist mein Kollege Klein. Ist Herr Tucher zu sprechen?"

Im gleichen Moment, in dem sie den Satz zu Ende gesprochen hatte, wurde ihr der eklatante Fehler bewusst.

„Sie wünschen FREIHERRN VON Tucher zu sprechen?"

Wenn Blicke töten könnten ...

„... natürlich nur, wenn es der Gesundheitszustand des Freiherrn zulässt", half Torsten in seiner unwiderstehlich devoten Art.

Der verkrampfte Gesichtsausdruck der jungen Frau löste sich etwas.

„Folgen Sie mir in den Salon."

Sie durchquerten eine düstere Halle, in der sie von unzähligen Ahnen und Urahnen derer von Tucher kritisch beäugt wurden. Ein Portrait reihte sich an das andere, jedes fast lebensgroß, in dunklen Ölfarben gemalt.

Im Salon erwarteten sie ausladende, mit golddurchwirktem Brokat bezogene Polstermöbel, ein dunkler Teppich, schwere, ebenfalls dunkle Vorhänge an den Fenstern und raumhohe Regale voller Bücher. Ein Hauch von Pfeifentabak lag in der Luft.

„Der Freiherr wird Sie gleich empfangen." Mit diesen Worten schwebte das Mädchen lautlos aus dem Raum und ließ zwei verblüffte und beeindruckte Kommissare zurück.

Charlotte fühlte sich aus der Zeit gefallen. Allein der Name dieses altertümlichen Raumes trug schon eine ansehnliche Patina.

*Folgen Sie mir in den Salon* – diese gestelzten Worte aus dem Mund einer höchstens Zwanzigjährigen im 21. Jahrhundert. Sehr befremdlich. Wie war dieses Mädchen wohl zu dem Job gekommen? Hatte der Freiherr eine Anzeige in der Zeitung geschaltet?

*Hübsche junge Frau als Dienstmädchen gesucht ...?*

Oder war die freundliche Vermittlerin bei der Arbeitsagentur behilflich gewesen?

*Wir haben da eine sehr interessante Stelle im Gastgewerbe.*

Wie auch immer. Einigermaßen eingeschüchtert saßen Charlotte und Torsten in den gewaltigen Sesseln und sahen sich um. Charlottes Blick blieb an einem Gemälde hängen, das ihr bekannt vorkam. Davor standen einige Vitrinen, in denen Briefe, Kästchen, Zeichnungen und andere Kleinigkeiten ausgestellt waren. Sie stupste Torsten an und wies mit dem Kopf in die Richtung.

„Das ist doch Kaspar Hauser", wisperte er. Ein Gespräch in normaler Lautstärke schien hier nicht angemessen zu sein.

„Das Bild hängt auch im Erlebniszentrum." Charlotte schälte sich aus dem Polster und bewunderte die kleine Ausstellung.

*Für meinen besten Freund*, stand in feiner Handschrift auf einem kleinen Kärtchen, das neben einer etwas ungelenk gefalteten Schachtel lag.

*In tiefer Ergebenheit,*
*Voller grenzenloser Liebe,*
*In herzlicher Dankbarkeit.*

„Sind diese sentimentalen Grußworte nicht anrührend?" Unbemerkt war Theo Freiherr von Tucher neben sie getreten. Liebevoll strich er über das Glas der Vitrine. „Und sehen Sie doch diese teils kindlichen, teils von bemerkenswertem Talent zeugenden Zeichnungen und Skizzen. Sie stammen allesamt aus Kaspars Hand, aus der Hand eines mit außergewöhnlichen Begabungen gesegneten Menschen. Dann diese detailgetreuen Aquarelle, so zart und feinsinnig beobachtet." Tuchers Augen leuchteten. „Diese Exponate ermöglichen Einblicke in die zerbrechliche und geschundene Seele eines Findlings, der Zeit seines Lebens auf der Suche war. Auf der Suche nach Geborgenheit, nach Liebe, nach seinen Wurzeln und nicht zuletzt nach sich selbst. Diese Unschuld und Hingabe, mit der Kaspar all diese Geschenke für seinen Vormund angefertigt hatte, zeugen von einem so klaren Verstand und unverdorbenen Gemüt, wie es ein Betrüger nie hätte an den Tag legen können." Die Stimme des Freiherrn wurde härter. Er wandte sich Charlotte zu. „Finden Sie den Mörder Martas und die Verbrecher, die Kaspars Erbe und damit auch das meiner Familie beschmutzt haben."

Charlotte zuckte zusammen. Die Bemerkungen des alten Herrn hatten sie tief berührt. Es schien fast so, als sei Kaspar Hauser sein Sohn oder Enkelsohn gewesen, kein Fremder, der vor fast 200 Jahren verstorben war und in keinerlei verwandtschaftlichem Verhältnis zum Hause Tucher gestanden hatte.

„Martas Mörder?", presste sie hervor und hatte Mühe, in ihre Rolle als Kommissarin zurückzufinden. Erst die emotionale Ansprache, dann der Befehlston, der den Besuchern ganz klar die Kräfteverhältnisse in diesem Hause vor Augen geführt hatte.

Er war der uneingeschränkte Patriarch, der von nichts und niemand in Frage gestellt werden durfte – wahrscheinlich auch nicht von einer Kommissarin, die seine Enkeltochter sein könnte.

„Natürlich. Marta war jung und gesund. Sie hatte endlich den Traum ihres und meines Lebens verwirklicht. Sie wurde heimtückisch ermordet. Zweifeln Sie das etwa an?"

Freiherr von Tucher richtete sich auf, strich sich durch sein volles, schlohweißes Haar und strahlte trotz seines hohen Alters eine Würde und Erhabenheit aus, die Charlotte selten erlebt hatte.

Plötzlich wurde sein Gesicht weich. Er lächelte.

„Bitte entschuldigen Sie, wie unhöflich von mir."

Er läutete kurz mit einem goldenen Glöckchen. Im gleichen Moment glitt das junge Dienstmädchen herein. Sie musste vor der Tür auf das Zeichen ihres Dienstherren gewartet haben.

„Annika, bring uns doch bitte Tee und etwas Gebäck."

Das Mädchen knickste kurz und verließ rückwärts wieder den Raum.

„Setzen Sie sich doch."

Der Hausherr nahm auf einem der Sessel Platz und griff zu einer kleinen Holzkiste, die mit wertvollen Intarsien verziert war.

„Sie haben doch sicher nichts dagegen, wenn ich mir eine Pfeife stopfe."

Charlotte versuchte erst gar nicht, die rhetorische Frage zu beantworten. Abgesehen davon hatte ein pfeiferauchender, weißhaariger, älterer Herr in perfekt sitzendem Anzug und mit gepflegtem Schnauzer eine so ehrwürdige Ausstrahlung, dass sie dafür gerne bereit war, anschließend die rauchumwölkte Kleidung zu waschen.

Hingebungsvoll kratzte Tucher die Tabakkrümel aus der Pfeife, reinigte und befüllte sie. Die ganze Prozedur war so meditativ und liebevoll, dass Charlotte kaum den Blick abwenden konnte. Überhaupt hatte sich die vergangene halbe Stunde ganz anders angefühlt als der bisherige Tag: altertümlich, skurril, entschleunigt. Alles wirkte wie eine Filmkulisse. Es war unvorstellbar, dass außerhalb dieser Mauern der digitale Wahnsinn herrschte, die Hektik und Geschäftsmäßigkeit des 21. Jahrhunderts.

„Sie sind sich also sicher, dass Frau Niedermann ermordet wurde", nahm Charlotte den Faden wieder auf, als sich langsam der würzige Geruch des Pfeifentabaks im Raum ausbreitete.

„Das sagte ich ja bereits."

„Frau Niedermann hat Ihre Mutter gepflegt. Sie müssen ein besonderes Verhältnis zu ihr gehabt haben."

Dass dieses *besondere Verhältnis* nicht zu einer Schwangerschaft geführt hatte, wussten sie bereits. Es war aber trotzdem befremdlich, mit welcher emotionalen Gleichgültigkeit der Freiherr von ihr sprach. Sie war immerhin mehrere Jahre in diesem Haus ein und aus gegangen und hatte seine Mutter gepflegt. Und jetzt war sie in seinem Museum getötet worden. Charlotte hätte erwartet, dass die Ereignisse dem Freiherrn mehr zugesetzt hätten, doch da waren keine Augenringe, keinerlei Erschöpfung oder gar Resignation zu sehen.

„Als Marta zu uns kam, war sie fast noch ein Kind. Sie hatte in Deutschland niemanden", erzählte Tucher in weiterhin geschäftsmäßigem Tonfall. „Sie hat hier gewohnt und sehr gute Arbeit geleistet. Als Mutter dann gestorben ist, hat Marta mit dem Studium begonnen. Wir haben sie als Dank für ihre Arbeit finanziell etwas unterstützt."

Tim hatte Charlotte erzählt, dass Gottlieb Freiherr von Tucher seinen Schützling Kaspar damals auch nicht gerade mit emotionaler Zuwendung überschüttet haben soll. Im Hause Tucher soll eine sehr kühle, distanzierte Atmosphäre geherrscht haben. Wahrscheinlich lag das auch heute noch in der Familie.

„Sie haben von Verbrechern gesprochen", fuhr sie fort. „Wen meinen Sie damit?"

„Junge Frau. Sie haben doch sicher schon davon gehört, dass es bis heute Menschen gibt, die der Meinung sind, Kaspar Hauser sei ein Betrüger gewesen und habe sich die ganze Geschichte um seine Gefangenschaft nur ausgedacht, um Aufmerksamkeit zu erregen."

Charlotte nickte.

„Mir war bewusst, dass ich mit dem Konzept des Erlebniszentrums die Gemüter dieser Leute erhitzen würde. Vor allem durch die Räume im Keller, in denen die Besucher Kaspars Martyrium nacherleben können und durch die Ausstellung zum Hause Baden. Ich beziehe eindeutig Stellung. Kaspar war der Prinz von Baden! Das steht für mich unumstößlich fest und das ist es auch, was in meinem Hause transportiert werden soll. Schließlich spricht der DNA-Test von 2002 eine eindeutige Sprache."

„Ich dachte, das Ergebnis des Tests war, dass keine Übereinstimmung zum Hause Baden bestanden hat? Das stand doch damals groß auf der Titelseite des *Spiegel*."

„Sie sprechen von einer älteren Untersuchung aus dem Jahr 1996. Damals hat der Bürgermeister von Ansbach gemeinsam mit dem *Spiegel* das Blut auf Kaspars Unterhose, die er am Tag des Messerangriffes im Hofgarten getragen hat, untersuchen lassen."

„Und was war die Gegenprobe?"

„Nachdem es keine männlichen Nachfahren der Zähringer-Linie mehr gab, hat man die DNA einer weiblichen Angehörigen dieser Linie zum Vergleich hergenommen."

„Was meinen Sie damit, es gab keine männlichen Nachfahren mehr?"

Charlotte brummte der Kopf. Diese ganze Geschichte um das Haus Baden, die Zähringer und irgendeine Gräfin, die angeblich die Strippen gezogen haben sollte, hatte sie noch nie verstanden. Bei ihrem Besuch im Erlebniszentrum hatte sie diesen Teil der Ausstellung ausgelassen, hatte es nicht mehr geschafft, sich auf die komplexen politischen Strukturen des badischen Königshauses zu konzentrieren.

„Sie wollen es wissen – also bitte sehr."

Freiherr von Tucher holte tief Luft.

„Großherzog Karl Friedrich von Baden, quasi der Urgroß-vater Kaspars, hatte mit seiner ersten Frau drei Söhne. Das war die Zähringer-Linie. Als die Frau starb, heiratete er die wesentlich jüngere Gräfin Hochberg und bekam mit ihr weitere Kinder – die Hochberg-Linie. Gräfin Hochberg wollte ihre eigenen Söhne auf dem badischen Thron sehen, was nur dann möglich gewesen wäre, wenn es keine männlichen Nachfahren aus der ersten Ehe mehr gegeben hätte."

Charlotte und Torsten hörten dem alten Herrn gebannt zu. Sie hatten schon öfter von diesen Verstrickungen gehört, aber nie genau verstanden, worum es damals eigentlich gegangen war.

„Und?"

„Kaspar, oder das Baby, das an seiner Statt im Familiengrab in Pforzheim begraben wurde, war nicht der einzige, der auf mysteriöse Art und Weise ums Leben kam. Sein jüngerer Bruder starb ein paar Jahre später mit knapp zwei Jahren angeblich beim Zahnen. Auch sein Vater Karl, sein Großvater und dessen Bruder starben. So konnte der älteste Sproß der Hochberg-Linie den Thron besteigen."

„Und das ist erwiesen? Ich dachte, es gab keine DNA-Übereinstimmung."

„Was das Blut auf der Unterhose betrifft, gab es die auch nicht." Tucher war ganz in seinem Element. Offenbar hatte er schon lange keine so interessierten Zuhörer mehr gehabt.

„Ich spreche jetzt von der Untersuchung, die die Uni Münster 2002 in Auftrag gegeben hat. Hier wurde nicht das Blut untersucht, sondern DNA-Material aus Haarwurzeln Kaspars entnommen, die man auf seiner Kleidung und in seinem Hut gefunden hatte. Die Technik war inzwischen weiter fortgeschritten und man konnte modernere Verfahren anwenden."

„Und was kam dabei heraus?"

„Ich zitiere den zuständigen Professor Bernd Brinkmann: *Zurzeit wäre es absolut unwissenschaftlich und falsch, Kaspar Hauser als möglichen Erbprinzen von Baden auszuschließen.*[2]"

„Also war er es?"

„Naja, die Wissenschaftler drücken sich immer etwas geschwollen aus. Man kann es nicht ausschließen, aber zu hundert Prozent annehmen kann man es auch nicht. Deshalb gibt es ja noch reichlich Zweifler."

„Zum Beispiel?" Damit waren sie wieder bei der ursprünglichen Frage angekommen.

„Robert Biburger."

Also doch.

„Er und seine Mitstreiter sind es, die mein Lebenswerk sabotieren und jetzt sogar vor einem Mord nicht zurückgeschreckt sind. Auch mich selbst haben diese Leute auf ihrer Liste stehen, davon bin ich überzeugt. Ich kann von Glück reden, dass ich nicht neben der bedauernswerten Marta in der Rechtsmedizin gelandet bin."

Charlotte schnappte innerlich nach Luft.

Das waren massive Anschuldigungen, die in einer solchen Selbstverständlichkeit vorgetragen waren, als seien sie bereits unumstößlich erwiesen.

„Aber ..."

„Ich bin mir sicher, dass die Pralinen, die uns dieser Heuchler geschickt hat, vergiftet waren. Sie sollten das einmal überprüfen."

Jetzt hatte Charlotte genug. Auch wenn der Herr fast fünfzig Jahre älter war als sie und blaues Blut in seinen Adern floss, hatte er nicht das Recht, sich über die Kompetenz der Polizei hinwegzusetzen.

„Herr von Tucher, bei allem Respekt, aber das dürfen Sie gerne uns überlassen. Wie kommen Sie darauf, dass Frau Niedermann an vergifteten Pralinen gestorben ist? Denken Sie, dass eventuell auch Ihr Schwächeanfall am Tag der Eröffnung damit zusammenhängt?"

„Nein, ganz sicher nicht. Die Schachtel von Biburger war am Tag der Eröffnung noch nicht da. Und bevor Sie mich danach fragen: Nein, ich weiß nicht, wer sie gebracht hat und wann genau das war. Ich weiß nur eines sicher: Robert Biburger wird nichts unversucht lassen, das Erlebniszentrum und damit auch mich selbst in Verruf zu bringen. Dazu ist ihm jedes Mittel recht. Am liebsten wäre es ihm sicherlich gewesen, Marta und ich hätten gemeinsam mit einem Glas Sekt und den besagten Pralinen die Eröffnung des Hauses gefeiert. Doch ich lebe noch und ich verspreche Ihnen, dass ich mich bis zum letzten Atemzug für mein Lebenswerk einsetzen werde. Sorgen Sie dafür, dass das Haus so schnell wie möglich wieder öffnen kann und fassen Sie diese Verbrecher, bevor es noch weitere Tote gibt."

# 15

Charlotte stand mit geschlossenen Augen auf dem Gehsteig und ließ sich die Sonne ins Gesicht scheinen. Sie spürte regelrecht, wie sich ihr Akku nach der energieraubenden Stunde in Tuchers Gemäuern wieder auflud, sie langsam wieder in die Realität zurückkehrte.

„Wie spät ist es?" Sie wollte die Augen noch nicht öffnen, brauchte noch einen Moment, bevor sie sich der nächsten Herausforderung stellen konnte, falls ihr Familien-Zeitplan überhaupt noch eine weitere Herausforderung zuließ.

„Halb drei."

Gut, dann war auf jeden Fall noch ein Besuch bei diesem ominösen, offenbar gefährlichen Verbrecher Biburger drin.

„Meinst du, dieser Biburger ist wirklich so bösartig wie ihn alle darstellen?"

„Sieht ganz danach aus." Nachdem im Hause Tucher weder das Handy noch das Internet Empfang gehabt hatte, war Torsten eifrig damit beschäftigt, diverse Nachrichten zu sichten und zu beantworten. Es war ihm ein Rätsel, wie die Kollegen in längst vergangenen, analogen Zeiten überhaupt in der Lage gewesen waren, Fälle zu lösen. Ohne Internet, SMS und Smartphone.

Völlig undenkbar!

Charlotte blinzelte ihn an. „Was sagst du da?"

„Markus hat geschrieben. Das Labor hat tatsächlich Gift in Biburgers Pralinen gefunden. Unser Freiherr hatte wohl das richtige Gespür. Übrigens ist Robert Biburger der Vater von Johanna. Matthias hat uns die Adresse geschickt. Er wohnt im Halbwachsengässchen 2."

„Wo?"

Charlotte lebte schon ihr ganzes Leben lang in Nürnberg, aber eine Straße dieses Namens war ihr bisher noch nie untergekommen.

Torsten gab bereits die Adresse in eine Suchmaschine ein und hielt ihr drei Sekunden später das Handy entgegen.

Und wieder ein Hoch auf die Technik.

„Das gibt es doch nicht", wunderte sich die Kommissarin und sah noch einmal genauer hin. „Da bin ich bestimmt schon hundertmal vorbeigelaufen."

Kurz darauf hatten sie die kleine Gasse erreicht. Sie lag in unmittelbarer Nähe der Sebaldus Kirche, in Sichtweite zum Albrecht-Dürer-Denkmal. Es gab dort nur wenige Häuser. In einem davon, einem riesigen, ehrwürdigen Sandsteingebäude, wohnten laut Klingelschild im obersten Stock R. und G.D.Biburger.

Torsten klingelte.

Klingelte nochmal.

Keiner öffnete.

„Schade", meinte Charlotte bedauernd. „Ich hätte diesen Herrn gern mit seinen tödlichen Pralinen konfrontiert."

Sie zog eine Visitenkarte hervor, schrieb eine kurze Nachricht darauf und warf sie in den Briefkasten.

„Vielleicht haben wir Glück und er kommt bald nach Hause. Lass uns doch in der Zwischenzeit bei Attila einen Espresso trinken."

Im kleinen *Café al fiume* war jeder Stuhl besetzt. Auf dem neu eingerichteten Spielteppich tummelten sich etliche Babys, während ihre Mütter plaudernd daneben saßen. Auch die Stehtische auf dem engen Gehsteig waren gut gefüllt. Viele Geschäftsleute, Stadtbummler und Anwohner kamen gerne um diese Zeit vorbei, um sich mit einem starken Kaffee und einem krossen Keks für die zweite Tageshälfte zu stärken.

„Charlotte!", rief Attila erfreut, als die Kommissare hereinkamen. „Ich habe schon in der Zeitung gelesen, dass es eine Tote im Kaspar-Hauser-Museum gegeben hat. Furchtbar!"

„Und das gleich an meinem ersten Arbeitstag nach über anderthalb Jahren."

Attila schielte über den Rand seiner Espressomaschine und

senkte die Stimme. „Das heißt, ihr ermittelt?"

„Attila", bremste Charlotte ihren ehemaligen Chef und wies mit dem Kopf auf die Gäste. „Später."

In diesem Moment kam Mariella mit einem Blech voller Kekse herein und schob es in den Ofen. Sie hatte darauf bestanden, den Ofen im Gastraum installieren zu lassen. Dadurch war der Duft der frisch gebackenen Plätzchen allgegenwärtig und kurbelte den Umsatz an.

„Hallo ihr beiden", begrüßte sie Torsten und Charlotte. „Wie geht es dir als berufstätige Mutter?" Mit roten Wangen stellte sie ein Tellerchen voller Kekse auf den Tresen. „Du siehst müde aus."

„Mittlerweile geht es schon wieder. Heute früh sah sie aus wie der Tod von Forchheim", raunte Torsten hinter vorgehaltener Hand.

„Ja, ja, die Nächte sind auch nicht mehr das, was sie einmal waren", seufzte Charlotte und fasste sich theatralisch an die Stirn. „Aber was tut man nicht alles für den lieben Nachwuchs ..."

Mariella lachte. „Ich habe das kleine Goldstück schon so lange nicht mehr gesehen. Bestimmt ist er schon wieder mächtig gewachsen."

„Es ist genau zwei Tage her." Diesmal war es Charlotte, die ihrem Kollegen ins Ohr wisperte.

„Kann ich ihn nicht nachher von der Krippe abholen?", säuselte Mariella und ignorierte Charlottes Bemerkung. „Er hatte am Sonntag so viel Spaß auf dem Spielplatz im Wiesengrund."

Charlottes Handy vibrierte. Eine unbekannte Nummer erschien auf dem Display. Sie ging nach draußen und nahm das Gespräch an.

„Gerlach, hallo?"

„Hallo, Frau Gerlach, hier ist Robert Biburger. Ich habe gerade im Briefkasten Ihre Nachricht gefunden. Wie kann ich Ihnen helfen?"

„Guten Tag, Herr Biburger. Schön, dass Sie sich so schnell melden. Wir würden gerne mit Ihnen sprechen. Könnte ich mit meinem Kollegen in zehn Minuten bei Ihnen vorbeikommen?"

„Worum geht es denn?"

„Das würde ich lieber persönlich mit Ihnen besprechen."

„Geht es um Frau Niedermann?"

„Wir sind gleich bei Ihnen."

„Was hat die Kriminalpolizei damit zu tun?"

„Herr Biburger. Lassen Sie uns doch lieber persönlich miteinander reden. Bis gleich dann."

Charlotte steckte den Apparat wieder ein und ging zurück ins Café.

„Mariella, ich würde gerne auf dein Angebot mit dem Spielplatz zurückkommen. Wir müssten dringend noch zu einem Termin."

Mariellas Augen leuchteten. „Das freut mich sehr. Ich bringe den Kleinen dann später zu Tim nach Hause."

Charlotte warf ihr eine Kusshand zu und nahm sich noch einen Keks. „Du bist ein Schatz! Danke dir. Komm, Torsten, wir müssen ins Halbwachsengässchen."

„Weiß er, worum es geht?", wollte Torsten wissen.

Charlotte schüttelte den Kopf.

„Er kann es sich natürlich denken. Ich vermute mal, dieser Herr wird eine harte Nuss."

Sie klingelten erneut bei der Hausnummer 2.

„Ja?"

„Charlotte Gerlach, Kripo Nürnberg."

„Im fünften Stock."

Im Treppenhaus hatten sie die Wahl: Bequem mit dem Aufzug fahren oder die kostenlose Trainingsmöglichkeit nutzen und zu Fuß gehen.

Für Torsten war das keine Frage. Er hatte bereits den Knopf für den Fahrstuhl gedrückt. Sport und Fitness waren nicht unbedingt seine Steckenpferde. Seine Devise in Sachen Sport hieß: so wenig wie möglich und so viel wie nötig. Charlottes Meinung nach würde es allerdings seinem Bauchansatz nicht schaden, wenn er öfter mal die Treppe nehmen würde. Zu ihrem Leidwesen hatte sich auch ihr Bauch nach der Schwangerschaft noch nicht wieder ganz in seine ursprüngliche Form zurückbegeben.

Mit einer Mischung aus Ärger und Vergnügen dachte sie an

eine diesbezügliche Bemerkung ihrer Nachbarin, die ihre ganze Wirkung erst dann entfaltete, wenn man sie im breitesten Nürnberger Dialekt zu hören bekam:
*Dou hast ja velleicht nou an g'scheid'n Ranzn drohenga,*
was übersetzt so viel hieß wie:
*Du hast ja noch einen richtigen Ranzen dranhängen,*
oder etwas gewählter:
*Du bist noch etwas rund um die Mitte.*

Entschlossen ließ Charlotte den Kollegen in den Aufzug steigen und machte sich zu Fuß auf den Weg in den fünften Stock.
Außer Atem begrüßte sie Torsten wenig später vor der Wohnungstür der Familie Biburger.
„Können wir?" Sein Finger war schon auf dem Klingelknopf.
„Nein, warte", bat Charlotte japsend. Sie hatte sich keine Blöße geben wollen und war schneller die Treppen hochgelaufen, als es gut für sie gewesen war. „Ich bin gleich soweit."
Sie schaute sich um, während sich ihr Puls langsam wieder normalisierte. Die Wohnung der Biburgers schien die einzige in diesem Stockwerk zu sein und musste entsprechend weitläufig sein, denn in den Stockwerken darunter wohnten jeweils zwei Parteien pro Etage.
Neben der Tür stand ein bauchiger, geflochtener Korb aus Bast, aus dem gefilzte Hausschuhe unterschiedlicher Größen und Farbe herauslugten. Auf einem Schild an der Wand war in weichen Pastellfarben und geschwungener Schrift

*Gisela Durgamaya – Yogameisterin*

zu lesen. Charlotte legte die Stirn in Falten. Es gab viele verschiedene Lebensentwürfe, Einstellungen, Meinungen. Manche davon teilte sie hundertprozentig, andere fand sie ok, wieder andere konnte sie nicht wirklich nachvollziehen. Und dann gab es die, die sie einfach nicht verstand, über die sie schmunzeln oder sich sogar aufregen musste. Das weite

Feld der Esoterik gehörte zu letzteren. Es war nicht unbedingt so, dass sie Aggressionen gegenüber dieser Art Weltanschauung hegte, es war einfach nur Unverständnis, Ungläubigkeit und die Frage, wie man das alles ernst nehmen konnte. Sie war viel zu bodenständig, zu realistisch und wahrscheinlich auch zu zappelig, um sich auf die Schwingungen und Emotionen einlassen zu können. Ihre Freundin Sandra, die dazu neigte, sich in kurzen Abständen mit Haut und Haar dem jeweils aktuellen Trend hinzugeben, hatte auch schon einmal eine Yoga-Phase durchlebt. In dieser Zeit hatte sich Charlotte immer wieder gegen die esoterischen Zugriffe wehren und Sandra ständig versichern müssen, dass sie mit ihren Versuchen, die Freundin dafür zu begeistern, auf Granit biss. Natürlich wurde Charlotte immer wieder darüber aufgeklärt, dass Yoga nichts mit Esoterik zu tun hatte, sondern in erster Linie der Steigerung der körperlichen Beweglichkeit und damit der jahre- oder sogar jahrzehntelangen Lebensverlängerung diente, wie verschiedene Studien belegten.

Mag ja sein, aber musste diese Gymnastik unbedingt in Räucherstäbchen geschwängerter Luft, wallenden, bunten Bio-Seide-Gewändern und dem nervigen Geräusch handgefertigter Klangschalen praktiziert werden? Bei einem Besuch eines großen Sportgeschäfts hatte Charlotte kürzlich feststellen müssen, dass für diesen Trendsport inzwischen ein mindestens fünf Meter breites und zwei Meter hohes Regal zur Verfügung stand. Zehn Quadratmeter voller Yogahosen, Shirts, Pullis jeglicher Couleur, als könne man all diese Übungen nicht auch in der ausgeleierten Jogginghose absolvieren.

Und dann gab es ein noch einmal so großes Regal für die Hardware: Yogagurt, Kopfstandhocker, Schurwollmatte, Yogablock aus Ziegelschaum, Pilatesrolle und natürlich die passende Literatur dazu. Man fühlte sich schon fast ausgegrenzt, wenn man nicht in regelmäßigen Abständen mit dem Design Lab Yoga Handtuch aus ökologischem Material und der eingerollten Design Lab Combo Matte bewaffnet ins nahegelegene Yoga Studio radelte, um dort im Kreise Gleichgesinnter den *Sonnengruß*, das *Dreieck*, den

*Hund* oder die *Kobra* zu üben.

„Bist du soweit?", drang die Stimme Torstens langsam in ihr Bewusstsein.

„Ja, es geht schon wieder."

Sie streckte sich und atmete tief durch. Täuschte sie sich, oder drang ein zartes Aroma von Sandelholz und Zirbelkiefer aus der Wohnung ins Treppenhaus?

Vielleicht war nach den ganzen Überlegungen ihre Wahrnehmung auch nur überempfindlich und sie bildete sich das alles nur ein?

Torsten klingelte.

„Kommen Sie doch herein."

Alle Vorurteile wurden nicht nur bestätigt, sondern sogar noch getoppt.

Vor ihnen stand eine etwa sechzigjährige Frau mit langem, hennarotem Haar, das sicher schon seit geraumer Zeit keine Schere mehr gesehen hatte. Sie trug ein nahezu bodenlanges, wallendes Gewand, das nicht ganz darüber hinwegtäuschen konnte, dass die Dame problemlos ein paar Kilo mehr vertragen könnte. Auf den nackten Füßen und den Handrücken waren Muster aus Henna zu erkennen. Hatte Charlotte nur wenige Sekunden zuvor noch Zweifel an der Echtheit der betörenden Düfte gehabt, in diesem Moment wurden alle Zweifel ausgeräumt.

„Frau Biburger?", fragte Charlotte leicht röchelnd, denn ihre Stimmbänder waren von der ungewohnten Attacke der wohlriechenden Gehölze etwas angegriffen.

„Gisela Durgamaya", flötete die Angesprochene, strahlte die beiden Polizisten fröhlich an und zog zwei Paar Filzschlappen aus dem Korb. „Wenn ich Sie bitten dürfte."

Charlotte musste daran denken, wie sie im Zusammenhang mit einem Fall vor drei Jahren eine Dame in Erlenstegen besucht hatte. Angelika Eck war etwa im gleichen Alter gewesen wie die Henna-Dame, hatte aber so gut wie nichts mit ihr gemeinsam – zumindest äußerlich. Frau Eck war immer schick und teuer gekleidet gewesen, perfekt geschminkt und regelmäßige Patientin der Nürnberger Schönheitschirurgen – oder sollte man besser sagen *Kundin*? Gisela Biburgers Gesicht sah dagegen nicht so aus, als sei es schon einmal mit Schminke oder gar einem Skalpell in Berührung gekommen.

Musste auch nicht sein. Charlotte legte auch keinen Wert auf Lidschatten und Wimperntusche, aber einen Friseurbesuch im Vierteljahr gönnte sie sich schon.

Innerlich seufzend zog sie ihre Schuhe aus, stellte sie ordentlich auf das dafür vorgesehene Regal und schlüpfte in die weichen Pantoffeln, ohne den Gedanken zuzulassen, wie viele verschiedene Füße schon davor ihre Ausdünstungen darin hinterlassen hatten.

Sie fühlte sich ein bisschen wie ein Hobbit mit seinen breiten, pelzigen Füßen, als sie hinter Torsten in den Flur schlurfte.

Der Geruch wurde immer intensiver, je näher sie einer Tür kamen, aus der sphärische Klänge drangen. Der Raum war riesig und indirekt mit verschiedenfarbigen Deckenflutern beleuchtet. An den Wänden hingen bunte Tücher, der Boden war mit flauschigen Teppichen belegt. Mehrere Frauen mittleren Alters saßen im Schneidersitz auf dicken Kissen. Manche hatten die Augen geschlossen, manche blickten neugierig, andere ungeduldig zur Tür. Allesamt trugen sie Kleidung, die im ersten Moment nicht so aussah, als sei sie in diesem großen Sportgeschäft gekauft worden. Charlotte tippte da eher auf einen ökologischen Versandhandel, speziell für die finanziell gut aufgestellte Mittelschichtsfrau jenseits der sechzig.

Einen fürchterlichen Moment lang sah es so aus, als müsse die Befragung in diesen Räumlichkeiten stattfinden. Ein unauffälliger Seitenblick auf Torsten zeigte, dass auch er schon ähnliche Gedanken gehabt hatte, doch zu Charlottes Erleichterung ging Frau Biburger weiter den Flur entlang.

„Kommen Sie nur, mein Mann erwartet Sie bereits."

*In der Bibliothek*, vervollständigte Charlotte im Geiste den Satz, doch im Hause Biburger schien noch so manches anders zu sein als beim Ehepaar Eck in Erlenstegen.

Gisela Biburger führte sie in die Küche.

„Die Polizei ist da." Der herzliche Tonfall war verschwunden und hatte einer unterkühlten Stimmung Platz gemacht. Es sah so aus, als sei doch nicht alles anders als im Hause

Eck, in dem die eheliche Harmonie erhebliche Risse offenbart hatte.

In der geräumigen Küche stand ein Mann in Jeans und Poloshirt an einer Kochinsel und hackte Kräuter mit einem Wiegemesser. Das angenehme Aroma von frischem Basilikum und Oregano verdrängte Sandelholz und Zirbelkiefer aus Charlottes Nase. Auf dem Herd köchelte, dem Duft nach zu schließen, eine Bolognesesoße. Es duftete so vielversprechend, dass Charlotte das Wasser im Munde zusammenlief.

„Guten Tag", begrüßte sie Robert Biburger und fuhr fort, die grünen Blättchen zu bearbeiten. „Bitte schließen Sie doch die Tür. Diese esoterischen Ausdünstungen sind unerträglich." Er fuhr sich mit dem Handrücken über die hohe Stirn und wies auf zwei Barhocker. „Setzen Sie sich doch. Darf ich Ihnen etwas anbieten? Wasser? Kaffee?"

Charlotte und Torsten setzten sich auf die Hocker.

„Ja, gerne. Mein Name ist Gerlach und das ist mein Kollege Klein."

„Es geht sicher um die bedauernswerte Marta, habe ich recht? Wie kann ich Ihnen behilflich sein?"

Biburger öffnete den Topfdeckel, entließ eine köstliche Wolke italienischen Flairs und gab die Kräuter dazu. Jetzt noch Spaghetti al dente und eine ordentliche Portion frisch geriebener Parmesan und Charlotte wäre im kulinarischen Olymp angekommen. Auch Torsten sah so aus, als könne man ihm mit einer Portion davon eine richtige Freude machen. Leider waren sie nicht zum Essen hier, sondern um einen Mann zu befragen, der womöglich hinterrücks einen Menschen vergiftet und den Tod eines zweiten billigend in Kauf genommen hatte.

„Bitte entschuldigen Sie, dass ich hier noch kurz weitermache, aber ich erwarte meine Tochter zum Essen. Meine Frau hat leider den fleischlichen Genüssen abgeschworen und ich will Johanna keine veganen Tofu-Bratlinge vorsetzen."

Und wieder war da diese emotionale Kälte. Charlotte ging davon aus, dass die Formulierung *fleischliche Genüsse* auf beide Arten verstanden werden konnte.

Doch das ging sie nichts an, es sei denn, es wäre relevant für ihren Fall.

Robert Biburger sah auf die Uhr und signalisierte den Polizisten damit eindeutig, dass er daran interessiert war, dieses Gespräch möglichst kurz zu halten. Charlotte war gespannt, ob er auch schon das Wasser für die Spaghetti aufsetzen würde. Ab diesem Zeitpunkt hätten sie nur noch etwa fünfzehn Minuten, vorausgesetzt, das Essen sollte pünktlich serviert werden, mit frisch abgeschütteten Spaghetti al dente und leckerem, geriebenem Parmesan …

Biburger setzte kein Wasser auf, drehte die Flamme unter der Soße kleiner, holte drei Gläser und eine Karaffe Wasser und setzte sich zu ihnen.

„Worum geht es?"

„Sie wissen ja bereits, dass Frau Niedermann in der Nacht von Sonntag auf Montag im Kaspar-Hauser-Erlebniszentrum verstorben ist", begann Charlotte.

„Das wissen alle, die Zeitung gelesen haben. Warum kommen Sie damit zu mir? Und warum die Kripo?"

In seiner Stimme schwang eine Mischung aus Neugier und Ärger mit, aus Ungeduld und Provokation. Charlotte und Torsten hatten vereinbart, dass sie das Gespräch führen und er sich auf die nonverbalen Reaktionen des Mannes konzentrieren sollte, auf kleine Zuckungen, Nervositäten, kleine Zeichen in Gestik und Mimik, die möglicherweise im Widerspruch dazu standen, was er gesagt hatte.

Im Moment waren keinerlei Unsicherheiten zu erkennen. Der Mann saß selbstbewusst mit geradem Rücken da und blickte der Kommissarin offen in die Augen, als wisse er tatsächlich nicht, warum ihn die Mordkommission sprechen möchte.

„Frau Niedermann wurde nachweislich vergiftet", ließ Charlotte die Katze aus dem Sack.

„Ach?" Biburger zog eine Augenbraue nach oben. War da ein verschmitztes Lächeln in einem Mundwinkel? Oder gar so etwas wie Genugtuung? „Vergiftet?"

„Die Kollegen aus der Rechtsmedizin haben eindeutig festgestellt, dass Frau Niedermann an vergifteten Pralinen gestorben ist."

Jetzt war Biburgers Lächeln nicht mehr versteckt.

„Ja, ja, Pralinen mochte sie schon immer. Und jetzt denken Sie, ich habe der Dame die tödlichen Süßigkeiten zukommen lassen? Sind Sie deshalb hier?"

Geringschätzung, Hohn und Spott.

Schmunzelnd goss er sich Wasser ein und nippte an seinem Glas.

Charlotte ließ sich nicht provozieren, trank ebenfalls einen Schluck und wartete.

„Sie glauben wirklich, ich habe Marta vergiftete Pralinen geschickt und ihr vielleicht noch eine Grußkarte mit meinem Namen beigelegt?" Er wurde schlagartig ernst. „Sie können mich unmöglich für so kurzsichtig halten."

Jetzt war es Charlotte, die lächelte.

„Herr Biburger. Ich halte Sie keineswegs für kurzsichtig, aber versetzen Sie sich doch einmal in meine Lage. Eine Frau stirbt nachweislich an den vergifteten Pralinen, die angeblich ein Herr Prof. Dr. Biburger geschickt hat. Ich würde meine Pflicht sträflich verletzen, würde ich nicht hier sitzen und mit Ihnen sprechen."

„Der Punkt geht an Sie", räumte Biburger großzügig ein.

„Und doch sind das schwerwiegende Anschuldigungen."

„Ich würde es nicht Anschuldigungen nennen. Es sind Fakten, denen wir nachgehen müssen. Haben Sie Frau Niedermann Pralinen und eine Karte geschickt?"

„Nein, habe ich nicht. Warum hätte ich das tun sollen?"

„Sie haben sie eben Marta genannt und wussten, dass sie gerne Pralinen mochte. Das klingt so, als hätten Sie sich gekannt."

Biburger nickte anerkennend. „Aha, ganz die aufmerksame Kriminalbeamtin. Ihnen entgeht wohl nichts?"

„Das ist mein Job", gab sie unbeeindruckt zurück. „Woher kannten Sie sich?"

„Man kennt sich in der Szene", antwortete Biburger ausweichend und Charlotte nahm sich vor, diesbezüglich weiter zu recherchieren.

„Könnten Sie das etwas konkretisieren? Was meinen Sie mit *Szene*?"

Biburger verschränkte die Arme. Noch immer konnte

Torsten an seinem Verhalten nichts Auffälliges entdecken. Der Mann war nach wie vor ruhig und souverän.

„Die Tatsache, dass unser blaublütiger Tucher jetzt sein sogenanntes Erlebnishaus eröffnet hat, kommt nicht bei allen gut an."

„Meinen Sie mit *Szene* die *Contra-Hausianer?*"

Charlotte hatte das Bedürfnis, das Kind beim Namen zu nennen und nicht länger um den heißen Brei herumzureden.

„Sehr gut. Ich sehe, Sie haben sich informiert."

„Herr Biburger, bitte beantworten Sie meine Frage."

„Wissen Sie, Frau Gerlach, auch wenn der arme Hauser seit fast zweihundert Jahren unter der Erde liegt, sind noch immer unzählige leichtgläubige Menschen der irrigen Annahme, er sei ein Spross des badischen Königshauses gewesen und habe seine ganze Kindheit in völliger Isolation verbracht."

„Sie gehören offensichtlich nicht zu diesen leichtgläubigen Menschen."

„Gut kombiniert. Es ist mir schleierhaft, wie es in unserer hochtechnisierten und aufgeklärten Welt möglich ist, diesen absurden Mythos aufrechtzuerhalten. Wobei ich sagen muss, dass mir dieser Begriff der *Contra-Hausianer* immer etwas aufstößt. Das klingt so, als seien wir *gegen* etwas, dabei sind wir nur Realisten. Es gibt unzählige Beweise dafür, dass es niemals sein kann, dass ein kleines Kind über einen so langen Zeitraum hinweg völlig alleine bei Wasser und Brot überleben kann."

„Herr Biburger, so interessant diese Thematik auch sein mag, ich möchte das an dieser Stelle nicht mit Ihnen diskutieren. Es geht darum, dass eine Frau an Pralinen gestorben ist, an der eine Grußkarte mit Ihrem Namen befestigt war. Wenn Sie nicht der Absender waren und dementsprechend auch die Pralinen nicht vergiftet haben, wer war es dann? Wenn es so ist, wie Sie sagen, dann müssen wir davon ausgehen, dass Ihnen jemand den Mord anhängen will."

Biburger stutzte kurz. „Mir einen Mord anhängen? Aber wer sollte so etwas tun?"

„Sagen Sie es mir."

„Moment mal. Mir würden schon ein paar Leute einfallen, denen ich mit meinen Ansichten sicherlich unangenehm bin, allen voran Theo Tucher, aber die würden doch nie eine aus ihren eigenen Reihen vergiften, nur um mir die Tat anzuhängen."

„Richtig, das ist schwer nachvollziehbar. Genauso wie die Vorstellung, Pralinen mit Gift zu versetzen."

Robert Biburgers anfängliche Überheblichkeit bröckelte und wich einer gewissen Besorgnis.

„Vielleicht bekomme ich auch bald etwas Vergiftetes untergeschoben?" Er wurde blass.

Charlotte war nicht sicher, ob die Bedenken echt waren. Angenommen, es war tatsächlich so, wie er gesagt hatte, dann war es durchaus möglich, dass er auch auf der Liste des Täters stand.

„Die übrigen Pralinen, die Schachtel und die Grußkarte werden zurzeit auf Spuren untersucht. Es wäre hilfreich, wenn wir Ihre Fingerabdrücke und eine freiwillige Speichelprobe nehmen dürften. Wenn Sie nichts damit zu tun haben, haben Sie nichts zu befürchten."

Charlotte machte sich auf erheblichen Widerstand gefasst, doch offenbar hatte die Möglichkeit, er könne der Nächste sein, seine Wirkung nicht verfehlt.

„Aber natürlich. Können wir das gleich erledigen? Meine Tochter müsste jeden Moment kommen."

Sie hörten, wie die Wohnungstür geöffnet wurde.

„Hallo Papa!", hörten sie die Stimme einer jungen Frau. „Wir sind da!"

„Das geht leider nicht", antwortete Charlotte und stand auf. „Sie müssten dazu bitte möglichst bald ins Präsidium kommen."

Biburger machte sich schon am Herd zu schaffen und stellte den Kochtopf für die Nudeln auf die Flamme.

„Ja, gut", murmelte er geistesabwesend. Es war ihm deutlich anzumerken, dass er die Polizisten gerne sofort vor die Tür gesetzt hätte. „Ich komme vorbei, sobald es geht. Auf Wiedersehen."

„Herr Biburger", Charlotte sah ihn eindringlich an, „bitte kommen Sie morgen früh um 9.00 Uhr und bringen Sie auch

Ihre Frau und Ihre Tochter mit. Auf Wiedersehen."

Im Flur dominierte inzwischen der köstliche Duft aus der Küche. Die Tür zum Yogaraum war geschlossen, lediglich gedämpftes Gemurmel war zu hören.

„Oh, hallo, ist der Kurs schon zu Ende?" Eine Frau mit feuerrot gefärbten Haaren und ungewöhnlich vielen Piercings im Gesicht grinste sie belustigt an. Offenbar hielt sie von der Tätigkeit ihrer Mutter nicht allzu viel. Hinter ihr stand ein Mann in Charlottes Alter mit ungekämmten Haaren, Dreitagebart und ausgewaschener Jeans.

„Wir sind von der Polizei. Mein Name ist Gerlach und das ist mein Kollege Klein. Sind Sie Johanna Biburger?"

„Ja, das bin ich", antwortete sie irritiert. „Polizei? Ist etwas passiert?"

„Mit Ihren Eltern ist alles in Ordnung. Wir sind wegen Marta Niedermann hier."

Das Gesicht der jungen Frau entspannte sich.

„Darf ich fragen, wer Sie sind?" Charlotte wandte sich an den Mann, der sich bisher im Hintergrund gehalten hatte.

„Nowak, Tom Nowak", stellte er sich vor. „Ich bin Johannas Freund."

„... und der mutige Lebensretter", ergänzte Torsten überrascht.

Charlotte machte ein fragendes Gesicht.

„Lebensretter?"

„Herr Nowak hat vor drei Wochen beim Brand im Kaspar-Hauser Museum den Hausmeister gerettet."

„Ach, Sie waren das", freute sich Charlotte. „Das war richtig mutig von Ihnen. Immerhin haben Sie dabei auch Ihre eigene Gesundheit riskiert."

Tom Nowak winkte ab. „Das war doch selbstverständlich."

Es war deutlich zu spüren, dass ihm die Aufmerksamkeit der Beamten unangenehm war. „Das hätten Sie bestimmt auch gemacht."

„Da bin ich mir nicht so sicher."

Die bescheidene, zurückhaltende Art des Mannes gefiel Charlotte.

„Was wollen Sie hier?", ergriff wieder Johanna energisch das Wort. Ein Quäntchen Bescheidenheit würde ihr gut zu

Gesicht stehen. „Was haben wir mit dem Tod von Frau Niedermann zu tun?"

„Wir haben mit Ihrem Vater gesprochen und ihn gebeten, morgen ins Präsidium zu kommen. Ihre Mutter und Sie sollten bitte auch mitkommen."

„Was? Warum? Was wollen Sie von uns?"

Charlotte ignorierte die Frage und verließ sich darauf, dass Robert Biburger seiner Tochter alles erzählen würde. „Es wäre schön, wenn Sie es einrichten könnten. Vielen Dank und guten Appetit, es riecht wirklich köstlich."

## 16

„Was war das denn?" Johanna setzte sich auf ihren Stamm-
platz am Esstisch. „Was wollte denn die Polizei von dir?"
Robert Biburger gab die Spaghetti ins kochende Wasser,
stellte den Kurzzeitwecker und rührte die Soße um. „Hallo,
Schatz. Grüß dich, Tom. Setzt euch, die Nudeln sind gleich
fertig."
Tom blieb in der Tür stehen. „Kann ich noch etwas helfen?"
„Du könntest den Tisch decken, danke dir."
„Hallo, Papa? Hörst du mir überhaupt zu?", fragte Johanna
entrüstet, während Tom Teller und Besteck aus dem Schrank
räumte.
Robert Biburger mochte den ruhigen, jungen Mann, mit dem
seine Tochter seit etwa einem Jahr zusammen war, auch
wenn er nicht wirklich der Vorstellung entsprach, die er und
seine Frau vom Partner ihres einzigen Kindes hatten.
Sie hätten sich einen gebildeten, gut verdienenden, jungen
Mann aus gutem Hause gewünscht, der in der Lage wäre, die
eigene Tochter zurück in die gesellschaftlichen Grenzen zu
weisen und ihr die revolutionären Gedanken auszutreiben.
Es müsste ja nicht gleich ein steifer Steuerberater oder
verkopfter Professor sein, aber ein solider IT-Fachmann oder
erfolgreicher Banker wäre im Hause Biburger doch mehr als
willkommen gewesen. Der passende Partner – darin waren
sich die Eheleute Biburger ausnahmsweise einmal einig –
würde die entgleiste Tochter wieder in die richtige Spur
bringen, ihr endlich diese scheußlichen Piercings und die
grauenvolle Haarfarbe ausreden und dafür sorgen, dass sie
ihr Studium beendete. Immerhin wurde sie bald dreißig. In
diesem Alter hatte ihr Vater bereits an seiner Doktorarbeit in
Psychologie geschrieben.
Leider hatte Johanna noch nie das getan, was ihre Eltern von

ihr erwartet hatten, hatte schon immer rebelliert, ihr eigenes Süppchen gekocht, die Eltern gegeneinander ausgespielt. An ihrem achtzehnten Geburtstag, also vor knapp zehn Jahren, war sie von zu Hause ausgezogen, in eine WG mit anderen jungen Leuten, die sich auch aus den angeblichen Zwängen ihres bürgerlichen Elternhauses befreien wollten.

Zum Glück hatte sie damals ihr Abitur bereits bestanden und sich auf Drängen des Vaters hin für ein Psychologiestudium eingeschrieben. So hatten die Eltern doch noch die Hoffnung, aus ihrer Tochter könne noch etwas werden. Durch ein Volontariat bei einer Zeitung hatte sie ihr Interesse am Journalismus entdeckt und arbeitete seither als freie Mitarbeiterin bei verschiedenen Verlagen. Schlecht bezahlt und keineswegs sicher, aber dennoch ein Job, der sie von den elterlichen Finanzspritzen unabhängig gemacht hatte. Im Zuge dessen hatte sie auch Tom kennengelernt. Er arbeitete neben verschiedenen anderen Tätigkeiten auch als freier Fotograf. Durch die Berichterstattungen über das Kaspar-Hauser-Museum und die damit verbundenen Sabotageakte hatten sie ein gemeinsames Thema mit ihrem Vater gefunden. Der Kontakt war wieder intensiver geworden, die Stimmung besser. Johanna hatte schon immer gewusst, dass ihr Vater nichts vom Mythos des berühmten Findelkindes hielt, hatte sich aber nie dafür interessiert. Die ständigen Monologe, Vorträge und Belehrungen über dieses Thema hatten sie ihre ganze Kindheit über genervt. Erst mit Tuchers Projekt war ihr Interesse erwacht, hatte sie gemerkt, dass sie mit dem Hintergrundwissen ihres Vaters beim Schreiben der Artikel punkten konnte. Inzwischen machte es ihr richtig Spaß, gemeinsam mit ihm zu kämpfen – zumindest auf dem Papier.

„Ich erzähle euch gleich, was sie wollten, aber lasst uns doch erst essen. Ich habe einen Bärenhunger."

„Ich auch", gab Tom zu. „Es riecht wieder einmal köstlich. Isst deine Frau auch mit?" Auch nach einem Jahr war er mit Gisela noch immer nicht so vertraut, dass er sie beim Vornamen nennen würde. Er wusste, dass sie nichts von ihm hielt und hatte beschlossen, im Gegenzug auch nichts von ihr zu halten.

„Das glaubst du doch selbst nicht", gab Biburger resigniert zurück. Früher hatte er seine Frau regelmäßig mit seinen Kochkünsten begeistert. Jetzt war leider genau das Gegenteil der Fall.

Aus dem Flur waren Stimmen zu hören. Der Yogakurs war zu Ende. Wortfetzen wie *großartig, meine Liebe, innerlich im Reinen* und *mein Körper und ich* ließen erahnen, dass sich die Kursteilnehmerinnen glücklich und zufrieden auf den Heimweg machten.

„Bis nächste Woche", verabschiedete Gisela die Damen und kam in die Küche.

„Hallo mein Engel", flötete sie und schwebte auf ihre Tochter zu, um sie liebevoll in die Arme zu schließen. „Wie schön, dass du da bist."

„Lass das, Mama, ich bin kein kleines Kind mehr."

Erwartungsgemäß strafte Gisela Tom mit Nichtachtung und wandte sich ihrem Mann zu.

„Diese Gerüche sind nicht auszuhalten, Robert. Es ist nicht sehr höflich von dir, die Wohnung während meiner Kurse mit dem Geruch von toten Tieren zu verpesten. Ich dachte, wir hätten das ausgiebig diskutiert?"

„Bitte verschone mich mit deinem Blödsinn. Ich muss auch mit diesem esoterischen Gestank aus deiner Yogahöhle leben."

Johanna und Tom warfen sich genervte Blicke zu, während Robert die Töpfe auf den Tisch stellte.

Wenige Minuten später kehrte Ruhe ein. Gisela war auf dem Weg in den Bioladen, um sich ein veganes Abendessen zu besorgen, während sich die übrigen Familienmitglieder samt Anhang die köstliche Spaghettisoße schmecken ließen. Allein dafür lohnte es sich für Tom, die Stimmung in der Familie zu ertragen. Johannas Vater war einfach ein begnadeter Koch.

„So, erzählst du uns jetzt, was die Polizei hier wollte?"

Die Töpfe waren leer, die Mägen voll und die Atmosphäre entspannt.

„Es ging um Marta Niedermann."

„Das haben die Polizisten schon gesagt, aber warum

kommen sie zu dir? Du kannst doch nichts dafür, dass die hysterische Ziege tot ist."

„Johanna, mäßige dich."

„Jetzt sag schon und tu nicht so, als würdest du nicht genauso denken."

„Angeblich wurde sie vergiftet."

Johanna riss die Augen auf. „Vergiftet?"

„Die Rechtsmedizin hat festgestellt, dass sie neben reichlich Alkohol auch vergiftete Pralinen konsumiert hat."

„Ach, nein. Und wo sollen die hergekommen sein?"

Robert Biburger zuckte mit den Schultern.

„Angeblich hing eine Grußkarte mit meinem Namen daran, aber das ist völlig lächerlich."

„Du?" Jetzt lachte Johanna laut auf und stupste Tom amüsiert mit dem Ellbogen in die Seite. „Hast du das gehört? Die Polizei glaubt wirklich, mein Papa, der bundesweit bekannte Hauser-Forscher, habe seiner Widersacherin vergiftete Pralinen geschickt!"

Weder ihr Vater noch Tom verzogen eine Miene.

Johanna wurde ernst.

„Jetzt mal Spaß beiseite. Das glauben die doch nicht wirklich? Also, sei mir nicht böse, aber für wie dumm halten die dich eigentlich? Glauben die wirklich, du vergiftest Pralinen und verschickst sie mit deinem Namen dran?"

Auch diesmal konnten die beiden Männer nicht mitlachen.

„Das hab ich der Kommissarin auch gesagt." In seiner Stimme schwang eine Mischung aus Wut, Verunsicherung und Fassungslosigkeit mit. „Warum sollte ich Marta umbringen?"

„Marta?", wunderte sich seine Tochter. „Standet ihr euch so nahe?"

„Ach was", gab Biburger etwas nervös zurück. „Wie man sich so kannte in der Szene."

Das wirkte nicht sehr überzeugend.

„Bitte entschuldige, dass ich mich einmische", meldete sich Tom zu Wort. „Aber es ist wirklich unwahrscheinlich, dass du jemandem vergiftete Pralinen mit deinem Namen schickst. Viel wahrscheinlicher ist es doch, dass dir jemand den Mord in die Schuhe schieben wollte."

Biburger sah den jungen Mann erstaunt an. „Das hat die Kommissarin auch gesagt. Deshalb hat sie darum gebeten, dass wir morgen alle drei ins Präsidium kommen. Wir sollen Fingerabdrücke und Speichelproben abgeben, um auszuschließen, dass einer aus der Familie etwas mit der Tat zu tun hat."

„Einer aus der Familie?", brauste Johanna auf. „Sollen wir jetzt auch noch Mörder sein?"

Tom legte ihr beruhigend die Hand auf den Arm. „Du musst die Polizisten schon verstehen. Sie müssen dieser Spur nachgehen. Gib ihnen doch einfach, was sie wollen, dann werden sie schon sehen, dass ihr nichts damit zu tun habt." Er lächelte ihr liebevoll zu und strich ihr über die Wange.

Wehmütig hatte Robert Biburger die kleine Szene beobachtet. Wie lange war es her, dass er und Gisela eine so zärtliche Geste ausgetauscht hatten? Er fragte sich, warum er sie nicht längst verlassen hatte. Sie lebten seit Jahren nebeneinander her, gingen sich gegenseitig auf die Nerven und waren froh, wenn der jeweils andere die Wohnung verließ.

Und dann dieses Yoga!

Er hatte nichts gegen Yoga, ihn störte nur, wie exzessiv es Gisela praktizierte. Er hatte das Gefühl, je mehr es ihn störte, desto mehr stürzte sie sich in all diese Praktiken hinein. Der Gipfel war ihre Entscheidung gewesen, sich ab sofort nur noch vegan zu ernähren. Damit war ihre letzte Gemeinsamkeit dahin.

Er wusste, dass sie ihn nicht einfach verlassen konnte, sie war auf sein Geld angewiesen. Er wiederum würde sehr gut ohne sie leben können, würde es sogar genießen. Vielleicht sollte er tatsächlich einen Schlussstrich unter ihre Ehe setzen? Er sehnte sich nach einer Frau, die stark war, selbstbewusst, eigenständig, mit der er kochen konnte, Fahrrad fahren, reisen, Konzerte besuchen, einer Frau wie … Marta Niedermann.

Hatte Gisela etwas gespürt? Entsetzen stieg in ihm auf. Hatte sie etwa in seinem Namen die Pralinen geschickt, um womöglich zwei Fliegen mit einer Klappe zu schlagen? „Papa?"

Erschrocken sah er auf.

„Ja?"

„Wir gehen dann mal wieder. Danke für das Essen. Es war großartig wie immer." Johanna schenkte ihm ein kurzes Lächeln, was ihm einen Stich ins Herz versetzte. Sein kleines Mädchen, sein Sonnenschein, das Papa-Kind war nun erwachsen.

Er seufzte.

„Vielen Dank für das Essen und auf Wiedersehen", verabschiedete sich auch Tom.

„Macht's gut."

Nachdenklich stierte Robert Biburger auf den Tisch und bemerkte erst jetzt, dass Johanna bereits die Teller in die Spülmaschine und den Topf mit der restlichen Soße zurück auf den Herd gestellt hatte. Vielleicht wurde sie doch langsam richtig erwachsen und fuhr ihre kämpferische Haltung etwas zurück.

Er würde es sich wünschen.

Es war still. Die Uhr tickte leise, ab und zu hörte er ein entferntes Motorengeräusch.

Eigentlich könnte es so schön sein, wären da nicht die jüngsten Ereignisse, die ihm keine Ruhe ließen.

Die Eröffnung des Museums, die er eigentlich um jeden Preis hatte verhindern wollen, die angespannte und inzwischen sogar aggressive Stimmung zwischen ihm und Gisela, der gewaltsame Tod Martas, die Verdächtigungen der Polizei. Und die Sorge um seine Tochter, die in seinen Augen ständig in Gefahr war, abzurutschen, den Sprung in die gesellschaftliche Sicherheit zu verpassen, sich mit den falschen Leuten einzulassen.

Er fühlte sich plötzlich alt und unendlich müde. Am liebsten würde er wegfahren, Abstand gewinnen, abschalten. Irgendwo in der Natur sitzen, Ruhe haben, Energie tanken. Vielleicht mit einer verständnisvollen, attraktiven Frau an seiner Seite?

Doch das ging nicht. Nicht solange er unter Beobachtung stand. Außerdem wüsste er nicht, wo er auf die Schnelle die passende Frau finden sollte.

Marta gab es nicht mehr.

Er brauchte einen starken Kaffee, am besten mit Schuss.
Robert stand auf, schaltete die Kaffeemaschine an und ging ins Wohnzimmer, um eine Flasche Wodka zu holen. Marta hatte auch gerne Wodka getrunken, dachte er wehmütig und öffnete die Tür zur Bar, einem innen verspiegelten Schrankelement mit automatischer Beleuchtung, das nach unten zu öffnen war wie ein Sekretär.

Geistesabwesend griff er nach der Flasche und schloss die Tür. Da fiel sein Blick auf einen Stapel hübscher kleiner Schachteln, auf denen ein gefaltetes Blatt Papier lag.

Neugierig nahm er den Deckel eines Schächtelchens ab. Der Duft nach Kakao und leichtem Rumaroma stieg ihm in die Nase. Ungläubig starrte er auf das, was er da sah. In der Schachtel lagen köstlich aussehende Trüffel, fein säuberlich einzeln in edle Tütchen verpackt.

Mit zitternden Fingern nahm er das Papier und faltete es auseinander. Es war nicht irgendein Bogen weißes Kopierpapier, wie sie es im Drucker liegen hatten. Es war handgeschöpft, mit ausgefranstem Rand und verschnörkelten Buchstaben beschrieben.

*Handgemachte vegane Köstlichkeiten*

*mit lieben Grüßen von Gisela Durgamaya Biburger*

# 17

Es dämmerte.

Langsam wurde er nervös, sah ständig auf die Uhr. Heute Abend sollte es wieder soweit sein.

Seine Gedanken überschlugen sich. War es richtig, was er da tat?

Langsam lief alles aus dem Ruder.

Von kleinen Nadelstichen war die Rede gewesen, nicht davon, beinahe ein ganzes Stadtviertel abzufackeln.

Bis vor ein paar Tagen hatte er alles mit seinem Gewissen vereinbaren können, wenngleich er sich auch darüber wundern musste, mit welcher Leidenschaft manche Leute für ihre Überzeugung kämpften. Er war nicht sicher, ob er diese Leidenschaft bewundern, beneiden oder belächeln sollte.

Egal, er wurde dafür bezahlt und Schluss.

Trotzdem steckte ihm der Schreck noch ordentlich in den Gliedern. Das war nicht geplant gewesen, die Geschehnisse hatten ihn überrollt. Warum musste auch dieser Hausmeister kommen. Er hatte ihn einsperren müssen, sonst wäre er aufgeflogen. Zum Glück hatte der Brand rechtzeitig gelöscht werden können, niemand war zu Schaden gekommen.

Eigentlich wollte er jetzt aufhören, hatte ihnen gesagt, dass nun Schluss war, sie sich einen anderen suchen müssten, der seinen Kopf für sie hinhielt.

Sie hatten ihn abblitzen lassen, ihn ausgelacht, unter Druck gesetzt. Er sei jetzt einer von ihnen, stecke mit drin, könne sich nicht einfach bequem aus der Affäre ziehen, ansonsten würden sie …

Er wurde wieder wütend, als er an das Gespräch dachte. Sie hatten ihn in der Hand – und er sie.

Trotzdem ging ihm alles zu weit.

Sicher, die Nadelstiche zeigten Wirkung, erste Zweifel über das Konzept des Museums kamen auf. Das war es doch, was er mit den Aktionen erreichen sollte.

Aber jetzt gab es eine Tote.

Eine Tote!

Er biss sich auf die Lippen, seine Augen wurden feucht.

Marta war tot!

Umgebracht!

Es hatte mit einem kurzen Schäferstündchen begonnen, dann noch eines und noch eines.

Sie hatte ihn um den Finger gewickelt. Wenn er an ihre Treffen dachte, stellte sich jedes Nackenhaar einzeln auf, überzog Gänsehaut seinen Körper. Er spürte noch ihre warmen Finger auf seiner Haut, erinnerte sich an die dunkelroten Lippen, die langen Beine, den stechenden Blick, die weiche Stimme.

Er war ihr ausgeliefert gewesen, seines Willens beraubt, war zu ihrem Spielball geworden.

Er hätte alles für sie gemacht, alles und noch mehr.

Jetzt lag sie in einem Kühlraum der Rechtsmedizin, mit groben, hässlichen Nähten auf ihrem einst so makellosen Körper.

Tot. Vergiftet.

Biburger soll ihr die giftigen Pralinen geschickt haben. War er wirklich so ein Trottel? Hängte auch noch seinen Namen daran, dass auch die dümmste Kommissarin wusste, wer Marta auf dem Gewissen hat.

Er konnte nicht mehr weitermachen, wünschte sich weit weg, doch er wusste, dass er keine Wahl hatte.

Er musste sich noch einmal mit ihnen treffen, höhere Forderungen stellen. Immerhin trug er das Risiko – und das musste angemessen bezahlt werden.

Die Nacht legte sich lautlos über die Stadt. Sein Herz klopfte schneller. Es musste weitergehen, er musste die nächsten Nadelstiche setzen, bis seine Auftraggeber ihr Ziel erreicht hatten und der alte Tucher sein zweifelhaftes Projekt endlich aufgeben und das Museum wieder schließen würde.

Der Moment war gekommen.

Er zog sich seine dünne schwarze Jacke über. Auch wenn

der Sommer tagsüber schon deutlich zu spüren war, in der Nacht war es noch kalt. Leise steckte er den Schlüssel ein und und schlich in den Keller. Dort wartete schon der Rucksack mit den Farbbeuteln und dem Hammer.

Morgen sollte das Haus wieder öffnen. Die Polizei hatte angeblich alle Spuren gesichert und überall schwarzes Pulver hinterlassen. Eine Putzkolonne hatte Stunden gebraucht, alles zu reinigen, alles wieder so herzurichten, dass ab morgen die Neugierigen hereinströmen konnten, die Schaulustigen, die darauf hofften, noch den einen oder anderen Blutspritzer sehen oder den Geruch des Todes riechen zu können.

Er machte sich auf den Weg.

## 18

Der erste Sonnenstrahl fand den Weg in die kleine Küche, beleuchtete Marmeladengläser und Kaffeetassen. Im Gegensatz zum Tag zuvor fühlte sich Charlotte heute gut ausgeschlafen und energiegeladen. Tim und Marek schien es ähnlich zu gehen. Ein harmonisches Frühstück im Familienkreis. Perfekt!

„Willst du noch ein Brot?", fragte sie ihren Sohn, der gerade das letzte Stückchen in seinen marmeladeverschmierten Mund geschoben hatte.

„Bot, Bot", krähte er fröhlich und spuckte dabei unzählige Brösel über den Tisch. „Mamek Bot!"

Es war faszinierend zu beobachten, wie schnell der kleine Kerl lernte, sich auszudrücken. Fast täglich kamen neue Worte hinzu, wurden die Sätze länger, die Aussprache deutlicher – vorausgesetzt, die Zunge wurde nicht gerade von einem Stück Vollkornbrot blockiert. Ungeduldig patschte er mit beiden Händen auf den leeren Teller. „Mamek Bot!"

Eilig schmierte die sorgende Mutter das gewünschte Brot, schnitt es in mundgerechte Stücke und legte es auf *Mameks* Teller.

Irgendwie war es schade, dass sie die Fortschritte ihres Kindes nicht mehr den ganzen Tag über beobachten konnte, dass sie sich die Erlebnisse am Abend von den Erzieher-innen, Tim oder Mariella erzählen lassen musste.

Andererseits genoss sie es auch, wieder als Kommissarin unterwegs zu sein, die Fährte aufzunehmen, Spuren zu verfolgen.

Heute würde sie früher Schluss machen und mit Marek zum Sommerfest eines Fanclubs des 1.FC Nürnberg gehen. Kommissar Peter, der langjähriges Mitglied des Fanclubs war, hatte sie gefragt, ob sie nicht Lust hätte, ihn zu der Veranstaltung auf einer Sportanlage im Stadtteil Marterlach zu begleiten. Peter wohnte in der Gartenstadt und hatte es nicht weit zum Wacholderweg. Außerdem war er im Organisationskomitee engagiert und sah sich in der Pflicht, erstens selbst anwesend zu sein und zweitens nach Möglichkeit noch weitere Interessierte zu gewinnen.

Charlotte freute sich auf den Nachmittag, vor allem seit sie erfahren hatte, dass Marek Mintál, einer der erfolgreichsten Clubspieler und Namensgeber ihres Sohnes, heute auf dem Fest erwartet wurde. Vielleicht könnte sie das eine oder andere Autogramm ergattern.

„Wann musst du los?", fragte Tim und begann damit, das Geschirr in die Spülmaschine zu stellen.

„Ich muss spätestens um halb neun im Präsidium sein."

„Kommt ihr gut voran?"

Tim war am vergangenen Abend unterwegs gewesen. Als er nach Hause gekommen war, lag Charlotte bereits im Bett. Das war auch eine Veränderung, an die sie sich erst noch gewöhnen mussten. Die Zeit zu zweit wurde rar. Und wenn sie dann einmal zu zweit alleine waren, mussten sie organisatorische Dinge besprechen, Zeitpläne durchgehen und Absprachen treffen.

Aber so war das nun einmal als berufstätiges Paar mit Kind.

„Geht so. Wir wissen jetzt, wer die vergifteten Pralinen geschickt hat."

Tim sah überrascht auf. „Was? Dann habt ihr ja den Täter. Du wirkst nicht gerade euphorisch."

„Naja, ich glaube nicht so recht daran, dass jemand seinen Namen auf die Tatwaffe schreibt."

„Da ist natürlich was dran."

Er sah auf die Uhr. „Du, ich muss los." Er gab ihr einen Kuss. „Lass uns heute Abend reden."

„Alles klar, viel Spaß."

Tim zwinkerte ihr zu.

„Danke, ich schreibe heute in der siebten und in der neunten Klasse Schulaufgabe. Das wird eher langweilig. Dafür kann ich meine Stimme schonen."

„Und du hast endlich wieder stapelweise Aufsätze zu

korrigieren", spottete Charlotte.

„Jeder muss sein Päckchen tragen. Bis dann."

„Einen wunderschönen guten Morgen", rief sie fröhlich in die Runde, als sie knapp zwei Stunden später im Präsidium ankam. Sie hatte in Ruhe die Küche aufräumen und ihr Kind fertigmachen, gemütlich zur Krippe spazieren und ein kleines Pläuschchen mit der Erzieherin und einigen Müttern halten können. Sie hatte es sogar geschafft, beim Bäcker eine Tüte voller Leckereien für das zweite Frühstück zu besorgen. Jetzt war sie voller Tatendrang und Motivation.

„Na, das ist doch die Charlotte, wie wir sie kennen", freute sich Matthias. „Nicht diese leblose Hülle von gestern früh", setzte er belustigt hinzu.

„So ist es nun einmal. Es gibt Höhen und Tiefen. Gibt es was Neues?"

„Jawohl, Frau Hauptkommissarin, Ihr Innendienstchef war gestern fleißig."

Charlotte holte sich eine Tasse Kaffee und fischte eine klebrige Nussschnecke aus der Tüte.

„Schieß los."

Auch Torsten bediente sich und setzte sich dazu.

„Ich habe die Kliniken und Hebammen durchtelefoniert. Ihr ahnt nicht, wie viele es davon gibt. Von wegen Hebammenmangel ..."

„Und?"

„Nichts. Alle Kinder, die im besagten Zeitraum geboren wurden, haben ordnungsgemäße Eltern, Geburtsurkunden und was man so braucht. Keines davon war unser Jonas."

„Dann sollten wir herausbekommen, wer auf dem Standesamt die Geburtsurkunde ausgestellt hat. Sie wurde doch in Nürnberg ausgestellt, oder?"

„Ja, das steht heute auf meiner Liste."

„Und was ist mit Vermisstenanzeigen? Wurde in dieser Zeit ein Kind als vermisst gemeldet?"

Matthias schüttelte den Kopf.

„Nein, zumindest in Deutschland nicht. Die Anfrage bei Europol ist gestellt. Die Antwort kann allerdings dauern."

„Gut. Gibt es noch etwas?"

„Ich habe mit Markus telefoniert. Er hat sich von allen Mitarbeitern des Museums die Fingerabdrücke und Speichelproben geben lassen. Die Kollegen werden noch eine Weile brauchen, bis sie alle Spuren zugeordnet haben."

„Was ist mit der Grußkarte von Biburger?"

„Auf der Karte und der Schachtel sind vergleichsweise wenig Abdrücke. Es sieht so aus, als habe sie jemand abgewischt oder Handschuhe benutzt."

„Das würde passen. Ich bin eigentlich sicher, dass auf der Packung keine Spuren von Biburger sind."

Leider war die Grußkarte ein Computerausdruck und nicht mit der Hand geschrieben, sonst hätte man eine graphologische Untersuchung durchführen können.

„Ach ja, die Staatsanwaltschaft hat das Museum wieder freigegeben. Es öffnet heute morgen um 10.00 Uhr."

„Das wird den Freiherrn freuen", vermutete Charlotte. „Ich glaube nicht, dass der Vorfall der Einrichtung schaden wird – im Gegenteil. Ich denke, es wird besonders viel los sein. Wir kennen doch unsere Mitmenschen."

„Da hast du leider recht. Ich glaube, ich sehe mir das Haus heute auch mal an. Ist es barrierefrei?"

„Ja, perfekt ausgestattet mit Aufzug, Behindertentoilette und selbst öffnenden, breiten Türen", berichtete Torsten.

„Vielleicht komme ich später mit. Es würde mich interessieren, wie die Stimmung heute ist."

„Gut, ich mache heute sowieso früher Schluss", meinte Charlotte. „Ich gehe mit dem Chef zu einem Fan-Sommerfest vom Club." Sie strahlte. „Marek Mintál kommt auch. Vielleicht unterschreibt er auf Mareks Club-Schlafanzug?"

Matthias schmunzelte. „Jedem das seine. Ich freue mich jedenfalls auf unseren Männerausflug." Er packte seine Papiere zusammen und spitzte erwartungsvoll in die Bäckertüte hinein. „Was steht bei euch jetzt an?"

„Wir haben die Familie Biburger herbestellt. Ich hoffe, sie kommen auch."

„Na dann – frohes Schaffen!" Matthias rollte mit zwei Krapfen auf dem Schoß hinaus auf den Flur. „Und danke für die Leckereien!"

Das Telefon auf Charlottes Schreibtisch klingelte.

„Ja? Gut, schicken Sie sie rauf."

Sie legte auf und sah Torsten überrascht an. „Die Biburgers sind da. Alle drei."

Es war schon ein skurriles Grüppchen, das da ins Besprechungszimmer geführt wurde. Ein sportlich gekleideter, gut aussehender Mann mit hoher Stirn und Designerbrille, eine gut zehn Jahre älter aussehende, rothaarige Frau in buntem, gebatikten Kleid und ausgetretenen Ökosandalen und eine gepiercte junge Dame ganz in Schwarz, heute mit leuchtend blau gefärbten Haaren. Charlotte hatte schon homogenere Familien gesehen, aber das tat zunächst einmal nichts zur Sache.

Torsten und sie beobachteten die Familie durch die große Einwegscheibe. Es war sehr interessant zu sehen, wie sich Menschen verhielten, wenn sie sich unbeobachtet fühlten und warten mussten.

Es war genau 9.00 Uhr.

Robert Biburger lief nervös auf und ab und sah dabei ständig auf seine Uhr, während seine Frau offenbar in Meditation versunken war. Sie saß ruhig, mit geschlossenen Augen auf dem Stuhl. Beide Hände lagen mit den Handflächen nach oben auf ihren Knien, der Kopf war gesenkt. Neben ihr hockte Johanna auf der äußersten Kante des Stuhls, kippelte vor und zurück und wischte genervt auf ihrem Smart-phone herum.

Charlotte und Torsten sahen sich grinsend an.

Es gab in diesem Raum weder Handyempfang noch Internet. Die Unruhe wuchs. Niemand sagte etwas. Robert warf seiner Frau abwertende, ja beinahe angewiderte Blicke zu. Mit der Ehe der beiden schien es offensichtlich nicht mehr weit her zu sein.

„Wir sollten mit jedem einzeln sprechen", schlug Torsten vor. „Vor allem mit ihr."

„Das dachte ich mir auch gerade. Ich kann mir nicht vorstellen, dass sie tatsächlich so sanft, bewusst und friedfertig ist, wie sie tut. Wissen wir schon mehr über sie?"

„Noch nicht. Ich sag schnell Matthias Bescheid, dass er sich darum kümmert. Er hat sicher noch Platz auf seiner To-Do-Liste."

Kurz darauf kam der Kollege von der Spurensicherung, um Fingerabdrücke und Speichelproben zu nehmen. Widerwillig öffneten die Biburgers der Reihe nach den Mund und ließen ihre Finger in schwarze Tinte drücken.

„Wie Schwerverbrecher", maulte Johanna, während ihre Mutter grenzenlose Kooperation an den Tag legte.

„Aber Liebes, du weißt doch, dass wir nichts mit dem Tod der armen Frau zu tun haben. Dann haben wir doch auch nichts zu befürchten."

„Ach, Mama, spar dir dein Süßholzgeraspel für deine Yogafrauen auf und verschone mich damit", gab Johanna ungnädig zurück.

„Johanna, so spricht man nicht mit seiner Mutter", mischte sich Robert Biburger ungehalten ein.

„Hör doch auf mit mir zu reden, als wäre ich gerade einmal vier Jahre alt", brauste Johanna auf. „Ich bin erwachsen – und das nicht erst seit gestern."

„Ich glaube, es wird Zeit, die Streithähne zu trennen", beschloss Charlotte. Sprichst du mit der Tochter, dann kümmere ich mich um die Frau Mama."

„Gute Idee. Den Vater können wir doch eigentlich heimschicken, oder?"

„Ich denke schon. Er wird uns nicht weglaufen."

## 19

Der Rollstuhl rumpelte über das Kopfsteinpflaster den Bärleinhuter Berg hinunter zum Unschlittplatz.

„Hier ist doch dieser seltsame Kaspar zum ersten Mal aufgetaucht, oder?", stotterte Matthias und wurde ordentlich durchgeschüttelt.

„Ich glaube schon", presste Torsten mit hochrotem Kopf hervor. Er war hochkonzentriert damit beschäftigt, das Fahrzeug seines Kollegen zu bremsen und zu verhindern, dass dieser in voller Fahrt an den Dudelsackpfeiferbrunnen prallte. Das würde natürlich nie passieren, denn Matthias war jederzeit Herr der Lage, doch das wusste Torsten nicht.

„Torsten?"

„Ja, gleich!", keuchte er und stemmte sich mit seiner ganzen Kraft gegen das Gewicht des Rollstuhls. „Keine Angst, ich hab alles im Griff."

„Torsten!" Matthias betätigte leicht die Bremse.

„Es geht schon besser, keine Panik. Wir haben es gleich geschafft." Er war schweißüberströmt, als sie am Unschlittplatz ankamen. „Ich brauche nur eine kleine Pause."

„Torsten?", versuchte Matthias erneut sein Glück. Beinahe hatte er ein schlechtes Gewissen, den Kollegen so an der Nase herumgeführt zu haben.

„Was?"

„Der Rollstuhl hat eine Bremse." Er drehte sich zu Torsten um und grinste ihn an.

Der Oberkommissar konnte es nicht glauben.

„Eine Bremse? Aber natürlich." Er lief rot an. „Dann hast du mich die ganze Zeit, …, ich meine, ich hätte gar nicht, …?"

Matthias verbiss sich das Lachen.

Stattdessen prustete Torsten laut los.

„Du bist ja mit allen Wassern gewaschen. Und ich falle auch

noch darauf herein!"

Das war das, was alle Kollegen im Präsidium an dem neuen Mitarbeiter schätzten: Er verstand Spaß und war nicht nachtragend.

„Sorry, dass ich dich ..."

„Ach, das passt schon", keuchte Torsten. „Wie doof kann man eigentlich sein?"

Als er sich wieder etwas gefangen hatte, holperten sie quer über den Platz in Richtung Museum.

„Was kam denn bei der Befragung der Familie Biburger heraus?", wollte Matthias wissen, als sie endlich wieder etwas glatteren Untergrund erreicht hatten.

Torsten zuckte resigniert mit den Schultern. „Was soll ich sagen. Sie sind alle drei ziemlich anstrengend, jeder auf seine Art."

„Inwiefern?"

„Charlotte hat erzählt, die Frau hätte eine so überschwängliche Kooperationsbereitschaft an den Tag gelegt, dass man befürchten musste, sie würde sofort persönlich eine eigene Task Force ins Leben rufen, um mit ihrer geballten Energie und Empathie dem Täter auf die Spur zu kommen."

„Energie und Empathie?"

„So hat sie sich wohl ausgedrückt."

„Und was sagt sie dazu, dass angeblich ihr Mann die vergifteten Pralinen geschickt haben sollte?"

„Die Antwort auf diese Frage hat nach Aussage unserer lieben Kollegin kein Ende nehmen wollen. Ihr Mann sei ein Herzensguter, der keiner Fliege etwas zuleide tun könne, außerdem hätte er doch die Verstorbene schon lange gekannt und immer geschätzt und respektiert, bla, bla, bla."

„Geschätzt und respektiert also", wiederholte Matthias. „Ich habe den Eindruck, die einzelnen Familienmitglieder könnten sich etwas mehr schätzen und respektieren. Was denkst du? Hat die Mutter oder die Tochter etwas mit dem Gift zu tun?"

Torsten überlegte. „Ehrlich gesagt kann ich es nicht einschätzen. Die Tochter rebelliert, der Vater lehnt sich entspannt zurück und die Mutter spürt ihre Energie und Empathie. Was soll man davon halten? Steckt hinter der einen oder anderen coolen, aufbrausenden oder besonders verständnisvollen Fassade ein Mörder? Vielleicht. Wirkliche Indizien oder gar Beweise haben wir jedenfalls keine. Keine Fingerabdrücke von Biburger auf der Schachtel oder der Karte. Das mit dem Alibi wird schwierig. Es ist völlig unklar, wann und wie die Pralinen ins Museum gekommen sind. In den Tagen davor wurden ständig Geschenke abgegeben. Und bei dir? Hast du schon Infos, wer die Geburtsurkunde von Jonas Niedermann ausgestellt hat?"

Matthias verneinte. „Nein, leider noch nicht. Diese städtischen Mühlen mahlen so langsam, dass man beim telefonieren einschläft. Fürchterlich. Da ist die Frau X heute nicht da, der Herr Y im Urlaub und die Kollegin Z nicht zuständig. Am liebsten würde ich selbst hinfahren und einfach mal im System nachschauen." Er seufzte theatralisch. „Sie will morgen Bescheid geben."

Vor dem Kaspar-Hauser-Erlebniszentrum parkten die Fahrzeuge eines Glasers und einer Gebäudereinigungsfirma. Zwei Handwerker waren gerade dabei, eine neue Scheibe in die Tür einzusetzen. Daneben stand Freiherr von Tucher und sprach mit einem älteren Mann in blauer Latzhose – vermutlich der Glasermeister. Im Foyer waren mehrere Männer damit beschäftigt, großflächige Farbkleckse von Boden und Wänden zu schrubben. Dazwischen gab der Hausmeister lautstark Anweisungen.

„Sie müssen das der Polizei melden, Herr von Tucher", riet der Handwerker eindringlich. „Sie können das nicht auf sich beruhen lassen. Der Schuldige muss doch bestraft werden."

„Ich danke Ihnen, Herr Mohr", gab Tucher erschöpft zurück. „Ich werde mich darum kümmern." Er hatte dunkle Ringe unter den Augen, seine Schultern waren gebeugt. Es war nicht mehr der energische, starke, allen Anfeindungen trotzende Freiherr, den Torsten tags zuvor in seiner Wohnung erlebt hatte. Die dramatischen Ereignisse der vergangenen Tage hatten deutliche Spuren hinterlassen. Das war wohl auch das Konzept des Saboteurs: steter Tropfen höhlt den Stein …

Die Ermordung einer Mitarbeiterin war allerdings weit mehr

als ein *steter Tropfen*.

„Guten Tag, Herr von Tucher. Was ist denn passiert?"

„Ah, guten Tag, Herr Kommissar." Der Freiherr bemühte sich, Zuversicht auszustrahlen.

Mit mäßigem Erfolg.

„Es ist alles halb so schlimm. Die Tür ist schon wieder repariert." Er lächelte müde. „Und die Herrschaften von der Reinigungsfirma sind auch bald fertig."

„Sie müssen Anzeige erstatten, sonst ..."

„Ich muss gar nichts", fuhr ihm Tucher unvermittelt über den Mund. Seine Stimme bebte, sein Gesicht lief rot an, Schweißperlen glänzten auf seiner Stirn. „Das ist mein Haus, mein Lebenswerk, das lasse ich mir nicht von Saboteuren, Hauser-Gegnern oder – bei allem Respekt – auch nicht von Polizisten kaputt machen." Er schnappte nach Luft. „Wir haben heute nach Martas schrecklichem Tod endlich wieder öffnen können, nachdem Ihre Kollegen ein Bild der Verwüstung hinterlassen hatten. Aber so ist das nun einmal, schließlich ist ein Mensch zu Tode gekommen. Die Leute standen heute Morgen Schlange, das Haus ist voll. Soll ich all diese Interessierten wieder und wieder mit Polizeipräsenz belästigen? Mit Fragen oder gar Anschuldigungen? Die Besucher möchten sich in Ruhe mit der Person und dem Leben Kaspars beschäftigen und nicht unentwegt mit den Abgründen unserer Zivilisation konfrontiert werden. Danke, Herr Kommissar, aber ich möchte keine Anzeige erstatten. Ich möchte einfach nur, dass die Tür ersetzt und die Farbe entfernt wird."

Freiherr von Tucher atmete röchelnd und griff hilfesuchend um sich. Torsten und der Glasermeister stützten ihn und führten ihn ins kühle Foyer.

„Herr von Tucher. Geht es Ihnen nicht gut?" Der Hausmeister kam besorgt auf den alten Herrn zu. „Kommen Sie."

Gemeinsam brachten sie ihn in das Büro von Marta Niedermann und legten ihn auf die Couch. Torsten reichte ihm ein Glas Wasser.

„Sollen wir einen Arzt rufen?"

„Aber nein, das ist nicht nötig", winkte der Freiherr ungeduldig ab. „Ich bin ein alter Mann, ich vertrage nicht mehr so viel Aufregung. Lassen Sie mich etwas ausruhen. Das wird schon wieder. Herr Blank, kümmern Sie sich bitte um die Handwerker. Ich komme später wieder dazu."

Torsten begleitete den Hausmeister vor die Tür.

„Wie geht es Ihnen?"

Werner Blank winkte müde ab. „Es muss gehen. Ich kann es mir nicht leisten, daheim auf der Couch zu sitzen. Ich werde hier dringend gebraucht. Können Sie nicht dafür sorgen, dass diese Attacken hier endlich aufhören? Man ist ja in diesem Hause seines Lebens nicht mehr sicher."

„Was ist denn passiert?"

„Ach, letzte Nacht hat jemand eine Scheibe in der Eingangstür eingeschlagen und Farbbeutel ins Foyer geworfen. Muss das sein?" Blanks Gesicht war rot vor Wut. „Warum tun man so etwas? Kann man nicht das Eigentum anderer Leute respektieren?"

„Wir arbeiten daran, den Schuldigen zu finden."

„Wenn Sie das sagen." Blank warf ihm einen zweifelnden Blick zu und ließ ihn stehen.


Herrn von Tucher schien es wieder besser zu gehen. „Herr Kommissar, sind Sie dienstlich hier oder privat?"

Torsten schmunzelte. Dieser Mann war wirklich unverwüstlich.

„Sowohl als auch. Nachdem unsere Kollegin so geschwärmt hat, möchten wir uns auch gerne die Ausstellung ansehen. Wir müssen doch wissen, worum es geht."

„Das ist schön zu hören", meinte Tucher erfreut. „Darf ich Sie als meine Gäste im Erlebniszentrum willkommen heißen, oder gilt das schon als Leistungserschleichung oder Vorteilsnahme im Amt?"

Torsten und Matthias sahen sich kurz an. „Ich denke nicht, dass das ein Problem ist. Vielen Dank, wir sind schon sehr gespannt."

Jetzt wandte sich der Freiherr Matthias zu. „Sie werden sehen, dass alle Ausstellungsebenen und die Sanitäranlagen barrierefrei sind. Meine Mitarbeiter werden Ihnen sehr gerne dabei behilflich sein, auch die Abteilung im Keller in vollem

Umfang erleben zu können. Wir möchten, dass Sie keinerlei Einschränkungen erfahren müssen."

„Sehr freundlich von Ihnen", gab Matthias anerkennend zurück. „Das erlebt man selten. Zugegebenermaßen sind Einschränkungen bei mir an der Tagesordnung."

„Das glaube ich Ihnen gerne. Ich hoffe, Sie können die Angebote unseres Hauses trotzdem genießen."

„Das werde ich sicher. Herzlichen Dank."

Er rollte zurück ins Foyer. Torsten folgte ihm.

„Das klingt mehr nach einem Wellnessurlaub als nach einem Besuch in einem Museum", murmelte Matthias erstaunt. „Na, dann wollen wir mal."

Die beiden informierten sich gerade an der großen Hinweistafel über die einzelnen Abteilungen, als sie die aufgebrachte Stimme von Werner Blank hörten.

„Bitte lassen Sie das! Gehen Sie!"

Vor der eben reparierten Eingangstür stand eine junge Dame mit blauen Haaren und ein Fotograf, der versuchte, Aufnahmen von den Reinigungsarbeiten im Foyer zu machen.

„Wir haben das Recht, die Bevölkerung über diese Anschläge zu informieren!", keifte Johanna Biburger aufdringlich. Die Kamera klickte unaufhörlich.

„Gehen Sie jetzt und lassen Sie uns in Frieden!", drängte Blank, doch das schien die Journalistin nicht zu beeindrucken.

„Haben Sie die Aktionen schon der Polizei gemeldet?" Sie drängte sich an ihm vorbei ins Foyer.

„Wie hat die so schnell von den Sabotageakten erfahren?", raunte Matthias Torsten zu und rollte zum Ausgang. „Sie war doch gerade noch im Präsidium."

„Das waren wir auch", gab Torsten trocken zurück. Jetzt erkannte er auch den Fotografen.

„Hallo Frau Biburger", versuchte er, die Situation zu entschärfen. „Hallo Herr Nowak. Worum geht es denn?"

„Ah, die Polizei ist schon hier. Warum sagen Sie das nicht gleich." Johanna Biburger war nicht zu bremsen. „Was haben Sie vor, gegen diese Vorfälle zu unternehmen, Herr Kommissar?"

„Beruhigen Sie sich. Wir haben alles im Griff. Bitte respektieren Sie den Wunsch des Hausherren, hier drin nicht zu fotografieren."

„Die Leute haben ein Recht darauf ..."

„Frau Biburger", Torstens Stimme wurde schärfer, „dies ist kein öffentlicher Raum, sondern Privatbesitz. Hier haben Sie sich an den Willen des Freiherrn von Tucher zu halten. Wenn ich Sie jetzt bitten dürfte ..."

Er streckte sich und überragte damit die zierliche Frau um über einen Kopf.

„Das ist unerhört", meckerte Johanna und trat den Rückzug an. „Ich werde mich über Sie beschweren", setzte sie im Hinausgehen noch hinzu. Vermutlich hatte ihr Freund und Fotograf bereits alle nötigen Fotos gemacht, und es war nicht mehr nötig, auf Konfrontation zu gehen.

Torstens Handy vibrierte. Es war eine Nachricht aus der Abteilung von Markus Metz.

„Na, das ist ja interessant", sagte er, als er die Neuigkeiten gelesen hatte. „Ich fürchte, unsere Museumsbesichtigung muss warten."

„Was ist denn los?" Matthias sah ihn erwartungsvoll an.

„Wir wissen jetzt, mit wem sich Frau Niedermann kurz vor ihrem Tod noch vergnügt hat. Markus konnte die DNA eindeutig zuordnen."

# 20

Im Personalraum des Erlebniszentrums war wenig los. Die meisten Mitarbeiter wurden an der Kasse, als Schauspieler, Museumsführer oder im Café gebraucht. Adrian hatte zwischen seinen Einsätzen als Rittmeister und Großherzog Karl von Baden eine kurze Pause. Müde lümmelte er auf dem ausladenden Sofa, das eher einer Schlaflandschaft glich. Zunächst hatte er noch gezögert, sich mit seiner Kaffeetasse und einer Packung Kekse auf dem Allerheiligsten niederzulassen, doch dann war ihm eingefallen, dass es die strenge Wächterin über dieses grandiose Möbelstück nicht mehr gab.

Sie war unerbittlich gewesen, hatte nichts durchgehen lassen, stets Perfektion erwartet. Das einzigartige, innovative Konzept des Museums war ihr zu verdanken gewesen, sie hatte Methoden, Ideen und Ansätze aus unzähligen Museen und Ausstellungen weltweit zusammengetragen und neu kombiniert. Und sie hatte durch ihren Einfluss beim Freiherrn für das nötige Kleingeld für die Umsetzung gesorgt.

Marta Niedermann war eine großartige Frau gewesen. Leidenschaftlich, begehrenswert, sinnlich.

Wehmütig strich er über das weiche Polster, die flauschigen Kissen, die fein säuberlich zusammengelegten Decken. Er erinnerte sich an die Stunden, die er mit ihr auf diesen Polstern verbracht hatte. Erst die langsame, vorsichtige Annäherung, dann die Funken, das Lodern, das Brennen. Es war wie ein Rausch gewesen, jenseits von Raum und Zeit hatten sie sich einander hingegeben – auch in der Nacht vor ihrem Tod. Hatte sie das tödliche Gift schon in sich gehabt, als sie stöhnend unter ihm lag? Was, wenn er auch von den Pralinen gegessen hätte? Wer hatte ihr das nur angetan?

Er hatte gewusst, dass er für sie nicht mehr als ein Intermezzo gewesen war, ein Spielzeug, das man benutzt und anschließend wieder ins Regal stellt. Doch das hatte er in Kauf genommen. Er hätte sich auch mehr vorstellen können. Die fünfundzwanzig Jahre Altersunterschied hatten ihn nie gestört, im Gegenteil. Sie hatte ihm Sicherheit gegeben, ihn mit ihrer Erfahrung um den Finger gewickelt.

Das Wissen, dass sie nun alleine in einer dunklen Kühlkammer lag, notdürftig zusammengeflickt und ihrer Würde beraubt, versetzte ihm einen Stich, ließ seine Augen feucht werden.

Plötzlich wurde langsam die Tür aufgeschoben.

Adrian erschrak und wischte sich hektisch über die Augen. Der zerzauste Haarschopf von Jonas wurde sichtbar. Als er Adrian sah, zuckte er kurz zurück, kam aber dann doch herein. Mit gesenktem Kopf holte er sich eine Tasse aus dem Schrank und goss sich Kaffee ein.

Jonas war ein komischer Kauz, ein seltsamer Typ. Undurchdringlich, verschlossen, unheimlich.

Auf der einen Seite tat er Adrian furchtbar leid. Konnte man sich etwas Schlimmeres vorstellen, als seine eigene Mutter tot aufzufinden? Auch wenn Jonas kein Kind mehr war, musste es dennoch ein traumatische Erlebnis gewesen sein. Jonas war ihm nach wie vor ein Rätsel. Er sprach kaum, zeigte kaum Gefühle, erzählte nie etwas von sich.

Wie konnte es sein, dass er nur zwei Tage nach dem Tod seiner Mutter weitermachen konnte, als wäre nichts geschehen? So weit Adrian wusste, gab es keine weiteren Verwandten, keinen Vater, keine Geschwister, niemand. Auch von Freunden wusste Adrian nichts. Jonas war immer alleine. Die Vorstellung, mit niemandem über den Verlust der Mutter reden zu können, schnürte Adrian die Kehle zu.

Es war nach wie vor mehr als erstaunlich, dass dieser eigenartige Junge der Sohn von Marta gewesen sein sollte. Auch mit viel Fantasie konnte man keine Ähnlichkeit feststellen.

„Hallo Jonas, hast du auch kurz Pause?" Adrian fühlte sich verpflichtet, ihn anzusprechen, auch wenn er wenig Hoffnung auf ein Gespräch hatte.

Jonas drehte sich um und starrte ihn aus wässrigen Augen an. Adrian lief ein Schauer über den Rücken. Das war kein Mensch mehr, das war ein Zombie, fuhr es ihm durch den Kopf.

„Sie war nicht meine Mutter", murmelte Jonas mit unbewegter Miene.

Adrian verschluckte sich an seinem Kaffee und musste heftig husten. Dabei schwappte ein Schluck auf das Polster und hinterließ einen großen braunen Fleck.

„Was sagst du da?", japste er und rang nach Luft.

„Sie war nicht meine Mutter." Der gleiche reglose Gesichtsausdruck, der gleiche emotionslose Tonfall.

„Wie meinst du das?" Überrascht starrte Adrian sein Gegenüber an.

„Sie hat mich nicht geboren."

Langsam kam Adrian wieder zu sich.

„Aber warum, … ich meine, wie hast du …?"

„Sie hat es mir gesagt."

„Mann, jetzt erzähl schon und stammle nicht so rum. Wann hat sie dir was gesagt?"

„Ich bin ein Findelkind."

Er leierte die Sätze herunter wie ein Roboter. Mechanisch, seelenlos. „Ein Findelkind wie Kaspar."

Adrian holte tief Luft. Er konnte nicht glauben, was er da gehört hatte. Dann hatte ihn sein Gefühl doch nicht getrogen. Jonas hatte keine Ähnlichkeit mit Marta gehabt, weil er einfach nicht ihr Sohn war. Offensichtlich hatte er es auch erst von kurzem erfahren.

Was sollte er jetzt tun? Es gehörte nicht gerade zu seinen Stärken, andere Leute zu trösten, sich ihre Probleme anzuhören, ihnen beizustehen oder gar seine Hilfe anzubieten.

Bei einem Menschen wie Jonas war das unvorstellbar. Er suchte nach Worten.

„Wann hat sie es dir gesagt?", fragte er mit trockenem Mund. Einerseits war er neugierig, andererseits hatte er Fluchttendenzen, wollte so schnell wie möglich weg von diesem unheimlichen, jungen Mann, weg von seinen Problemen, raus aus dieser ganzen Situation. Warum hatte er ausgerechnet jetzt Pause machen müssen? Hätte er nicht einfach an die frische Luft gehen können?

„Wir haben uns gestritten."

Das konnte sich Adrian auch mit viel Fantasie nicht vorstellen. Dazu hätte Jonas etwas sagen, ihr widersprechen, eine eigene Position vertreten müssen. Vermutlich steckte aber hinter der schweigsamen Fassade ein ganz anderer Mensch, ein Mensch mit Gefühlen, Wünschen, Träumen, Bedürfnissen.

„Worüber denn?"

„Das Studium."

Dieses einsilbige Gespräch war fürchterlich anstrengend. Adrian sah auf die Uhr. In einer Viertelstunde musste er als Großherzog in Uniform auftreten. Er spürte, wie er ungeduldig wurde.

„Sorry, aber ich habe jetzt echt keinen Nerv, dir jedes Wort aus der Nase zu ziehen. Ihr habt euch wegen deines Studiums gestritten und dann hat sie dir gesagt, dass du ein Findelkind bist oder was?"

Jonas zuckte zusammen und zog sich wieder in seinen Kokon zurück. Langsam stellte er die Kaffeetasse ab, warf Adrian einen letzten, tieftraurigen Blick zu und ging.

„Mann!", entfuhr es Adrian. „Was war das denn?"

Er riss das Fenster auf und versuchte, seine Gedanken zu sammeln. Es hätte doch wirklich jemand anders hier sitzen und Jonas' Beichte anhören können. Jemand mit mehr Fingerspitzengefühl. Eine Frau zum Beispiel. Diejenige hätte ihn dann nicht angefahren, nicht vor den Kopf gestoßen. Sie hätte ihm tröstend den Arm um die Schultern gelegt, ihm ein Taschentuch angeboten und sich seine Geschichte angehört. Ganz langsam, in seinem eigenen Tempo.

„So ein Mist!"

Wieder öffnete sich die Tür.

„Sorry, Mann, ich wollte dich nicht ...", begann er, doch es war nicht Jonas, der da in der Tür stand.

„Was wollten Sie nicht?", fragte ein großer, bärtiger Mann, der etwa in seinem Alter sein müsste. Hinter ihm saß ein zweiter Mann im Rollstuhl.

„Entschuldigung, ich dachte, ...“

„Wen hatten Sie denn erwartet?“

„Sie jedenfalls nicht“, gab er schnippisch zurück. „Wer sind Sie und warum kommen Sie einfach hier herein? Das ist privat.“

„Mein Name ist Torsten Klein von der Kripo Nürnberg. Das ist mein Kollege Steffens. Sind Sie Herr Fischer?“

„Kripo?“

Gedanken rasten durch seinen Kopf.

Polizei!

Es war ihm klar gewesen, dass sie früher oder später kommen würden. Er hatte seine Fingerabdrücke und eine Speichelprobe abgegeben. Sicher hatten sie sein Sperma analysiert. Ihm wurde heiß und kalt, obwohl er wusste, dass er nichts verbrochen hatte. Er hatte einfach Sex mit einer älteren Frau gehabt, das war doch nicht verboten. Wenn aber das Schäferstündchen unmittelbar vor dem gewaltsamen Tod der Frau gewesen war, würde er womöglich in Verdacht geraten.

„Herr Fischer?“, holte ihn der Polizist in die Realität zurück.

„Ja, das bin ich. Setzen Sie sich doch.“

Er kam sich ungeschickt vor, unbeholfen. War es angemessen, den Polizisten einen Stuhl anzubieten?

Der Bärtige lächelte ihn aufmunternd an.

„Sie können sich sicher denken, warum wir hier sind.“

Natürlich konnte er das. Sollte er es trotzdem abstreiten?

„Ja.“

Warum war er nur so eingeschüchtert? Wo war sein Selbstbewusstsein geblieben? Oder lag es noch an der aufwühlenden Szene mit Jonas? Ob die Beamten davon schon wüssten? Sollte er es ihnen sagen, um von sich selbst abzulenken?

„Verraten Sie uns doch bitte noch, wen Sie eben erwartet haben? Hatten Sie Streit?“

Adrian lächelte gequält. Wo sollte er anfangen? Eigentlich war es nicht seine Verantwortung, Jonas' Geschichte zu erzählen. Er hatte sie ihm anvertraut. Seine eigene wollte er aber auch nicht erzählen.

Mist, warum hatte er nur jetzt und hier Pause gemacht?

„Es war nur ein kleines Missverständnis mit einem Kollegen."

Was redete er nur für einen Schwachsinn? Das klang so auffällig unauffällig, dass er sich fast wunderte, dass die Polizisten nicht in höhnisches Gelächter ausbrachen. Keiner lachte. Die beiden Männer sahen ihn gleichbleibend freundlich und abwartend an.

„Es war Jonas Niedermann." Adrian seufzte ergeben. Am Ende würde doch alles rauskommen und dann wollte er sich nicht vorwerfen lassen, er hätte Informationen zurückgehalten.

„Worum ging es?"

Jetzt ließ auch er sich alles aus der Nase ziehen.

Er blickte dem Bärtigen offen in die Augen.

„Jonas ist ein eigenartiger Typ, wissen Sie", begann er. „Er hat keine richtigen Freunde und ist meistens alleine, spricht wenig und ist einfach", er suchte nach Worten, „skurril, komisch, fast sogar unheimlich. Keiner aus dem Team ist gerne mit ihm zusammen. Wir haben uns immer gefragt, wie es sein kann, dass er der Sohn von Marta Niedermann ist."

Er machte eine Pause. Es tat wider Erwarten gut, alles zu erzählen.

„Und?"

„Er kam vor ein paar Minuten hier rein und hat behauptet, Marta Niedermann sei gar nicht seine Mutter gewesen. Er sei ein Findelkind. Wie Kaspar. Aus heiterem Himmel lässt er plötzlich so etwas raus. Ich war völlig perplex. Er hat eigentlich nie von sich aus zu jemandem etwas gesagt und dann kommt er mit einem solchen Kracher daher."

Adrian fuhr sich mit den Händen über das Gesicht.

„Ich habe keine Ahnung, warum er das ausgerechnet mir erzählt hat. Vielleicht war ich einfach zur falschen Zeit am falschen Ort?"

„Und wo war das Missverständnis?"

„Ach, er hat mir immer einzelne Brocken hingeworfen. Das war ziemlich anstrengend. Als ich ihm dann gesagt habe, er soll doch einfach mal erzählen, was Sache ist, ist er gegangen. Mimose."

„Seit wann wusste er es?"

„Das habe ich ihn auch gefragt, aber er hat nichts dazu gesagt. Ich hatte den Eindruck, es war noch nicht lange her. Er hat sich angeblich mit seiner Mutter gestritten. Wegen seines Studiums. Wahrscheinlich hat sie ihn gedrängt, das Studium zu beenden, was er offensichtlich nicht wollte."

„Wir werden mit ihm darüber reden. Jetzt wüssten wir aber gerne, wie Ihr Verhältnis zu Marta Niedermann war."

Das war's mit der Ablenkung. Jetzt musste er Farbe bekennen. Er sah an den Beamten vorbei aus dem Fenster.

„Marta war eine faszinierende Frau. Ich hatte ein Verhältnis mit ihr. Meistens haben wir uns hier getroffen."

Jetzt war es raus. War doch ganz einfach. Die Polizisten waren weiterhin unbeeindruckt, sachlich, professionell. Sie machten keine schlüpfrige Bemerkung, keine Vorwürfe, stellten keine Mutmaßungen an.

„Wie lange ging das? Das Haus hat doch erst seit ein paar Tagen geöffnet."

„Schon, aber wir waren schon seit Anfang des Jahres beschäftigt. Die Ausstellung musste installiert, die Szenen und einzelnen Abläufe geprobt werden."

„Also seit Anfang des Jahres?"

„So in etwa."

„Am Sonntag waren Sie auch zusammen."

Er wand sich. Dieser Abend, dieser besondere letzte Abend mit ihr würde entzaubert werden. Er musste von diesem Abend erzählen, zwei fremden Männern berichten, wie sie sich geliebt hatten. Die Polizisten warteten geduldig. Waren da Sensationslust, Voyeurismus, Verdächtigungen?

Eigentlich nicht.

Eher Offenheit, Aufmunterung, Neutralität.

„Ja, als die Besucher gegangen waren, haben wir uns hier getroffen."

„Wann war das?"

„Etwa um 19.00 Uhr."

„Wie lange waren Sie zusammen?"

„So etwa bis 20.30 Uhr."

„Was passierte dann?"

„Dann bin ich nach Hause. Marta wollte noch bleiben und noch einmal in allen Abteilungen nach dem Rechten sehen.

Sie war morgens immer die Erste im Haus und am Abend die Letzte. Sie hat für dieses Museum gelebt."

„Hat Jonas von Ihrem Verhältnis gewusst?"

„Das weiß ich nicht. Ich kann diesen Typ nicht einschätzen."

„Wissen Sie, wie Frau Niedermann gestorben ist?"

„Ich habe gehört, sie hat vergiftete Pralinen gegessen."

„Von wem haben Sie diese Information?"

Adrian fühlte sich zunehmend unwohl. Freiherr von Tucher hatte ihnen erzählt, er sei überzeugt davon, dass Robert Biburger Marta vergiftete Pralinen geschickt habe. Er selbst sei auch beinahe zum Opfer geworden. Sollte er seine Loyalität über Bord werfen und vom Verdacht des Freiherrn berichten?

„Es war eigentlich nur eine Vermutung", antwortete er ausweichend.

„Von wem?" Torsten Klein war weiterhin die Ruhe selbst, anders als Adrian, der immer zappeliger wurde. Schließlich waren es nur noch fünf Minuten bis zu seinem Auftritt.

„Bitte entschuldigen Sie, aber können wir nicht nachher darüber sprechen? Ich muss mich umziehen. Die Besucher warten."

„Mein Kollege sagt Bescheid, dass Sie etwas später kommen. Es dauert nicht mehr lange."

Matthias nickte kurz und rollte nach draußen.

„Sie brauchen niemanden in Schutz zu nehmen, Herr Fischer. Je schneller wir alle Informationen bekommen, umso schneller können wir die einzelnen Puzzleteile zusammensetzen. Wer hat Ihnen von den Pralinen erzählt?"

Adrian gab sich einen Ruck. „Freiherr von Tucher ist überzeugt davon, dass die Schokolade vergiftet war. Er hat uns gefragt, ob wir auch davon gegessen hatten."

„Und? Hatten Sie?"

Er schüttelte energisch den Kopf. „Sie war an Marta, ich meine an Frau Niedermann adressiert. Da hätte es niemand gewagt, sich zu bedienen."

„Auch Sie nicht?"

Adrian wurde rot. „Nein, auch ich nicht." Es war ihm unsagbar peinlich, über sein Verhältnis zu sprechen. Er kam sich so mickrig vor, so ausgenutzt und schäbig. Er war der junge Liebhaber einer älteren, reifen Frau gewesen, seiner Vorgesetzten, die ihn vor allen anderen wie einen Angestellten behandelt hatte, – distanziert, überlegen, unnahbar. Wenn sie alleine gewesen waren, hatte sie ein völlig anderes Gesicht gezeigt, hatte ihn begehrt, ihm Komplimente zugeflüstert, ihm das Gefühl gegeben, gleichwertig zu sein.

„Haben Sie einen Verdacht, wer ihr die Pralinen geschickt haben könnte?"

„Freiherr von Tucher vermutet, dass Herr Biburger dahintersteckt. Ich nehme an, der Name sagt Ihnen etwas?"

Adrian wollte weg aus diesem Raum, weg von diesem Polizisten, der ihm auf den Zahn fühlte, ihn in die Enge trieb, ihn dazu zwang, Namen zu nennen. Er wollte niemanden anschwärzen, wollte loyal bleiben.

„Denken Sie, Robert Biburger könnte es gewesen sein? Oder fällt Ihnen noch jemand ein, der ein Interesse am Tod von Frau Niedermann hätte haben können?"

Adrian atmete heftig. „Was weiß ich?", stieß er aufgebracht hervor. „Verlangen Sie von mir, dass ich meine Kollegen denunziere? Ich komme mir vor wie bei der Inquisition!"

Er sprang auf und lief hektisch auf und ab.

Der Kommissar ließ ihm etwas Zeit. „Bitte verstehen Sie doch, dass wir auf Informationen von Ihnen angewiesen sind. Niemand verlangt, dass Sie jemanden zu Unrecht verdächtigen."

Adrian drehte weiter seine Runden.

„Wusste jemand aus dem Team von Ihrem Verhältnis?"

„Nein, ich glaube nicht. Das heißt, ich hoffe es. Es geht niemanden etwas an."

„Vielen Dank für Ihre Kooperation, Herr Fischer." Torsten Klein erhob sich und reichte ihm seine Visitenkarte. „Bitte kontaktieren Sie uns, wenn Ihnen noch etwas Wichtiges einfällt."

Erleichtert ließ sich Adrian zurück auf das Sofa fallen. Sein Puls raste. Er ahnte, dass dies nicht das letzte Gespräch mit der Polizei gewesen war.

# 21

„A-to, A-to, da, da, A-to!" Der kleine Marek saß fröhlich im Kindersitz auf Charlottes Fahrrad und kommentierte pausenlos die Geschehnisse auf der Straße. „Brrrmm, A-to, da, momal A-to!"
„Ja, da sind viele Autos, aber wir fahren mit dem Fahrrad."
„Fafa, Mama, Mamek Fafa!"
Ach war das wunderbar.
Der Frühsommer zeigte sich von seiner angenehmsten Seite, es war warm und nur leicht bewölkt. Vor 21.30 Uhr würde es nicht dunkel werden. Sie hatte pünktlich Schluss machen und die Arbeit mit ruhigem Gewissen an ihre Kollegen delegieren können. Natürlich war sie neugierig, was der junge Mitarbeiter des Erlebniszentrums zu seinem Verhältnis mit Marta Niedermann zu sagen hatte, aber als sie in der Krippe angekommen war und die leuchtenden Augen ihres Sohnes gesehen hatte, war die Neugierde vergessen gewesen. Torsten und Matthias würden das auch ohne sie schaffen. Jetzt gerade in diesem Moment war sie voller Optimismus, dass der Spagat zwischen Arbeit und Familie vielleicht doch ganz gut zu schaffen sein würde.
Glücklich kurvte sie durch die Straßenschluchten der Südstadt, überquerte den Heistersteg und erreichte die Werderau, eine ehemalige Arbeitersiedlung der MAN mit winzigen Häusern, verwinkelten Wegen und kleinen Gärten. Ein einzigartiges Ensemble, das viele Nürnberger nicht kannten und durch das man nie zufällig kam – es sei denn, man wollte zu einem Fest in der Marterlach, einem Stadtteil, der noch abgelegener war. Charlotte fuhr unter der Bahnbrücke hindurch und landete in einem Dorf mit Einfamilienhäusern, Gärten und Carports, begrenzt von Frankenschnellweg, Main-Donau-Kanal, Bahnlinie und

Südwesttangente.

Zum Glück hatte sie vor ihrer Fahrt noch den abgegriffenen Falkplan zu Hilfe genommen, sonst wäre sie weiß Gott wo gelandet. Bestens informiert fand sie souverän zwischen Hainbuchen-, Steinbrecher-, Thymian- und Pinien- auch den Wacholderweg. Das Fest war schon in vollem Gange – mit allem, was dazugehörte: Bratwurstduft, Blaskapelle, Biertische, Kuchentheke und Kindergeschrei. Und überall schwarz-rote Fahnen, Fähnchen und Banner.

Dann mal los.

Sie sperrte ihr Fahrrad ab und befreite Marek aus dem Kindersitz. Auch wenn sie (noch) keinen Menschen kannte, fühlte sich Charlotte gleich dazugehörig – immerhin trug sie das aktuelle Clubtrikot (der Stadionknaller vom letzten Heimspiel der Saison) und hatte auch ihren Sohn von oben bis unten in Fanklamotten gesteckt.

„Hallo Frau Gerlach!", begrüßte sie Tilman Peter freudig. „Schön, dass es geklappt hat. Kommen Sie, setzen Sie sich zu uns." Sie nahm den Kleinen auf den Arm und folgte ihrem Chef durch das rot-schwarze Getümmel.

Es war nach wie vor noch ungewohnt, den sonst so humorlosen und oft unkollegialen Kommissariatsleiter privat zu erleben. Verschwunden war das verbissene Gesicht, die steife Ausdrucksweise, die überzogene Erwartungshaltung. Selbst die vollen, dunkelbraunen Haare wirkten im Privat-Modus richtiggehend befreit – waren sie doch im Berufs-alltag oft mit reichlich Gel gebändigt.

Auch er trug heute ein dunkelrotes Trikot, ohne das man vermutlich zu dieser Veranstaltung gar nicht zugelassen gewesen wäre.

Die Fans feierten ausgelassen ihren Club, der die Saison mit einem respektablen zehnten Platz abgeschlossen hatte, weit vor anderen Traditionsclubs wie dem 1. FC Köln, HSV oder Kaiserslautern. Wieder war der Klassenerhalt in der ersten Liga geschafft, was für den schicksalsgebeutelten Club keine Selbstverständlichkeit war.

„Leute, alle mal herhören", rief Peter, als sie eine voll besetzte Biertischgarnitur erreicht hatten. „Das ist Charlotte Gerlach, eine meiner Mitarbeiterinnen und gleichzeitig leidenschaftlicher Clubfan wie wir alle."

Die Männer und Frauen unterschiedlichen Alters begrüßten Charlotte herzlich, rückten zusammen und stellten ihr ungefragt einen gut gefüllten Bierkrug hin.

„Und wer ist der süße, junge Mann?", fragte eine ältere Frau hingerissen.

„Sag mal, wie du heißt", forderte Charlotte ihren Sohn auf, der zur Begeisterung aller auch gleich lieferte.

„Mamek, Mamek", antwortete er mit breiter Brust und deutete auf sich selbst, was besonders bei den weiblichen Anwesenden Entzücken auslöste.

„Habe ich das richtig verstanden? Heißt er wirklich Marek?"

„Ja, Mamek." Der Vollständigkeit halber setzte er noch ein „Mama" hinzu und bohrte Charlotte beinahe sein Fingerchen ins Auge. Damit hatte er sich einen Platz in den Herzen des Fanclubs gesichert.

Das war schon ein interessanter Mikrokosmos, überlegte Charlotte. Hier und heute war es egal, wie alt man war, ob man Bäcker oder Kommissar, Rentner oder Student war. Alle sahen nahezu gleich aus und gehörten irgendwie zusammen. Das war auch im Stadion so. Man war Clubfan, fertig.

Die Stimmung am Tisch war ausgelassen. Charlotte trank ihr Radler, Marek nuckelte an seiner Wasserflasche und ließ sich die mitgebrachten Apfelstückchen schmecken.

„Schön, dass Sie sich trotz Ihrer Ermittlungen die Zeit genommen haben, zu unserem Fest zu kommen", meinte eine der Frauen am Tisch anerkennend. „Sie sind doch mit dem Fall in diesem neuen Museum befasst, oder?"

Charlotte warf ihrem Chef einen überraschten Blick zu.

„Die Herrschaften sind immer so neugierig", erklärte er verlegen.

„Schon, aber ich bin ja nicht alleine", antwortete sie ausweichend. „Jetzt habe ich frei und die Kollegen kümmern sich um die Arbeit."

Es war oft so, dass sich die Leute sehr für ihren Job interessierten. Schließlich hatte man es nicht alle Tage mit einer Ermittlerin der Mordkommission zu tun. Und wenn der Fall auch noch kontrovers in der Zeitung diskutiert wurde und Personen des öffentlichen Lebens beteiligt waren, war das Interesse umso größer.

„Haben Sie schon einen Verdächtigen?"

Charlotte schmunzelte. Es war immer das Gleiche. Die Leute glaubten doch nicht ernsthaft, sie würde hier auf der Bierbank am Wacholderweg Ermittlungsergebnisse preisgeben? Alle Augen waren auf sie gerichtet.

„Ich weiß, dass Sie das alles brennend interessiert, aber ich kann Ihnen leider keine Informationen über die laufenden Ermittlungen geben. Das verstehen Sie doch sicher."

„Natürlich, aber es wäre schon spannend zu hören, wie Sie die Sache beurteilen", gab die Frau zu. „In den Zeitungen steht ja so viel Blödsinn."

„Da haben Sie recht. Wissen Sie was? Ich habe jetzt Feierabend und würde gerne über etwas anderes reden. Freuen Sie sich auch schon auf die EM? Am Samstag geht's los. Gibt es hier auf dem Gelände auch Public Viewing?"

Damit war das Thema für die nächste halbe Stunde gesichert. Eifrig diskutierten die Damen und Herren über die Spieler, den Trainer und die Erfolgsaussichten für die deutsche Mannschaft.

Die Tote im Erlebniszentrum war zum Glück kein Thema mehr.

„Ach du liebe Zeit!", rief Tilman Peter mit einem erschrockenen Blick auf seine Uhr. „Das Spiel geht gleich los!"

Alle sprangen auf und strömten zum Sportplatz. „Kommen Sie schon, Frau Gerlach", forderte sie ihr Chef ungeduldig auf. „Immerhin spielen fünf Profis aus der ersten Mannschaft mit – und Mintál auch."

„Wirklich? Ich dachte, es gibt nur eine Autogrammstunde."

Eilig trank Charlotte ihr Glas leer, packte Flasche und Brotdose in den Rucksack, nahm den Kleinen an die Hand und folgte der schwarz-roten Karawane zum Spielfeld.

Die Spieler standen gerade in Reih und Glied auf dem Platz, während die jeweiligen Aufstellungen vorgelesen wurden.

„... die Gäste vom 1.FC Nürnberg spielen mit Raphael Schäfer im Tor, ..."

Charlotte hielt den Atem an und starrte mit offenem Mund

auf den Rasen. Da standen ernsthaft mehrere Clubspieler – nur wenige Meter vor ihr. Fast zum Anfassen. Unglaublich.

Sie erkannte Alexander Esswein, Marvin Plattenhardt, Daniel Didavi, den Publikumsliebling Javier Pinola und natürlich – Marek Mintál!

Allein dafür hatte sich die Fahrt in Nürnbergs Süden schon gelohnt.

Das Partie plätscherte vor sich hin. Die Spieler des SV 1873 Nürnberg-Süd bemühten sich nach Kräften, die Profis hielten souverän dagegen. Schließlich hatten sie ein Gesicht zu verlieren.

Charlotte genoss jede Minute, während sich ihr Sohn langweilte und beschloss, dorthin zu gehen, wo es spannender war als am Spielfeldrand: auf den Platz!

Noch bevor sie es verhindern konnte, marschierte der Kleine unter dem Geländer hindurch geradewegs auf den Mittelkreis zu.

„Marek!", kreischte sie entsetzt, kletterte umständlich über die Absperrung und nahm die Verfolgung auf, doch ihr Sohn gab fröhlich glucksend noch einmal ordentlich Gas. „Marek! Komm sofort her!"

Der Pfiff des Schiedsrichters ertönte. Das Spiel war unterbrochen. Alle Augen waren amüsiert auf den lachenden kleinen Kerl und seine aufgeregte Mutter gerichtet. Charlotte wäre am liebsten im Boden versunken, während der Kleine mit wippendem Windelpaket direkt in die Arme eines Spielers lief – Marek Mintál!

Der packte das inzwischen zappelnde und gar nicht mehr so fröhliche Kind und ging Charlotte entgegen.

„Habe ich das richtig gehört?", grinste er. „Dieses Energiebündel heißt Marek?"

Mit hochrotem Kopf starrte Charlotte ihr Idol an und nahm wie ferngesteuert ihren Sprössling entgegen.

„Ja, äh, tut mir leid, dass ..." Ihr fehlten die Worte. Sie wünschte, der Erdboden möge sich augenblicklich auftun und sie mit Haut und Haar verschlingen.

Inzwischen war der Schiedsrichter bei dem kleinen Grüppchen angekommen.

„Können wir weitermachen?" Er beobachtete schmunzelnd,

wie sich der kleine Marek auf dem Arm seiner Mutter wand. „Du musst noch ein paar Jahre trainieren, dann kannst du auch mitspielen."

Charlotte entschuldigte sich noch einmal überschwänglich und trat unter begeistertem Applaus des Publikums den Rückzug an. Standing Ovations waren an sich sehr erstrebenswert, aber bitte zu einem anderen Anlass. Sie konnte sich nicht erinnern, sich jemals in einer so peinlichen Situation befunden zu haben.

Am Spielfeldrand angekommen drückte sie durchgeschwitzt und mit rasendem Puls ihrem Chef das Kind in die Arme, murmelte ein krächzendes *ich geh mal schnell auf die Toilette* vor sich hin und verschwand im rettenden Vereinsheim. Als sich nach ein paar Minuten und etlichen Spritzern Wasser sowohl ihre Gesichtsfarbe als auch die Herzfrequenz wieder normalisiert hatten, legte sich die Aufregung und sie konnte über die ganze Situation lachen.

Wenn das mal keine tolle Geschichte war.

Läuft doch ernsthaft ihr Sohn seinem Namensgeber in die Arme! Unglaublich!


Die erste Halbzeit war vorbei. Alle Leute strömten in Richtung Toiletten, holten sich neue Getränke oder ein stärkendes Bratwurstbrötchen. Charlotte konnte in dem Gewusel weder ihren Chef noch ihren Sohn entdecken, dafür unzählige wildfremde Leute, die ihr fröhlich zuwinkten oder freundschaftlich auf die Schulter klopften.

Na prima. Jetzt war sie offensichtlich eine Prominente im Verein. Wo war nur Kommissar Peter mit seinem Schützling hin? Sie kämpfte sich durch die Menge zurück zu dem Biertisch, an dem sie vorher gesessen hatten.

„Ah, Frau Kommissarin!", wurde sie grinsend begrüßt. „Das war wirklich ein bemerkenswerter Auftritt. Unser Nachwuchstalent trainiert gerade mit Tilman drüben auf dem Spielplatz."

Charlotte spürte, wie sie schon wieder rot wurde. Sie sparte sich einen Kommentar und machte sich auf den Weg in die angegebene Richtung.

Auf halbem Wege stutzte sie.

Ungläubig starrte sie auf eine Frau, die sie am allerwenigsten hier erwartet hätte. Sie saß gemeinsam mit einem Herrn, den Charlotte zwar nicht kannte, der aber eindeutig nicht ihr Mann war, in sehr vertrauter Pose auf einer Bank und kicherte wie ein Teenager.

Das Dunkelrot des viel zu großen Clubtrikots biss sich schmerzhaft mit dem Hennarot ihrer Haare und dem grellen Pink ihrer Pluderhose.

Gisela Durgamaya Biburger turtelte in aller Öffentlichkeit mit einem anderen Mann – auf einem Fanfest des 1.FC Nürnberg. Die angeblich vegan lebende Yogameisterin vergnügte sich mit einem kühlen Bier und einem Bratwurstbrötchen in der Hand.

Konsequenz war offensichtlich nicht ihre Stärke.

Charlotte schüttelte fassungslos den Kopf. Manchmal passieren Dinge, die könnte man sich nie ausdenken.

Sie überlegte kurz, ob sie die Dame ansprechen sollte, entschied sich aber dagegen. Erstens wollte sie ihr die Peinlichkeit, quasi erwischt worden zu sein, ersparen, zweitens hatte sie jetzt Feierabend. Andererseits wäre es schon interessant zu erfahren, wer der Mann war. Mit der Ehe der Biburgers stand es nicht zum Besten. Womöglich hatte Gisela mit ihrem neuen Liebhaber Marta Niedermann vergiftet und den Verdacht auf Robert gelenkt, um ihn aus dem Weg zu räumen. Sie sollten sich dringend noch einmal mit ihr unterhalten.

„Mama! Mama!" Ein wohlbekanntes Quietschen holte sie wieder in die Realität zurück. Marek lief ihr freudestrahlend entgegen, gefolgt von einem etwas erschöpft wirkenden Tilman Peter.

„Ich wusste gar nicht, wie anstrengend so ein Spielplatzbesuch sein kann", keuchte er. „Sie haben meinen vollsten Respekt."

Charlotte grinste, kramte die Wasserflasche aus ihrem Rucksack und gab sie ihrem Sohn.

„Frau Gerlach, es ist vielleicht jetzt kein passender Moment, aber ich möchte Sie doch bitten, morgen früh in mein Büro zu kommen und mich über den Stand der Ermittlungen zu informieren. Freiherr von Tucher hat mich gebeten, den Fall so diskret wie möglich zu behandeln."

Charlotte seufzte innerlich. Hinter all dem Rot-Schwarz kam doch wieder der unentspannte Kommissariatsleiter zum Vorschein, der ständig Angst hatte, nicht ausreichend informiert zu werden und stets bemüht war, den Wünschen gesellschaftlich angesehener Bürger nachzukommen, auch wenn diese Bürger in einen Mordfall involviert waren. Diese in seinen Augen einflussreichen Persönlichkeiten durften per Definition nie mit kriminellen Machenschaften in Verbindung gebracht werden.

„Aber natürlich, Herr Peter", stimmte sie ergeben zu. Widerworte hätten ohnehin keinen Sinn gehabt. Ihr ehemaliger Chef Kommissar Attila hätte nie eine solche Anweisung gegeben. Für ihn war jeder gleich verdächtig oder unverdächtig gewesen, egal ob er ein erfolgreicher Geschäftsmann, Gastronom oder Adeliger war.

„Kommen Sie voran?"

Charlotte lächelte ihn an. Was sollte sie dazu sagen? Jetzt und hier inmitten von Clubfans, Bratwürsten und Bierkrügen?

Am besten gar nichts.

„Ich komme morgen früh mit allen Unterlagen zu Ihnen. Sagen wir um 9.00 Uhr?"

Peter strahlte sie an. „Wunderbar! Sie machen das sicher alles großartig, Frau Gerlach. Wir sind alle froh, dass Sie wieder da sind."

„Das freut mich." Charlotte versuchte erst gar nicht, die Gedankengänge des Mannes zu begreifen. „Bitte entschuldigen Sie, aber ich glaube, das Spiel geht weiter."

Nach einer zweiten Halbzeit ohne nennenswerte Überraschungen und einem standesgemäßen Sieg der Profis kehrten alle wieder zu ihren Plätzen zurück, bevorrateten sich erneut mit Bier und Würsten, um das Spiel in allen Details aufzuarbeiten.

„Hallo, ich hätte da etwas für meinen Namenskollegen abzugeben."

Mit offenem Mund starrte Charlotte den Mann an, der an ihren Tisch getreten war. Er reichte dem kleinen Marek einen Ball, auf dem die Clubspieler unterschrieben hatten.

„Ba, Ba!", krähte der Kleine und streckte die Ärmchen aus.

„Das sieht ganz nach einem talentierten Nachwuchsspieler aus", lachte Marek Mintál. „Vielleicht werde ich ihn bald in einer der Jugendmannschaften trainieren."

Noch immer bekam Charlotte kein Wort heraus.

„Und für die engagierte Mutter habe ich auch noch eine Kleinigkeit." Er legte einen Umschlag auf den Tisch. „Vielleicht haben Sie Zeit und Lust zu meinem Abschieds-spiel am 21. Juli zu kommen – gegen Dortmund."

Charlotte konnte ihr Glück kaum fassen.

„Ja … natürlich ... danke", stotterte sie verlegen.

„Das freut mich! Junger Mann – wir sehen uns! Viel Spaß noch auf dem Fest."

Dann war er weg.

Hatte sie gerade geträumt oder war tatsächlich einer der erfolgreichsten Clubspieler hier gewesen?

Hatte ihrem Sohn einen Ball und ihr selbst Karten für das Abschiedsspiel geschenkt?

Ihr Herz machte einen Sprung. Da hatte sich ihr peinlicher Auftritt auf dem Spielfeld doch noch gelohnt.


Eine halbe Stunde später machte sich Charlotte langsam auf den Heimweg. Es war schon fast 19.00 Uhr und Marek musste erst in die Badewanne und dann schleunigst ins Bett.

Sie klopfte auf den Biertisch und rief ein „Danke und Tschüss!" in die Runde. Tilman Peter und seine Vereins-kollegen winkten ihr freundlich zu und legten ihr nochmals dringend ans Herz, doch möglichst zeitnah den Antrag auf Familienmitgliedschaft ausgefüllt beim Vorstand abzugeben.

Sie versprach, darüber nachzudenken und ging zu ihrem Fahrrad, gefolgt von einem glücklichen Anderthalbjährigen mit einem für seine Begriffe riesigen Ball in den Armen.

Gerade als sie das Kind im Kindersitz und den Ball – sehr zum Missfallen seines Besitzers – im Lenkradkorb verstaut hatte, schwebte Gisela Biburger auf sie zu.

„Frau Kommissarin! Warten Sie! Ist das Ihr Kleiner? Ach, ist der süß. Wie heißt du denn? Also, ganz die Mama, würde ich sagen, was meinst du, Heinz? Ich wusste gar nicht, dass

180

Sie Nachwuchs haben. Ist das Ihr erstes Kind? Sie wissen ja, dass ich eine Tochter habe. Ich wünsche mir so sehr ein Enkelkind. So ein kleines Wesen ist doch ein Wunder, finden Sie nicht? Johanna war auch ein so liebes Baby. Schläft er denn schon durch? Ich weiß, es ist auch anstrengend mit einem so kleinen Kind, aber sie geben einem doch auch so viel zurück."

„Frau Biburger", unterbrach Charlotte mit Mühe den Redefluss der Dame. „Ich wusste gar nicht, dass Sie Fußballfan sind."

Gisela Biburger lachte schrill. „Sie werden es nicht glauben, aber bis heute morgen wusste ich das auch nicht, aber Heinz hat mich gefragt, ob ich nicht mitkommen wolle und ich muss sagen, es hat mir sehr gut gefallen. Vielleicht gehe ich auch mal ins Stadion und sehe mir ein echtes Spiel an. Vielleicht schon am Wochenende? Was meinst du, Heinz?"

Ihr Begleiter lächelte sie an. „Aber Gisela, ich habe dir doch erklärt, dass die Saison jetzt vorbei ist und die neue Saison erst im August beginnt.

„Ach ja, richtig", kicherte Gisela. „Bitte entschuldige, aber du hast mir so viel erklärt, das kann ich mir nicht alles auf einmal merken. Ach, verzeihen Sie, Frau Kommissarin, ich habe Ihnen Herrn Rauh noch gar nicht vorgestellt. Das ist Heinz Rauh, ein alter Freund der Familie. Und das ist die Kommissarin, die im Fall der bedauernswerten Marta ermittelt. Ich wundere mich, dass Sie bei all der Ermittlungsarbeit noch Zeit finden, eine solche Veranstaltung zu besuchen. Haben Sie denn schon denjenigen, der meinem Robert die Schuld in die Schuhe schieben wollte?"

„Wir tun alles, um den Schuldigen zu finden, Frau Biburger", antwortete Charlotte ausweichend und hoffte, das Gespräch in absehbarer Zeit beenden zu können. Marek wurde bereits unruhig.

„Ich glaube, der Kleine muss ins Bett. Sehen Sie doch, wie müde seine Augen sind."

Das war ihre Chance. „Da haben Sie recht. Ich wünsche Ihnen noch einen schönen Tag. Auf Wiedersehen."

Sie lächelte den beiden noch einmal freundlich zu und schwang sich auf das Rad.

Charlotte atmete erleichtert aus. Was war das doch für eine Quasselstrippe. Unerträglich. Zumindest hatte sie ihren Begleiter vorgestellt.

Heinz Rauh also. Der Mann war bisher in den Ermittlungen noch nicht aufgetaucht. Ein alter Freund der Familie – naja, wohl eher ein neuer Freund von Gisela.

Gleich morgen früh würde sie versuchen, etwas über den Herrn in Erfahrung zu bringen.

# 22

Die Straßen waren menschenleer, der langsam einsetzende Regen hatte die letzten Gäste aus den Biergärten vertrieben. In der Sebalder Altstadt wurde es ruhig, nur noch wenige Fenster waren beleuchtet.

Die Glocken der Frauenkirche schlugen elfmal.

Eine dunkel gekleidete Gestalt lief in gleichmäßigen, kräftigen Schritten hinüber zur Hallerwiese. Den Blick starr auf den Weg gerichtet ließ sie die Großweidenmühle hinter sich und tauchte in die Finsternis des Wiesengrundes ein.

Der Weg war in der Dunkelheit kaum zu erkennen, doch der Mann kannte sich aus. Wann immer er es einrichten konnte, drehte er hier seine Runden, unabhängig von Tageszeit und Wetterlage. Er war topfit, durchtrainiert und gesund.

Normalerweise genoss er jeden Meter, spürte seine Muskeln, roch den Duft der Pegnitz, des Grases, des Frühlings. Heute roch er nichts, spürte nichts, war in Gedanken versunken.

Er lief immer weiter und weiter.

Der Regen wurde stärker, das Wasser rann ihm über das erhitzte Gesicht.

Er merkte es nicht.

Weiter und weiter.

Die Ereignisse hatten sich verselbständigt, waren wie ein Tornado über ihn hinweggefegt. Er hatte die Kontrolle verloren.

Es sollte nie Tote geben, niemals!

Man hatte ihm die Schuld gegeben.

Die Polizei hatte ihn befragt, hatte alles genau wissen wollen, hatte nachgebohrt, ihn in die Ecke getrieben. Das hatte er nicht gewollt.

Dabei war er noch immer überzeugt davon, das Richtige getan zu haben.

Im Dienste der Wissenschaft hatte er einzigartige Erkenntnisse gewonnen. Niemand sonst konnte mit solch fundierten Ergebnissen aufwarten. Niemand. Bis heute nicht.

Trotz allem gab es Leute, die alles anzweifelten, seine Arbeit in Frage stellten.

Allen voran Marta Niedermann.

In aller Öffentlichkeit hatte sie seine Arbeit attackiert, ihn als Fantast dargestellt, sein Lebenswerk durch den Dreck gezogen.

Jetzt war sie tot.

Sie hatte ihn fasziniert. Vom ersten Tag an. Schon damals, als sie die Affäre mit Heinz hatte.

Marta und Heinz. Er lachte kurz auf. Was hatte sich Heinz nur dabei gedacht? Er konnte nicht ernsthaft daran geglaubt haben, dass sie wirklich Interesse an ihm gehabt hatte. Was hatte eine Frau wie Marta von einem solchen Langweiler gewollt?

Sie hätte jeden haben können. Warum ausgerechnet Heinz Rauh? Erst vor kurzem hatte sich herausgestellt, was der Grund für diese Liaison gewesen war.

Sie hatte ihn benutzt und anschließend wieder fallen lassen, so, wie sie es vermutlich mit vielen Männern gemacht hatte.

Nur mit ihm nicht.

Er hatte ihr widerstanden, auch wenn es ihm schwer gefallen war. Er wollte sich nicht ausnutzen lassen, wollte keiner von vielen auf der Liste ihrer Verehrer sein.

Und doch war sie eine Frau gewesen, die er begehrt hatte.

Keine, die sich ihm zu Füßen warf, von der er alles haben konnte, sondern eine, die erobert werden musste, der man etwas bieten musste, die durch einen hindurch sah, seine Seele offenlegte, der man nichts vormachen konnte.

Er hatte seine Ehe so satt, ertrug seine Frau nicht mehr. Ihr schien es ebenso zu gehen. Er hatte das Gefühl, dass sie sich neuerdings mit jemandem traf. Sie war noch aufgekratzter als bisher. Es war ihm egal. Er war froh, wenn er sie los hatte.

Was hatte er nur falsch gemacht?

Wann hatte er die Weichen in die falsche Richtung gestellt?

Doch es war noch nicht zu spät. Er hatte noch einen guten

Teil seines Lebens vor sich, würde jetzt alles besser machen. Martas Tod hatte ihm die Augen geöffnet.

Wie schnell konnte alles vorbei sein.

Doch bevor er sich zu neuen Ufern aufmachen, sein Leben umkrempeln konnte, musste er sich von Altlasten befreien, Dinge in Ordnung bringen, Tatsachen klarstellen.

Welche Rolle spielte Gisela in dem Szenario? Was hatte es mit den Pralinen auf sich, die er im Schrank gefunden hatte?

Konnte es sein, dass sich seine Frau ihrer vermeintlichen Konkurrentin entledigt und den Verdacht auf ihren Mann gelenkt hatte? Möglicherweise gemeinsam mit ihrem Liebhaber?

War sie wirklich so raffiniert? Hatte er sie unterschätzt? Er war sich sicher, dass Gisela inzwischen in ihrer Ehe genauso unglücklich war wie er.

Aber deshalb jemanden umzubringen?

Sollte er es ihr mit gleicher Münze heimzahlen und die Pralinen zur Polizei bringen? Aber was war, wenn sie nicht vergiftet waren?

Er war ratlos.

Auch der Anruf seines sogenannten Kontaktmannes lag ihm im Magen. Es hatte ja so kommen müssen. Er wollte mehr Geld, drohte damit, der Polizei alles zu sagen. Er würde sich zwar damit auch mehrerer Straftaten schuldig machen, doch das nahm er angeblich in Kauf.

Hatte er Marta getötet?

Vielleicht schreckte jemand, der gegen Geld Schmierereien anbrachte und Scheiben erschlug auch nicht davor zurück, jemanden zu vergiften? Wie leicht konnte er dann die Schuld auf ihn, den Auftraggeber, schieben.

Heinz war ihm in dieser Sache auch keine große Hilfe, im Gegenteil. Er hatte ständig drastischere Maßnahmen gefordert und jetzt wollte er einen Rückzieher machen. Vielleicht hatte er schon solche Maßnahmen ergriffen? In seinen Augen zwar sehr radikal, aber dennoch mit Erfolg, wenn man das so bezeichnen konnte. Aber war es Heinz wirklich zuzutrauen, Gift in Pralinen zu mischen und den Verdacht dann auf ihn, seinen Mitstreiter, zu richten? Sie hatten darüber gesprochen, doch das Gespräch war nicht gerade harmonisch verlaufen. Sie hatten sich gegenseitig Vorwürfe gemacht, mit Verdächtigungen und Unterstellungen nicht gespart. Die Atmosphäre war vergiftet und er, Robert Biburger, wusste keinen Ausweg.

Die ganze Sache wuchs ihm über den Kopf.

Er stieß einen leisen Fluch aus.

Gleichmäßig platschten die Turnschuhe in die Pfützen, das Wasser spritzte die nackten Beine hinauf. Das Rauschen des Regens hätte so beruhigend sein können. War es aber nicht.

Er stutzte.

War da nicht ein Geräusch? Ein Klappern und Quietschen?

Er drehte sich um und erkannte das wackelige Licht eines Scheinwerfers. Er kam von hinten auf ihn zu.

Ein Radfahrer.

Es gab offensichtlich noch andere Verrückte, die um diese Uhrzeit bei diesem Wetter draußen unterwegs waren.

Robert Biburger lief an den Rand des Weges, um den Radler vorbeizulassen, doch dieser blieb hinter ihm.

Die Kette knarzte, ein Pedal knackte bei jeder Umdrehung.

Der Radler wurde langsamer, das Licht schwächer.

Biburger winkte ihn vorbei.

Er blieb.

Knack, knack, knack.

Unwillkürlich lief er schneller.

Knack, knack, knack.

Er war klatschnass, die Haare klebten an seinem erhitzten Kopf, das Laufshirt an seinem Körper. Sein Puls raste.

Weiter, immer weiter. Schneller, immer schneller.

Knack, knack, knack.

„Fahr schon vorbei!", keuchte er.

Knack, knack, knack.

Lange würde er das nicht durchhalten, schließlich war er keine dreißig mehr.

Ein unangenehmer Schmerz breitete sich in seiner Seite aus.

Seitenstechen. Auch das noch.

Er verlangsamte den Schritt, versuchte tiefer zu atmen.

Auch der Radfahrer wurde langsamer. Eine unheimliche Bedrohung ging von ihm aus.

Wer war das?

Was wollte er von ihm?

Robert fuhr erneut herum und versuchte, den Radler zu erkennen. Keine Chance, es war viel zu dunkel.

Beunruhigt stolperte er weiter.

Was sollte an einem Radfahrer schon gefährlich sein?

Der Schmerz wurde schlimmer, raubte ihm fast den Atem.

Er konnte nicht mehr.

Ruckartig blieb er stehen, stützte sich japsend auf seine Oberschenkel, sein Herz drohte zu zerspringen. War er doch nicht so fit, wie er geglaubt hatte?

Die Bremse des Fahrrades quietschte. Es kam zum Stehen, fiel scheppernd auf den Weg.

Jemand kam auf ihn zu.

„Was wollen Sie von mir?", stieß Biburger hervor. „Wer sind Sie?"

Die Person kam näher.

Erleichtert erkannte er, wer vor ihm stand.


Er fror, klapperte mit den Zähnen, war nass bis auf die Haut. Doch die Kälte kam nicht von der tropfenden Kleidung, sie saß tiefer, kam aus seinem Innersten, packte ihn bei seinen Eingeweiden, schnürte ihm die Kehle zu.

Mit wackeligen Beinen stolperte er vorwärts, starrte entsetzt in die Dunkelheit, schleppte sich weiter. Verzweifelt krallte er sich an seinem Fahrrad fest, schob es Meter für Meter voran, immer weiter, weg von ihm, von der Stelle, an der es passiert war.

Was hatte er nur getan?

Er nahm keinen Regen wahr, kein entferntes Geräusch eines vorbeifahrenden Autos, nicht einmal das Rauschen seines Blutes in den Ohren.

Nichts.

Er spürte nicht die Wunde an seiner Schläfe, merkte nicht, wie ihm warmes Blut über das eiskalte Gesicht rann und auf dem Kragen seiner Jacke einen immer größer werdenden roten Fleck hinterließ. Er war wie in einer Blase, einer dicken Hülle, die ihn von allen äußeren Eindrücken abschirmte. Da gab es nur ihn und die Erinnerung an die vergangenen Minuten – oder waren es Stunden?

Das Gespräch, der Streit, der Kampf und schließlich die Ruhe.

Scheiben einschlagen, Wände mit Farbe beschmieren, Trocknungsgeräte sabotieren. Alles war nichts gegen das.

Er hatte Biburger nur etwas Angst einjagen wollen, ihm klar machen, dass all die illegalen Aktivitäten mehr Geld wert waren als diese lächerlichen paar Hundert Euro. Er hatte doch genug, hätte sich problemlos mehr leisten können, wenn es ihm schon so wichtig war, dass dieses Museum wieder geschlossen wurde.

Stattdessen hatte er ihn unter Druck gesetzt, ihn provoziert und sogar bedroht.

Wieder spürte er Wut in sich aufsteigen und erschrak im gleichen Moment über sich selbst.

Wie hatte das nur passieren können?

Mit seinen eigenen Händen hatte er zugeschlagen. Besessen, nicht mehr bei sich, von einer fremden Macht gesteuert.

All seine Wut und sein Hass, seine Hilflosigkeit und Verletzung, all das war in diesen Händen gelegen, war aus ihm herausgebrochen, hatte von ihm Besitz ergriffen, Macht über ihn bekommen. Noch nie in seinem Leben hatte er die Kontrolle über sich selbst verloren, noch nie hatte er das Gefühl gehabt, nicht mehr Herr seiner Sinne zu sein.

Er stapfte weiter, wie ferngesteuert, ohne eigenen Willen, immer weiter durch die Nacht.

Seine Handflächen kribbelten, schienen noch den kalten Stein zu spüren, den Stein, der den Tod gebracht hatte.

Noch immer sah er die aufgerissenen Augen des Mannes vor sich, die Angst, die Ungläubigkeit.

Er spürte das klebrige Blut an seiner Hand. Das Blut des Mannes, der durch seine Hand gestorben war, dessen Körper jetzt langsam kälter wurde.

Das hatte er nicht gewollt.

## 23

Der Donnerstagmorgen begann unspektakulär. Torsten, Charlotte und Matthias sichteten die Unterlagen und überlegten, was als nächstes zu tun wäre.

„Also, ich weiß nicht, wie es dir geht", stöhnte Torsten, „aber mir schwirrt gerade der Kopf. Wir haben eine vergiftete Wissenschaftlerin, die vermutlich illegal zu einem Kind gekommen ist."

„Ich hoffe, wir erfahren heute endlich, wer die Geburtsurkunde gefälscht hat", warf Matthias ein.

„Sie hatte ein Verhältnis mit einem deutlich jüngeren Mann, der im Museum als Schauspieler arbeitet", fuhr Torsten fort.

„Sie stirbt an vergifteten Pralinen, die angeblich von einem ihrer Kritiker geschickt wurden, der aber alles abstreitet."

„Klingt interessant", bemerkte Charlotte zynisch.

„Das ist es auch." Torsten war noch nicht fertig. „Dann haben wir noch die esoterische Frau des Kritikers, seine gepiercte Journalistentochter und einen blaublütigen Freiherrn, dessen Lebenswerk gerade kurz davor ist, den Bach runterzugehen."

„Vergiss nicht den durchgeknallten illegalen Sohn des Opfers", ergänzte Charlotte.

„... und den Museumsführer, die anderen Schauspieler, die Dame im Büro, den Hausmeister, das Dienstmädchen im Tucherschloss, den Freund der gepiercten Tochter und Gerlinde Schlenk aus der Agnesgasse", zählte Matthias resigniert auf.

„Und Heinz Rauh", ergänzte Charlotte grinsend.

Ihre Kollegen sahen sie fragend an.

„Heinz Rauh? Wer soll das sein?"

„Der mutmaßliche Liebhaber von Gisela Durgamaya Biburger", erklärte Charlotte triumphierend und erzählte von den gestrigen Ereignissen beim Fanfest.

„Na, sieh mal einer an." Matthias nickte anerkennend. „Dann werde ich mal schauen, was ich über diesen Herrn in Erfahrung bringen kann. Vielleicht haben ja die beiden Turteltäubchen gemeinsame Sache gemacht?"

„Das habe ich gestern auch schon überlegt."

„Oder es war doch Biburger selbst", sagte Torsten. „Eigentlich hatte er das stärkste Motiv. Marta Niedermann war seine Konkurrentin, hat mit dem Museum die Ergebnisse seiner Arbeit angezweifelt."

„Ja, schon", gab Charlotte zu, „aber es passt nicht zu ihm, seiner Gegenspielerin vergiftete Pralinen zu schicken und dann noch seinen Namen dranzuhängen. Er ist ein intelligenter, gebildeter Mann. Wenn er sie wirklich hätte töten wollen, wäre ihm doch sicher etwas anderes eingefallen."

„Vielleicht ist gerade das die Tarnung?"

Charlotte zuckte mit den Schultern und stand auf. „Tja, liebe Kollegen, so sieht es im Moment aus. Und mit all diesen losen Enden muss ich euch jetzt alleine lassen. Ich habe einen Termin bei unserem Chef. Er möchte informiert werden. Matthias, mach bitte der Dame im Standesamt etwas Dampf unter ihrem Allerwertesten. Bis dann." Sie sammelte alle Unterlagen und Papiere zusammen und wollte gerade das Büro verlassen, als das Telefon klingelte.

Torsten ging ran.

„Ja?" Er hörte kurz zu und machte Charlotte ein Zeichen hierzubleiben. „Ok. Wir kommen." Er legte auf.

„Ich fürchte, der Chef muss warten. Sie haben die Leiche von Robert Biburger im Wiesengrund gefunden."

Ein leichter Dunstschleier lag über dem Wiesengrund, das Gras war noch nass vom Regen der vergangenen Nacht. Über die Theodor-Heuss-Brücke rollte der Verkehr wie an jedem anderen Donnerstag auch. Unter der Brücke war der Rad- und Fußweg mit rot-weißem Flatterband abgesperrt. Streifenwagen parkten in der Wiese, überall liefen die Kollegen der Spurensicherung in ihren weißen Overalls herum.

Die kurze Fahrt vom Präsidium hierher war schweigsam verlaufen. Hatten Charlotte und Torsten erst kurz zuvor versucht, die Fakten zu ordnen, war mit dem Fund des zweiten Opfers wieder alles anders. Alle bisherigen Zusammenhänge, Motive, Personen und deren Beziehungen zueinander mussten neu sortiert und bewertet werden. Aus einem vermeintlichen Täter war ein Opfer geworden.

Hatten vielleicht doch Gisela und Rauh ihre Finger im Spiel? Hatten sie gemerkt, dass die Grußkarte an der Pralinenschachtel nicht gereicht hatte, Biburger anzuklagen?

Aber wenn die Ehe der Biburgers ohnehin gescheitert war, wäre es doch gar nicht nötig gewesen, Robert zu beseitigen.

Es passte einfach alles nicht zusammen.

Noch nicht.

Sie parkten den Wagen und bückten sich unter dem Flatterband hindurch.

Und wieder war ein friedlicher Park, ein Ort, an dem die Menschen ihre Freizeit verbrachten, spielten, grillten, spazieren gingen, zum Tatort geworden. Charlotte erinnerte sich an den letzten Fall vor ihrer Elternzeit. Damals war ein Toter am Ufer eines Nummernweihers am Dutzendteich gefunden worden.

Heute lag das Opfer im dichten Gebüsch am Ufer der Pegnitz. Charlotte und Torsten kämpften sich durch die Hecken. Der Tote war auf den ersten Blick als Robert Biburger erkennbar. Er trug eine Sporthose, ein Laufshirt und Turnschuhe. Sein Gesicht war kalkweiß und schmutzig. An seinem Hals konnte Charlotte rote Würgemale erkennen.

Der Rechtsmediziner packte gerade seine Tasche.

„Guten Morgen, Jens. Bist du schon fertig?"

„Fürs Erste schon. Später dann mehr. Ich würde den Todeszeitpunkt auf etwa Mitternacht festsetzten, plus/minus eine Stunde. Er hat Würgemale am Hals und ...", er drehte den Kopf Biburgers vorsichtig zur Seite, „eine Wunde am Kopf. Was nun letztendlich zum Tod geführt hat, kann ich euch erst später sagen. Ihr könnt ihn mir gleich bringen lassen, ich habe heute Vormittag noch nichts vor." Er grinste und zwinkerte seinen Kollegen zu.

„Beneidenswert", meinte Markus Metz, seufzte theatralisch

und zog sich die weiße Kapuze vom Kopf. „Das möchte ich auch mal von mir behaupten können, was, Charlotte?" Er wischte sich demonstrativ über die Stirn. „Wir als berufstätige Eltern wissen schon lange nicht mehr, was Freizeit überhaupt ist."

Auch Markus hatte vor etwa zwei Jahren Nachwuchs bekommen und hatte jederzeit größtmögliches Verständnis dafür, wenn Charlotte unausgeschlafen oder abgehetzt im Büro erschien.

Torsten rollte die Augen. „Ist ja gut, Mama und Papa, vielleicht könnt ihr euer Selbsthilfegespräch in eure nicht vorhandene Freizeit legen. Wir haben hier einen Toten."

Charlotte verzog schmollend die Lippen. „Ok, Markus, wie wäre es kurz vor Mitternacht bei einer Tasse Hafergrastee? Wir könnten dann ganz nebenbei noch gemeinsam Wäsche zusammenlegen?"

„Prima Idee", lachte Markus und klopfte Charlotte freundschaftlich auf die Schulter. „Bis es soweit ist, habe ich noch ein paar Infos für euch."

„Schieß los."

„Also, leider hat der Regen ganze Arbeit geleistet. Wir haben quasi keine Blutspuren gefunden. Aber dafür Spuren, die darauf hinweisen, dass der Mann dort drüben neben dem Radweg verletzt und anschließend hierher geschleift wurde. Dort im Gras lag auch ein Fahrradtacho und ein kleines Plastikteil, das wahrscheinlich auch von einem Fahrrad stammt. Ob das allerdings etwas mit dem Täter oder dem Opfer zu tun hat, ist nicht klar. Das war´s. Ich melde mich, wenn wir Neuigkeiten haben."

„Alles klar, danke dir, Markus."

Langsam staksten Charlotte und Torsten durch das feuchte Gras zu ihrem Auto zurück. Der Tod Biburgers warf ein ganz neues Licht auf den Fall.

„Jetzt gibt es ein Opfer auf beiden Seiten, wenn man das so nennen kann." Torsten schien Charlottes Gedanken lesen zu können. „Eines bei den *Pro-Hausianern* und eines auf der Gegenseite."

Charlotte überlegte. „Entweder wir haben auch auf jeder Seite einen Täter oder wir müssen eine Person suchen, die mit beiden Opfern eine Rechnung offen hatte."

„Hast du da schon jemanden im Kopf?"

„Naja, wenn dies eine Auseinandersetzung zwischen beiden Seiten ist, müssen wir für den Mord an Biburger in den Reihen der *Pro-Hausianer* suchen, oder?"

„Kannst du dir vorstellen, dass der alte Freiherr Robert Biburger bei Nacht und Nebel im Wiesengrund auflauert und ihn erschlägt?"

„Erstens können wir nichts ausschließen und zweitens gibt es in den Pro-Reihen auch noch andere Kandidaten. Die Schauspieler, Jonas Niedermann, die Museumsführer."

Torsten überlegte. „Jonas Niedermann. Der Typ geht mir nicht aus dem Kopf. Vielleicht hat er sich bei Biburger für den Tod an seiner Mutter gerächt? Er wohnt in der Kleinweidenmühle. Vor dort aus ist es ein Katzensprung hinunter in den Wiesengrund."

„Wir sagen Matthias Bescheid, er soll Jonas ins Präsidium beordern und nach seinem Alibi fragen. Außerdem soll er Biburgers Leben genauer unter die Lupe nehmen. Vielleicht findet er einen Berührungspunkt mit Marta Niedermann. Und wir beide müssen Frau Biburger und die Tochter informieren."

# 24

Es wurde wärmer und immer wärmer. Ihre nackten Füße waren umschlossen von einer dickflüssigen, braunen, klebrigen Masse. Sie wollte weglaufen, doch sie konnte sich keinen Zentimeter bewegen.

Sie spürte, wie sie langsam versank, tiefer und tiefer. Die Beine, der Unterleib, der Bauch, alles war bereits eingetaucht in das schmierige Braun, zog sie unbarmherzig in die Tiefe.

Sie versuchte, mit den Beinen zu strampeln, doch diese waren wie gelähmt.

Sie wollte schreien, doch jeder Laut blieb ihr im Hals stecken. Auch die Arme waren ihr keine Hilfe, hingen leblos an ihr herab.

Der Brei hatte bereits ihre Brust erreicht, näherte sich unaufhörlich ihrem Mund.

Sie roch die herbe Süße köstlicher Zartbitterschokolade, war versucht, mit ihrer Zunge eine kleine Kostprobe zu nehmen, doch irgendetwas in ihr warnte sie: *Gift! Vorsicht Gift!*

Verzweifelt spannte sie jeden Muskel an, wollte sich befreien aus der gnadenlosen Umklammerung. Vergeblich. *Du wirst sterben! Sterben!*

Die heiße Schokolade kroch in ihren leicht geöffneten Mund, in Ohren und Nase, verklebte ihre Haare und verschluckte sie schließlich ganz ...

Gisela Biburger riss die Augen auf. Ihr Herz raste, sie war schweißüberströmt, schnappte nach Luft, schrie laut auf. Ihr Nachthemd klebte am Körper, das Bettzeug war tropfnass.

Ein Traum, ein entsetzlicher Albtraum, aber eben nur ein Traum. Eine Woge der Erleichterung durchströmte sie.

Zitternd und voller Angst sah sie sich keuchend im Schlafzimmer um. Alles war wie immer.

Die Vorhänge vor dem gekippten Fenster bewegten sich leicht, ab und zu war ein Motorengeräusch zu hören. Sonst war es still. Das Bett neben ihr war leer, so leer wie es seit Monate schon gewesen war, seit Robert in Johannas Kinderzimmer gezogen war.

Ihr Wecker zeigte 8.30 Uhr. So lange schlief sie sonst nie.

Sie schlug die Bettdecke zurück, torkelte noch etwas benommen ins Bad und warf einen Blick in den Spiegel.

Da war keine Schokolade in Nase und Ohren, keine klebrige Masse im langen Haar.

Es war nur ein Traum gewesen.

Das Gesicht, das ihr entgegenblickte, war erschöpft und angsterfüllt. Das Leben hatte ohnehin schon deutliche Spuren hinterlassen, ihr Falten und Tränensäcke beschert. Durch die Erinnerung an den schrecklichen Traum traten sie noch deutlicher hervor, glichen in Verbindung mit der blassen Hautfarbe einer Horrormaske.

Gisela ließ sich langsam auf den Badewannenrand sinken, schlotterte, schlug beide Hände vor das Gesicht.

Was hatte dieser grauenvolle Traum zu bedeuten?

Marta Niedermann war mit Pralinen vergiftetet worden, Pralinen, die angeblich ihr Mann geschickt haben sollte.

Aber was hatte sie damit zu tun?

Sicher, sie hatte vor einigen Tagen damit begonnen, verschiedene Rezepte für vegane Pralinen auszuprobieren, aber sie hatte doch damit niemanden vergiftet.

Eine Gänsehaut überzog ihren Körper. Sie fror, zog das verschwitzte Nachthemd aus und stellte sich unter die Dusche. Mit geschlossenen Augen spürte sie, wie das heiße Wasser die imaginäre Schokolade aus allen Ritzen und die Erinnerung an den Albtraum langsam aus ihrem Bewusstsein spülte. Nach über einer Viertelstunde hatte sie das Gefühl, wieder in der Wirklichkeit angekommen zu sein. Sie drehte noch für ein paar Sekunden das kalte Wasser auf und wickelte sich anschließend in ihr großes Badetuch.

Sie musste unbedingt mit Robert reden, musste wissen, ob er mit dem Tod dieser Frau etwas zu tun hatte.

Insgeheim hatte sich Gisela darüber gefreut, dass Marta

Niedermann tot war, hatte in ihr eine Konkurrentin gesehen, obwohl ihre Ehe mit Robert schon kaputt war, bevor diese Frau aufgetaucht war.

Es war erniedrigend gewesen, wie Robert über sie gesprochen hatte, wie er sie einerseits als Göttin, andererseits als erbitterte Feindin für seine Arbeit gesehen hatte.

Seine Arbeit.

Das war lachhaft.

Dieses ständige Gerede von Kaspar Hauser und den angeblich einzigartigen, wissenschaftlichen Erkenntnissen, die Robert wo auch immer gemacht haben soll, gingen ihr schon lange auf die Nerven. Ihr war völlig egal, was mit einem jungen Mann vor zweihundert Jahren geschehen war, ob er jetzt ein Betrüger oder doch der Prinz von Baden war, ob er zwölf Jahre in Einsamkeit oder fröhlicher Gesellschaft gelebt hatte.

Langsam erwachten ihre Lebensgeister wieder, kehrten Energie und Optimismus zurück.

Noch wenige Monate und sie würde finanziell unabhängig sein. Ihr Yoga-Studio lief sehr gut, sie hatte reichlich Anmeldungen, gute Kritiken, ein großes Stammpublikum.

In zwei Wochen würde sie erfahren, ob sie die Räume in Johannis bekommen würde, dann könnte sie endlich hier ausziehen und ihr eigenes Leben leben.

Womöglich mit Heinz an ihrer Seite.

Sie kannten sich schon lange. Er war ein Mitstreiter Roberts, wollte auch, dass dieses neue Museum wieder geschlossen wurde. Es war wie in dem Lied von Klaus Lage gewesen: *tausendmal berührt, tausendmal ist nichts passiert ...*

Plötzlich hatte sie einen anderen Heinz gesehen, nicht den Heinz, der stundenlang mit ihrem Mann über uninteressante Dinge diskutiert und manchmal auch gestritten hatte. Nicht den langweiligen Verwaltungsbeamten, der jede Woche ins Stadion rannte und viel zu viel Bier trank.

Plötzlich war da der verständnisvolle, humorvolle Heinz gewesen, der sich nach ihrer Arbeit erkundigte, einen Kurs bei ihr belegen und mit ihr gemeinsam in ein veganes Restaurant gehen wollte.

Sie zog sich an und holte frische Bettwäsche aus dem

Schrank. Ihr Wecker zeigte 9.12 Uhr.

Sollte sie noch warten, bevor sie ihn zur Rede stellte?

Eigentlich müsste er längs wach sein, längst in der Küche herumklappern, Kaffee trinken, widerliche Rühreier mit Speck essen.

Energisch zog sie das feuchte Laken von der Matratze, schüttelte das Bett auf und ließ es aus dem geöffneten Fenster hängen.

Sie ging in die Küche und setzte Teewasser auf. Alles war sauber und aufgeräumt. Robert hatte noch nicht gefrühstückt. Oder hatte er sich zum Frühstück verabredet? Hatte leise die Wohnung verlassen, während sie mit den imaginären Schokolade-Fluten gekämpft hatte?

Verächtlich sah sie auf die teure Kaffeemaschine. So etwas würde es in ihrer neuen Wohnung nicht geben. Sie würde im Einklang mit sich und der Natur leben, Rücksicht auf ihren Körper und die Umwelt nehmen, keinen Raubbau an den Ressourcen betreiben.

9.45 Uhr. Nein, sie konnte nicht mehr warten. Sie brauchte Gewissheit.

Mit gestrafften Schultern stand sie vor der Zimmertür, an der noch ein Pferdeposter hing. Sie seufzte. Lang, lang war es her …

„Robert?", rief sie und klopfte an.

Keine Antwort.

Sie klopfte noch einmal. „Robert! Ich muss mit dir reden!"

Sie wartete noch kurz und drückte dann die Klinke herunter.

Das Bett war leer und unbenutzt.

Gisela stutzte, sah ins Wohnzimmer. Nichts.

Jetzt fiel es ihr ein.

Er wollte doch gestern Abend noch Laufen gehen. Zu einer Zeit, zu der jeder normale Mensch ins Bett ging.

Im Bad waren ihr keine verschwitzten Sportklamotten aufgefallen. Wenn er sonst von seinen Laufrunden zurückkam, warf er die stinkenden Shirts und Hosen immer auf einen Haufen unter das Waschbecken.

Sie lief ins Bad.

Da lag nichts.

Keine Hose, kein Shirt, keine Socken.

Vermutlich war er gestern Abend gar nicht Laufen gewesen, sondern lag gerade bei einer anderen Frau im Bett.
Oder war etwas passiert?

Da klingelte es an der Wohnungstür.

## 25

Charlotte und Torsten standen vor Biburgers Haustür im Halbwachsengässchen, holten noch einmal tief Luft und drückten den Klingelknopf.

Der Türöffner summte.

An der Wohnungstür begrüßte sie Gisela Biburger in einem seidenen, bodenlangen Kleid, das mit bunten chinesischen Drachen bedruckt war. Ihr langes Haar war nass, die Falten und Tränensäcke noch ausgeprägter als am Tag zuvor im Präsidium.

„Guten Tag, Frau Biburger. Dürfen wir reinkommen?"

„Frau Kommissarin." Sie trat einen Schritt zur Seite. „Was kann ich für Sie tun?"

Hatte die Frau gestern erst geredet wie ein Wasserfall, so schien ihr heute irgendetwas die Sprache verschlagen zu haben.

„Können wir uns vielleicht in die Küche setzen?"

Gisela Biburger wirkte angespannt, aufgewühlt, lauernd, so, als warte sie auf etwas bestimmtes.

„Es geht um Ihren Mann."

Sie zuckte leicht zusammen, sammelte sich wieder.

„Was ist mit Robert?"

Charlotte wusste nicht, wie sie die Frau einschätzen sollte. War sie voller Angst? Schmerz? Trauer?

Vielleicht.

Oder war sie gar die Schuldige, die jetzt, am Ziel angekommen, die trauernde Ehefrau spielen musste?

War sie überrascht? Erleichtert? Oder gar froh?

„Es tut mir leid, Frau Biburger", begann Charlotte. „Ihr Mann wurde leider heute Morgen im Wiesengrund gefunden."

Keine Reaktion. Die Frau blieb ruhig.

„Er ist tot. Es tut mit sehr leid. Mein herzliches Beileid."
Ihre Miene blieb starr.
Charlotte wartete, ließ ihr Zeit, die Nachricht zu verstehen,
zu realisieren, was sie bedeutete.
Stille.
Nur das Ticken der Wanduhr war zu hören.
Minute um Minute verstrich.
Charlotte wartete. Zum Glück hatte sie mit Torsten einen
ebenso geduldigen Kollegen an ihrer Seite, keinen
Heißsporn, der bereits nach kürzester Zeit damit begann,
herumzuzappeln.
Gisela Biburger hob langsam den Kopf.
Charlotte erschrak. Dieser Blick war eiskalt und abgebrüht.
Er hatte nichts von der warmen, gütigen, einfühlsamen
Stimmung, die sie sonst bei der Frau wahrgenommen hatte.
„Sie erwarten jetzt bestimmt tiefe Trauer von mir, Tränen,
Schmerz und Wehklagen." Die Kälte in der Stimme ließ
Charlotte frösteln.
„Wir erwarten gar nichts von Ihnen, Frau Biburger. Wir
haben die Erfahrung gemacht, dass jeder anders mit der
Nachricht vom Tod eines geliebten Menschen umgeht."
„Pah!", stieß sie verächtlich aus. „Von wegen geliebter
Mensch. Geliebt haben wir uns schon lange nicht mehr. Es
war eher eine Zweckgemeinschaft. Ich war ihm nicht mehr
gut genug, nicht so attraktiv und interessant wie zum
Beispiel unsere liebe Marta, die leider auch schon von uns
gegangen ist – oder soll ich sagen von uns genommen
wurde?"
Charlotte war irritiert über die Veränderung, die mit dieser
Frau vonstattengegangen war.
„Ja, Frau Gerlach, so ist es nun einmal. Ich trauere nicht
wirklich um meinen Mann, jedenfalls nicht um den Mann,
der noch vor vierundzwanzig Stunden hier gesessen hat.
Vielleicht um den, den ich vor über dreißig Jahren geheiratet
habe, aber den gab es schon lange nicht mehr. Wenn Sie eine
gute Polizistin sind – und davon gehe ich aus, wenn Sie trotz
Ihres jugendlichen Alters schon Kriminalhauptkommissarin
sind – müssten Sie natürlich auch mich verdächtigen. Mich,
die eifersüchtige Ehefrau, die sich zunächst ihrer Kon-

kurrentin und dann des untreuen Ehemannes entledigt hat."

„Und? Haben Sie?"

Gisela Biburger lachte kurz auf. „Sie gefallen mir. Sie wissen, was Sie wollen. Nein, ich habe erstaunlicherweise nichts mit dem Tod der beiden zu tun. Wie ist Robert gestorben? Hat er auch vergiftete Pralinen gegessen?"

„Das wissen wir noch nicht. Wo waren Sie denn vergangene Nacht zwischen 23.00 Uhr und 1.00 Uhr?"

„Oh, jetzt wollen Sie es aber ganz genau wissen", spottete sie. Charlotte wusste nicht, ob sie die Frau noch ernst nehmen oder ob sie besser eine Psychologin zu Rate ziehen sollte. Das Gespräch wurde ihr langsam unheimlich.

„Ich war hier in der Wohnung."

„Waren Sie alleine?"

„Ach, Sie meinen Heinz Rauh, nicht wahr?"

„Zum Beispiel."

„Na, das würde noch besser passen. Mord wie aus dem Lehrbuch. Gehörnte Ehefrau rächt sich zusammen mit ihrem Liebhaber an ihrem bösen Ehemann."

Wo kam nur plötzlich diese Bitterkeit her?

Gestern war die Frau noch voll von überschäumender guter Laune gewesen, hatte Freude und Zuversicht ausgestrahlt. Heute war davon nichts mehr zu sehen.

„Kann er bezeugen, dass Sie gestern Abend hier waren?"

„Nein, kann er nicht. Wissen Sie, ich habe meinen Mann nicht mehr geliebt und unsere Ehe war am Ende. Ich bin aber nicht so abgebrüht, dass ich meinen Liebhaber mit in die Wohnung bringe, wenn ich annehmen muss, dass mein Mann zu Hause ist."

„Hatte ihr Mann ein Verhältnis mit Marta Niedermann?"

Wieder das freudlose Lachen.

„Woher soll ich das wissen? Sie hatten beruflich miteinander zu tun – oder soll ich besser sagen gegeneinander?"

Charlotte horchte auf. Es gab also eine Beziehung zwischen den Opfern. Aber welche?

„Wissen Sie mehr darüber?"

„Nein, das müssen Sie schon selbst herausfinden."

„Seit wann kennen Sie Heinz Rauh? Sie sagten, er sei ein Freund der Familie."

„Wir kennen uns schon lange. Immerhin war er oft genug hier, um mit Robert irgendwelche Pläne zu schmieden."

„Welche Pläne?"

„Das haben sie mir nicht gesagt. Hat mich auch nicht interessiert. Sicher irgendetwas mit diesem Kaspar."

„War bei diesen Treffen noch jemand dabei?"

„Kann sein. Es sind oft Leute hier ein und aus gegangen. Hören Sie, ich habe seit Jahren keinen Einblick mehr in die Aktivitäten meines Mannes. Ich fürchte, ich kann Ihnen nicht weiterhelfen. Wenn Sie jetzt keine Fragen mehr haben, würde ich mich gerne um all die Dinge kümmern, um die man sich kümmern muss, wenn der Ehemann verstorben ist."

Das war vielleicht eine Ansage. Charlotte hatte allerdings nicht vor, sich so leicht abschütteln zu lassen. „Hatte Ihr Mann ein Büro?"

„Aber natürlich. Er musste doch seine wichtigen Studien betreiben und seine Korrespondenzen erledigen. Kommen Sie, ich zeige es Ihnen."

Zumindest zeigte Gisela Biburger noch eine gewisse Kooperationsbereitschaft.

„Hier." Sie wies auf eine Tür, hinter der sich allem Anschein nach das Zimmer eines kleinen Mädchens befand – zumindest ließen diverse Pferdeposter diesen Schluss zu.

„Sehen Sie sich nur um. Ich habe nichts zu verbergen."

„Übrigens, Frau Biburger, Ihr Mann hatte keine Papiere bei sich. Sie müssten Ihn identifizieren. Schaffen Sie das?"

„Natürlich."


„Was ist denn mit der los?", wunderte sich Torsten, als Gisela gegangen war. „Du hast sie heute Morgen ganz anders beschrieben."

„Gestern war sie auch ganz anders. Ich erkenne sie gar nicht mehr wieder."

„Bist du sicher, dass es ein und dieselbe Person ist?"

Charlotte schielte ihn an. „Denkst du, es sind eineiige Zwillinge? Oder Klone?"

„Wer weiß?"

„Quatsch. Komm, vielleicht finden wir etwas Interessantes.

Markus wird auch in einer halben Stunde hier sein."

Das Zimmer war über und über voll mit Büchern, Papieren, Akten und Zeitschriften. Dazwischen lagen Hemden, Hosen und Socken, Süßigkeiten und leere Flaschen.

Alles in allem ein – wahrscheinlich kreatives – Chaos.

Unter einer Tageszeitung fand Charlotte einen Anrufbeantworter.

Die Anzeige blinkte.

Drei neue Nachrichten.

*Nachricht eins, Mittwoch, 06.Juni, 21.35 Uhr:*
„Robert? Hier ist Heinz. Der Kleine wird langsam lästig. Er ruft dauernd bei mir an. Du musst etwas unternehmen!"

*Nachricht zwei, Mittwoch, 06.Juni, 22.26 Uhr:*
„Herr Biburger? Das war alles nicht so vereinbart! Was sollte das mit dem Brand? Und was haben Sie mit Marta gemacht? Ich lasse mich nicht mehr mit ein paar Hundertern abspeisen. Immerhin halte ich meinen Kopf für Sie hin! Ich will 10.000 Euro, sonst können Sie in Zukunft selbst zum Pinsel greifen!"

*Nachricht drei, Mittwoch, 06.Juni, 22.55 Uhr:*
„Robert, nochmal Heinz, mir wird die ganze Sache unheimlich. Geh doch endlich mal ran. Der Verrückte hat gedroht, uns auffliegen zu lassen."

# 26

Torsten, Matthias und Charlotte saßen um den Tisch im Besprechungszimmer und starrten auf einen Stapel kleiner, schön gestalteter Schachteln. Daneben lagen etliche Grußkarten aus edlem, handgeschöpftem Papier.

Kommissar Tilman Peter kam herein.

„Was gibt es denn? Haben Sie eine vielversprechende Spur?"

Charlotte deutete auf die Schachteln.

„Das haben wir bei Robert Biburger gefunden."

„Und?" Peter nahm ein Päckchen zur Hand und hob den Deckel an.

Ein köstlicher Duft strömte heraus.

Man konnte richtig sehen, wie dem Kommissariatsleiter das Wasser im Munde zusammenlief. Schnell schloss er das Kästchen wieder.

„Riecht verlockend. Denken Sie, die vergifteten Pralinen stammten doch von Biburger?"

„Oder von seiner Frau."

Peter sah überrascht auf. „Ach, hat sie wohl eine unliebsame Konkurrentin beseitigt? Sie haben sicher schon Proben ins Labor geschickt, nehme ich an."

„Ja, haben wir. Es würde mich aber wundern, wenn Frau Biburger vergiftete Exemplare in der Wohnung aufheben würde."

„Mich wundert ehrlich gesagt gar nichts mehr." Peter sprach damit seinen Mitarbeitern aus dem Herzen. „Warten wir das Ergebnis der Untersuchung ab. Sie sagten, Sie hätten noch eine interessante Information in Biburgers Wohnung gefunden."

Charlotte stellte den Anrufbeantworter auf den Tisch und spielte die drei letzten Nachrichten ab.

„Das gibt es doch nicht." Tilman Peter sah Charlotte ungläubig an. „Biburger und dieser Heinz haben ernsthaft jemanden dafür bezahlt, das Museum zu sabotieren?"

„Sieht so aus."

„Und wer ist dieser Heinz? Ist der schon im Rahmen der Ermittlungen aufgetaucht?"

„Bisher noch nicht ..." Charlotte machte eine dramaturgische Pause und warf ihren Kollegen einen vielsagenden Blick zu.

„Aber? Machen Sie es doch nicht so spannend."

„Ich kenne ihn seit gestern."

Fragender Blick.

„Er war auf dem Fanfest am Wacholderweg."

„Ach, wirklich?"

„Er war dort in Begleitung von Frau Biburger."

„Wollen Sie damit sagen ..."

„Es hat eindeutig so gewirkt, als seien die beiden ein Paar – oder würden es zumindest in Kürze werden wollen."

„Haben Sie schon weitere Informationen über ihn?"

Jetzt war Matthias an der Reihe.

„Das kann man so sagen." Diesmal sah er sich triumphierend um. „Ich habe sogar sehr interessante Informationen."

„Nämlich?"

„Der Mann heißt Heinz Rauh, ist 1950 geboren und seit 2010 im Ruhestand. Er ist, wie Charlotte gestern auch erfahren hat, ein Freund der Familie Biburger und auch ein Hauser-Gegner."

„Und was hat er bis 2010 beruflich gemacht?", fragte Charlotte gespannt.

Matthias genoss die Situation sichtlich.

„Sag schon!"

„Er war ... beim Standesamt."

Matthias grinste und ließ die Neuigkeit wirken.

Charlotte riss die Augen auf.

„Ach, nein! Dann hat er ..."

„... die Geburtsurkunde von Jonas Niedermann gefälscht! Richtig! Die Dame von der Stadt hat vor einer Viertelstunde Bescheid gesagt." Er lehnte sich zufrieden zurück. „Ich habe ihn schon angerufen. Er müsste jeden Moment hier sein."

„Sehr gut", meinte Tilman Peter anerkennend und stand auf.

„Bitte halten Sie mich auf dem Laufenden."

„Jetzt geht was voran", freute sich Charlotte, als ihr Chef gegangen war. „Ich bin gespannt, was er dazu zu sagen hat. Weiß er schon von Biburgers Tod?"

Matthias zuckte mit den Schultern. „Von mir nicht, aber wenn er wirklich ein Techtelmechtel mit Gisela Biburger hat, hat sie ihn bestimmt schon informiert – wenn sie nicht doch gemeinsam dahinter stecken."

„Ich bin sehr gespannt", gab Charlotte zu und warf einen Blick auf unzählige graue Kisten voller Ordner, Mappen und Hefter, Material, das aus Robert Biburgers Kinderzimmer-Büro stammte und jetzt darauf wartete, ausgewertet zu werden.

Sie klatschte aufmunternd in die Hände. „Liebe Kollegen, bei aller Euphorie wird uns leider diese Arbeit nicht erspart bleiben. Bis Heinz Rauh kommt, können wir doch schon einmal mit der ersten Kiste anfangen."

Torsten und Matthias stöhnten und griffen nach dem ersten Ordner.

Markus Metz war mit seinen Kollegen noch in der Wohnung beschäftigt. Es stand also zu befürchten, dass der Kistenberg noch erheblich wachsen würde. Zum Glück hatte ihnen der Kommissariatsleiter zwei weitere Mitarbeiter zum Durcharbeiten des umfangreichen Materials zugewiesen. Nach der ersten Durchsicht befasste sich der Großteil der Unterlagen mit dem Thema Hauser.

Abhandlungen, Studien, Berichte, Zeitungsausschnitte, Artikel. Kaspar Hauser soweit das Auge reichte. Vermutlich konnten alle Kollegen, die sich durch die Papierberge arbeiten mussten, anschließend als Hauser-Koryphäen Karriere machen, wenngleich auch die Sichtweise auf den Fall etwas einseitig sein dürfte.

„Womit hat Biburger eigentlich sein Geld verdient, bevor er in den Ruhestand ging?", fragte Torsten. „Hast du über ihn auch schon Infos, Matthias?"

„Habe ich. Er war Psychologe, hat an der Uni Erlangen gelehrt und diverse Bücher geschrieben, erstaunlicherweise über Kaspar Hauser. Seit fünf Jahren war er im Ruhestand, war Mitglied in verschiedenen Sportvereinen – eigentlich nichts Auffälliges."

Das Telefon klingelte. Die Nummer der Pforte wurde angezeigt.

„Hallo, Frau Gerlach, Herr Rauh ist da. Er wartet im Besprechungszimmer."

„Gut, ich komme, danke Ihnen."

Erleichtert stand sie auf und zwinkerte den anderen zu. „So, liebe Kollegen, es tut mir wirklich aufrichtig leid, euch mit all den hochinteressanten Unterlagen alleine lassen zu müssen, aber es wartet ein wichtiger Zeuge auf mich."

„Das ist nun mal mein Schicksal." Matthias schnitt eine Grimasse. „Spaß beiseite. Nimm lieber Torsten mit. Der Herr wirkte nicht gerade kooperativ."

„Danke für den Tipp."

Grinsend klappte Torsten den Ordner zu und legte ihn in zurück in eine Kiste. Lieber führte er ein konfliktgeladenes Gespräch mit einem aufgebrachten Herren, als stundenlang Aufzeichnungen und Berichte in altertümlichem Deutsch durchzuarbeiten.

„Wenn wir nicht klarkommen, rufen wir um Hilfe", sagte Charlotte beim Hinausgehen.

„Ich bin da, wenn ihr mich braucht."

„Das beruhigt mich sehr. Hast du übrigens schon mit Jonas Niedermann sprechen können?"

„Nein, er ist im Museum und war nicht zu sprechen. Ich habe ihm ausrichten lassen, dass er sich so schnell wie möglich melden soll."

„Gut, bleib dran."


Wieder standen sie vor der großen Glasscheibe und sahen in den kargen Raum hinein. Diesmal wartete kein schweigsamer junger Mann auf sie, auch keine skurrile Familie, sondern ein nervöser Herr zwischen sechzig und siebzig in legerer Freizeitkleidung. Mit hochrotem Gesicht marschierte er unruhig hin und her und sah dabei ständig auf seine Uhr.

Charlotte und Torsten hatten vereinbart, dass sie das Gespräch führen und Torsten zunächst im Nebenraum bleiben sollte.

„Guten Tag, Herr Rauh. Vielen Dank, dass Sie so schnell

kommen konnten. Bitte setzen Sie sich doch."

„Was soll das, Frau Kommissarin?" Heinz Rauh hielt sich nicht mit freundlichem Geplänkel auf. „Was wollen Sie von mir?"

„Alles der Reihe nach." Charlotte versuchte, Ruhe auszustrahlen. „Ich möchte Sie zunächst darauf hinweisen, dass wir unser Gespräch aufzeichnen. Dann muss ich mir keine Notizen machen. Ich hoffe, das ist in Ordnung für Sie."

„Wenn Sie meinen."

Sie drückte den Aufnahmeknopf. „Befragung von Heinz Rauh, Donnerstag, 07. Juni 2012, 11.30 Uhr durch Kriminalhauptkommissarin Gerlach."

Sie lehnte sich zurück und lächelte, während ihr Gegenüber auf der vordersten Stuhlkante saß, bereit, jeden Moment aufzuspringen.

„Bitte kommen Sie zur Sache", forderte er die Kommissarin ungeduldig auf. „Ich habe heute noch etwas anderes zu tun."

„Sie sind ein sogenannter *Contra-Hausianer*, ist das richtig?", begann sie.

„Das ist nicht verboten." Rauhs rote Gesichtsfarbe intensivierte sich.

„Es geht um Marta Niedermann."

Jetzt grinste er überlegen und verschränkte die Arme vor der Brust.

„Aha, daher weht der Wind. Sie wollen den bösen Hauser-Gegnern den Tod der bedauernswerten Dame in die Schuhe schieben."

Charlotte zog eine Augenbraue nach oben.

„Und? Sind Sie für den Tod von Marta Niedermann verantwortlich?"

„Das hätten Sie wohl gerne."

Charlotte wurde ernst. „Ich habe es natürlich nicht gerne, wenn Menschen vergiftet werden. Wie gut kannten Sie sich?"

„Wie man sich so kennt. Sie hat sozusagen die Gegenseite vertreten."

„Wann haben Sie sich kennengelernt?"

„Was soll diese Fragerei? Worauf wollen Sie hinaus?"

Charlotte legte ein Papier vor ihn hin.

„Das ist doch Ihre Unterschrift, oder?"

Rauh starrte fassungslos auf das Dokument.

„Ich darf Ihnen auf die Sprünge helfen. Das ist die Geburtsurkunde von Jonas Niedermann, dem Sohn von Marta. Laut Rechtsmedizin hat sie aber nie ein Kind geboren. Nachdem wir für den in Frage kommenden Zeitraum keinen Eintrag in einer Klinik oder bei einer freien Hebamme gefunden haben, die Geburtsurkunde aber vom Nürnberger Standesamt ausgestellt wurde, gehen wir davon aus, dass sie gefälscht wurde. Von Ihnen."

Er wandte sich ab.

„Sie waren zu dieser Zeit beim Standesamt beschäftigt."

Charlotte erhöhte den Druck. Er hatte kriminelle Energie an den Tag gelegt und würde sich dafür verantworten müssen.

„Hat sie Sie für die Fälschung bezahlt?"

Rauh starrte an Charlotte vorbei.

„Woher kam das Kind?"

Er schwieg.

„Herr Rauh, der Straftatbestand der Urkundenfälschung ist längst verjährt. Hat Sie Frau Niedermann unter Druck gesetzt? Womit? Hatten Sie ein Verhältnis mit ihr?"

Plötzlich sah Rauh sie direkt an. Sein Blick war eiskalt.

Charlotte erschauderte.

„Es ist schon über zwanzig Jahre her. Marta hatte eine unglaubliche Ausstrahlung. Sie konnte Leute manipulieren, nach ihrer Pfeife tanzen lassen. Sie hatte mich in der Hand. Ich weiß nicht, wie es passieren konnte, aber ich war von ihr abhängig, habe nur für die kurze Zeit gelebt, die sie mit mir verbracht hat. Es war so berauschend, aber auch so schrecklich. Sie können sich nicht vorstellen, wie sie sein konnte. Sie hat mir Komplimente gemacht, mir Dinge gesagt, die ..."

Es fiel ihm schwer, darüber zu sprechen, was Charlotte sehr gut verstehen konnte. Niemand breitete sein Intimleben gerne vor Fremden aus – schon gar nicht, wenn die Fremden Polizisten waren.

„Sie hat mich ausgenutzt und dann wieder fallen lassen."

„Woher hatte sie den Jungen?"

„Aus Polen glaube ich."

„Polen?"

„Ja, sie stammte von dort und hat auch dort gearbeitet, bevor sie nach Nürnberg kam."

Charlotte war überrascht. Das hatte sie noch nicht gewusst.

„Wo hat sie gearbeitet? Und wie ist sie an das Kind gekommen?"

„Das weiß ich nicht. Ich glaube, sie wollte mit dem Kind ihr Gewissen beruhigen."

„Wie meinen Sie das?"

„Sie hat immer wieder Andeutungen gemacht. Und einmal, als sie bei einem unserer Treffen kurz eingeschlafen war, hat sie im Schlaf gesprochen."

„Was hat sie gesagt?"

„Ich weiß es nicht mehr so genau. Irgendetwas wie *Findelkind* und *Familie* und *ich mache alles wieder gut*. Alles unzusammenhängende Worte. Als sie aufgewacht ist, habe ich sie danach gefragt, aber Sie können sich bestimmt denken, dass sie mir nicht ihr Herz ausgeschüttet hat. Sie ist wütend geworden und gegangen."

„Sie meinen, sie hat sich in Polen ein Kind *besorgt*, um ihr Gewissen zu beruhigen? Warum?"

„Das weiß ich nicht."

Das könnte natürlich eine Erklärung für die unterkühlte Beziehung zwischen Marta und Jonas sein. Aber war es auch eine Erklärung für ihren Tod? Sie würden der Sache nachgehen.

„War es das?" Rauh stand auf. „Kann ich gehen?"

„Nein, tut mir leid, aber ich habe noch ein paar Fragen an Sie."

Widerwillig setzte er sich wieder hin.

„Bitte, wie kann ich Ihnen noch helfen?"

Echte Kooperationsbereitschaft sah anders aus.

„Haben Sie von den Sabotageakten im Kaspar-Hauser-Erlebniszentrum gehört?"

Er zuckte leicht zusammen. „Aber natürlich. Es wurde regelmäßig in den Zeitungen davon berichtet."

„Was sagen Sie dazu?"

„Worauf wollen Sie hinaus, Frau Kommissarin? Was soll

das hier werden?"

„Kennen Sie Robert Biburger?", fragte Charlotte unbeeindruckt weiter. Die Nervosität des Mannes stieg sichtlich.

„Ich denke, Sie wissen genau, dass ich Robert sehr gut kenne. Auch er ist der Meinung, dass dieses ganze Gerede um den angeblichen Prinz von Baden nichts als Betrug ist und dieses Erlebniszentrum eine Farce."

„Wann haben Sie denn das letzte Mal mit Biburger gesprochen?"

Rauh zögerte. „Keine Ahnung. Gestern oder Vorgestern. Warum fragen Sie das? Kommen Sie doch endlich zur Sache. Was werfen Sie mir vor?"

„Robert Biburger wurde heute Morgen tot aufgefunden."

„Wie bitte? Was sagen Sie da? Das kann doch nicht sein." Entweder er hatte tatsächlich nichts davon gewusst oder er war ein guter Schauspieler. Er wirkte ehrlich schockiert.

„Tot? Aber wie denn, ich meine, was ist denn passiert?"

„Ich kann Ihnen nichts Näheres dazu sagen. Wir gehen von einem Gewaltverbrechen aus."

„Gewaltverbrechen?", wiederholte Rauh entsetzt. „Das ist furchtbar."

„Hat Ihnen Gisela Biburger noch nichts davon erzählt?"

„Nein, ich war den ganzen Vormittag unterwegs und wollte sie später noch anrufen, aber ich musste ja dringend hierher kommen."

„Wo waren Sie gestern Abend zwischen 23.00 Uhr und 1.00 Uhr?", fragte Charlotte nüchtern.

„Warum fragen Sie das? Ich war zu Hause."

„Kann das jemand bezeugen?"

Rauh warf ihr einen skeptischen Blick zu. „Soll das eine Anspielung auf Gisela sein?"

„War Frau Biburger bei Ihnen?"

„Ich weiß nicht, was Sie das angeht."

„Herr Rauh, sind Sie sich über den Ernst der Lage im Klaren? Robert Biburger wurde umgebracht. Wir wissen inzwischen, dass es mit der Ehe der Biburgers nicht zum Besten stand und Sie sich offenbar mit Gisela ..."

„Was erlauben Sie sich!" Zornig sprang er auf. „Lassen Sie Gisela aus dem Spiel!"

„... und Sie sich offenbar mit Gisela Biburger treffen", beendete Charlotte den Satz. Ihre Stimme war fest und bestimmt. „Wie lange waren Sie gestern nach dem Fest am Wacholderweg noch zusammen?"

„Sie wissen, dass ich Ihnen nichts sagen muss, oder?"

Charlotte schwieg.

„Was soll das? Gisela und ich kennen uns schon ewig."

Sie schwieg noch immer.

„Bis halb neun", knurrte er.

„Und dann?"

„Dann bin ich nach Hause. Was soll die Fragerei? Sie glauben doch nicht ernsthaft, dass ich mit Roberts Tod etwas zu tun habe?" Er rang um Fassung. „Das ist unerhört! Was unterstellen Sie mir? Ich werde mich über Sie beschweren!"

Charlotte beugte sich nach vorne und visierte Rauh an.

„Robert Biburger und Sie haben einen Saboteur engagiert."

Wieder konnte sie ein leichtes Zucken erkennen.

„Jetzt reicht es mir aber. Was kommt denn hier noch alles? Das ist kompletter Blödsinn."

„Sie haben jemanden dafür bezahlt, Scheiben einzuschlagen, Schmierereien anzubringen und die Trocknungsgeräte zu manipulieren. Sie können von Glück reden, dass niemand durch diese Aktionen ernsthaft zu Schaden gekommen ist."

„Wie können Sie nur so etwas behaupten?"

Sie stellte den Anrufbeantworter auf den Tisch und spielte die Nachrichten ab.

Rauh schnappte nach Luft, auf seiner Stirn bildeten sich Schweißtropfen.

„Wer ist der Mann, den Sie engagiert haben?"

„Das ist völlig absurd. Ich muss mir das nicht länger anhören."

Er stand erneut auf und machte Anstalten, zu gehen.

„Bitte setzen Sie sich wieder hin", forderte ihn Charlotte auf.

„Es besteht der begründete Verdacht der Anstiftung zur Sachbeschädigung. Die Tatsache, dass es in diesem Zusammenhang einen Verletzten und inzwischen auch zwei Tote gegeben hat, wirkt sich nicht unbedingt positiv auf Sie aus."

„Das geht entschieden zu weit!" Er rutschte nervös auf

seinem Stuhl hin und her.

„Wer ist der Saboteur?"

„Ich will meinen Anwalt sprechen."

„Das ist Ihr gutes Recht. Herr Rauh, womöglich ist der Saboteur der Mörder von Niedermann und Biburger. Nennen Sie uns einen Namen, sonst verlieren wir wertvolle Zeit."

„Von mir erfahren Sie jetzt gar nichts mehr."

## 27

Torsten öffnete das Fenster. Die Temperatur in Charlottes Büro näherte sich der 30°C Marke, die Köpfe rauchten, Spannung lag in der Luft.

Sie hatten neue Spuren, neue Hinweise.

Konnte es tatsächlich sein, dass sich Marta Niedermann ein Kind aus Polen *besorgt* hatte?

Was hatte sie getan, dass sie ihr Gewissen beruhigen musste?

Sie hatten bereits ein Amtshilfeersuchen an die polnischen Kollegen gestellt.

Heinz Rauh hatte die Geburtsurkunde gefälscht, aber hatte er deshalb Niedermann auch vergiftet? Wenn ja, warum gerade jetzt? Über zwanzig Jahre später? Sie hatten weitere interessante Puzzleteilchen, die allerdings noch nicht zusammenpassten.

Was war mit diesem noch unbekannten Saboteur?

Konnte es sein, dass er für den Tod der beiden Menschen verantwortlich war?

Musste Biburger sterben, weil er nicht bereit war, mehr Geld zu zahlen?

Rauh hatte zwar den Namen nicht verraten, die Kollegen waren aber gerade dabei zu überprüfen, von welchem Anschluss aus der Saboteur angerufen hatte.

Torsten stellte ihr eine Tasse Kaffee und ein Glas Wasser hin. „Mir ist es völlig unbegreiflich, dass sich jemand dafür bezahlen lässt, ein Museum zu sabotieren."

„Und genauso unbegreiflich ist es, dass es Leute gibt, die so etwas in Auftrag geben. Biburger und Rauh sind, beziehungsweise waren, doch erwachsene, gebildete Leute."

Sie trank einen Schluck aus ihrem Glas.

„... die so besessen sind von dieser Kaspar-Hauser-

Diskussion, dass sie bereit sind, zu unlauteren Mitteln zu greifen", ergänzte Torsten. „Denkst du, sie haben ihn auch für den Mord an Niedermann bezahlt?"

„Das kann ich mir nicht vorstellen, aber wie unser Chef vorhin richtig bemerkt hat, wundert einen manchmal gar nichts mehr."

Es klopfte an der Tür und Matthias kam hereingerollt.

„Wir haben den Saboteur", kam er ohne Umschweife zur Sache. „Zumindest stammt die Nachricht auf Biburgers Anrufbeantworter von seinem Telefonanschluss." Er legte ein Blatt Papier auf Charlottes Schreibtisch. „Es ist Adrian Fischer."

Das Erlebniszentrum war an diesem sonnigen Nachmittag sehr gut besucht. Freiherr von Tucher stand im Foyer und war von einer Gruppe junger Leute umringt.

„Sprich du mit Tucher, ich suche in der Zwischenzeit Jonas und Adrian", schlug Torsten vor und steuerte die Dame an der Kasse an.

„Mein Ur-Ur-Ur-Großvater war der Vormund Kaspars gewesen. Er hat es immer gut mit seinem Schützling gemeint", referierte Tucher. „Ihm und Kaspar zu Ehren habe ich dieses Museum eingerichtet."

„Haben Sie überlegt, nach den vielen Anschlägen und dem Tod Ihrer wissenschaftlichen Leiterin das Haus zu schließen?", wollte eine Besucherin wissen.

Der Freiherr lächelte sanft. „Nein, junge Frau, das habe ich nicht. Seit fast zweihundert Jahren wird kontrovers über den Fall diskutiert. Mit dem Konzept dieses Hauses habe ich öffentlich Stellung bezogen, was erwartungsgemäß die Anhänger der Gegenseite auf den Plan rufen musste. Dass sich das Ganze jetzt so dramatisch entwickelt hat, erschüttert mich zutiefst, bestärkt mich aber auch in dem Vorhaben, meine Sicht der Dinge, die übrigens auch von unzähligen Menschen geteilt wird, zu vermitteln."

Charlotte wartete, bis der Freiherr die Gruppe an einen Museumsführer übergeben hatte.

„Herr von Tucher, könnte ich Sie kurz sprechen?"

Es war dem alten Herrn anzusehen, dass er über den

erneuten Besuch der Polizei nicht unbedingt erfreut war. Mit gerunzelter Stirn führte er Charlotte in Marta Niedermanns ehemaliges Büro. Es war frisch geputzt und perfekt aufgeräumt.

„Was kann ich für Sie tun?" Seine Stimme war höflich, aber kalt.

„Es geht um Robert Biburger", begann Charlotte.

„Ja?"

„Er wurde heute Morgen tot aufgefunden."

Tuchers Gesicht zeigte kaum eine Regung.

„Das ist bedauerlich. Hat er auch von seinen Pralinen gegessen?" Er räusperte sich. „Bitte entschuldigen Sie die unpassende Bemerkung, aber Sie haben doch sicher Verständnis dafür, dass sich meine Trauer um diesen Herrn in Grenzen hält."

„Er wurde Opfer eines Gewaltverbrechens."

„Das tut mir leid."

„Herr von Tucher", fuhr Charlotte fort. Die Arroganz und Abgebrühtheit des Freiherrn begannen, sie zu nerven. „Ich hoffe, Sie haben Verständnis dafür, dass ich Sie fragen muss, wo Sie vergangene Nacht zwischen 23.00 Uhr und 1.00 Uhr waren?"

Der Freiherr legte belustigt die Stirn in Falten.

„Frau Kommissarin! Sie ziehen doch nicht ernsthaft in Erwägung, dass sich ein alter Mann mit über achtzig mitten in der Nacht aufmacht, um jemanden zu ermorden?"

„Wir haben auch nicht in Erwägung gezogen, dass zehn Tage nach der Eröffnung des Erlebniszentrums zwei Menschen aus dem Umfeld des Hauses tot in der Rechtsmedizin liegen – und trotzdem ist es so." Sie hatte sich diese spitze Bemerkung nicht verkneifen können – Freiherr hin oder her. „Können Sie mir sagen, wo Sie waren?"

„Aber natürlich. Um diese Zeit pflege ich zu schlafen."

„Kann das jemand bezeugen?"

Kaum, dass die Worte ausgesprochen waren, ahnte Charlotte schon die Antwort.

„Menschen in meinem Alter schlafen oft alleine, wenn Sie verstehen, was ich meine. Nein, es kann niemand bezeugen.

Haben Sie noch Fragen, oder kann ich mich wieder meiner Arbeit widmen?"

Charlotte stöhnte innerlich. Natürlich hatte sie noch Fragen, hunderte, tausende von Fragen, aber vermutlich keine, die ihr der Freiherr ausreichend beantworten konnte.

„Danke, wir melden uns wieder."

„Das fürchte ich auch. Ich wünsche Ihnen noch einen schönen Tag."

Im Foyer kam ihr Torsten entgegen.

„Und?", fragte sie. „Hast du mit Adrian gesprochen?"

„Nein, aber mit Jonas."

„Und?"

„Er hat gesagt, er war bis halb zwei in einer Spielhalle in der Ludwigstraße. Matthias überprüft das gerade. Adrian habe ich noch nicht gefunden. Die Dame an der Kasse hat gemeint, er sei irgendwo im Haus unterwegs."

„Na prima. Ich habe keine Lust, das ganze Gebäude nach ihm abzusuchen. Hat er keinen Piepser oder ein Handy?"

„Nein, die Schauspieler müssen ihre Handys im Spind lassen."

„Adrian!", rief plötzlich die Frau an der Kasse und winkte einem jungen Mann in schicker Uniform zu. „Komm doch bitte mal!"

Der Mann blieb stehen, starrte entgeistert auf die Polizisten, drehte sich um und rannte die Treppe hinunter – Charlotte und Torsten hinterher.

Im dichten Gewimmel der Besucher hatten sie Schwierigkeiten, ihn nicht aus den Augen zu verlieren. Immer wieder tauchte zwischen bunten Shirts und Pullis die rote Uniform auf. Sie liefen durch verschiedene Ausstellungsräume und Verbindungsgänge, passierten Einzelbesucher und Gruppen, bis Adrian plötzlich hinter einer schweren Stahltür verschwunden war.

*Nur für Personal* stand auf der Tür. Sie war mit einem Zahlencode gesichert.

„Scheiße", entfuhr es Charlotte. Sie rannten wieder zurück ins Foyer. „Wohin führt die Stahltür dort unten?", keuchte sie, als sie an der Kasse stand.

„Die Stahltür?", wiederholte die Kassendame irritiert. „In die Tiefgarage, warum?"

„Wie ist der Code?"

„Ich weiß nicht, ob ich Ihnen ..."

„Natürlich dürfen Sie, wir sind von der Polizei!"

In diesem Moment sah Charlotte aus dem Augenwinkel durch die Glasfront einen roten Schatten, der auf einem Fahrrad davonfuhr. Sie stürzte hinaus auf den Platz und konnte noch sehen, wie die rote Uniform hinter der Hausecke verschwand.

„Was ist denn passiert?", fragte Mark Schnitzler, der gerade auf sein Fahrrad steigen wollte. Charlotte riss ihm das Rad aus der Hand und schwang sich darauf. „Ich bring es gleich wieder zurück!", schrie sie ihm noch zu und trat mit aller Kraft in die Pedale.

Adrian hatte gut fünfzig Meter Vorsprung, überquerte die Maxbrücke und schlug den Weg in Richtung Kettensteg ein. Autoreifen quietschten, Fußgänger wichen erschrocken zur Seite. Die Augen starr auf den roten Rücken geheftet, konnte Charlotte sehen, wie Adrian sein Fahrrad im Slalom um die Spaziergänger hinüber auf die Hallerwiese manövrierte.

„Herr Fischer!", brüllte sie. „Bleiben Sie stehen!"

Panisch drehte er sich um. Sein Gesicht war dunkelrot und angstverzerrt. Charlottes Oberschenkel brannten. Sie war völlig außer Form, was auf Adrian offensichtlich nicht zutraf. Immer weiter raste er den Radweg entlang, bis sich plötzlich sein Vorderrad in einer Hundeleine verfing und er in hohem Bogen über den Lenker geschleudert wurde.

Ein Schrei, ein Knirschen, ein Krachen, Hundegebell.

Adrian lag reglos auf dem sandigen Weg. Blut lief über sein Gesicht.

Eine elegant gekleidete, ältere Dame beugte sich schockiert über ihn, während sie gleichzeitig versuchte, ihren Dackel zu beruhigen.

„Oh mein Gott!", kreischte die Dame. „Wir brauchen einen Krankenwagen! Hilfe, er blutet!"

Sofort hatte sich eine Menschentraube um das Grüppchen gebildet. Handys wurden gezückt, Kinder zur Seite gezogen. Charlotte ließ ihr Rad in die Wiese fallen, bahnte sich einen

Weg durch die Gaffer und stürzte atemlos auf den Verletzten zu. „Kriminalpolizei! Darf ich bitte?"
Sie drängte die besorgte alte Dame zur Seite und kniete sich hin.

„Herr Fischer! Hören Sie mich?" Sie legte ihre Finger an den Hals des Mannes und stellte erleichtert fest, dass er noch atmete und langsam die Augen aufschlug.

„Frau Kommissarin!", rief die alte Dame. „Gut, dass Sie hier sind! Ich kann nichts dafür! Der Mann ist so schnell gefahren!"

Da erkannte sie die alte Dame. Es war Gerlinde Schlenk.

„Ah, Frau Schlenk. Haben Sie gesehen, was genau passiert ist?"

„Der junge Mann kam angerast, als sei der Leibhaftige hinter ihm her. Dann hat sich sein Rad in der Hundeleine verfangen."

Inzwischen hatte sich der kleine Hund beruhigt. Gerlinde Schlenk trug ihn auf dem Arm und wiegte ihn wie ein kleines Kind.

„Es tut mir so leid. Siggi hat im Gebüsch etwas gehört und ist quer über den Weg gerannt", berichtete sie aufgeregt. „Ich konnte nicht so schnell hinterher. Sie wissen schon – meine alten Knochen. Sie sollten aber auch langsamer fahren", mahnte sie den Verletzten. „Hier sind auch kleine Kinder unterwegs."

„Es ist schon in Ordnung. Hat jemand den Notarzt verständigt?" Charlotte wollte sich keine Abhandlung über die Rücksichtslosigkeit ihrer Mitmenschen anhören.

„Ich bin schon da." Ein Arzt stellte seine Tasche neben Adrian ab und untersuchte ihn. „Ich habe den Unfall vom Fenster aus beobachtet." Er wies auf die Klinik, die keine fünfzig Meter entfernt lag.

„Gut, vielen Dank."

Charlotte stand auf und schickte zunächst die Gaffer weg. „Sie können weitergehen. Hier gibt es nichts zu sehen. Frau Schlenk, würden Sie bitte noch kurz auf der Bank dort drüben warten. Danke."

Adrian ächzte und wollte aufstehen, doch der Arzt drückte ihn wieder auf den Boden.

„Sie bleiben schön liegen. Ich lasse Sie jetzt rüber in die Klinik bringen. Die Wunden müssen versorgt werden."

Inzwischen waren zwei Pfleger angekommen und hoben den Verletzten auf eine Trage.

„Aber es geht schon wieder." Adrian wischte sich mit dem Jackenärmel über die Stirn.

„Und ich sage Ihnen, es geht noch nicht", erwiderte der Arzt bestimmt, packte seine Tasche und sah Charlotte an. „Sind Sie eine Angehörige?"

„Nein, mein Name ist Gerlach von der Kripo Nürnberg. Ich muss dringend mit dem Mann sprechen. Wann denken Sie, ist das möglich?"

„Kripo?", wunderte sich der Mediziner. „Wird jetzt Raserei mit dem Fahrrad schon von der Kriminalpolizei verfolgt?"

Charlotte lächelte höflich. „So würde ich das nicht nennen. Wann kann ich ihn sprechen?"

„Ich denke in einer Stunde. Ich halte den Verdächtigen so lange fest." Er zwinkerte ihr verschwörerisch zu.

„Das ist gut." Sie las die Aufschrift auf seinem Arztkittel. „Ich zähle auf Sie, Doktor Fröhlich."

Charlotte setzte sich zu Frau Schlenk auf die Bank in den Schatten. Der kleine Siggi schien sich bestens von dem Schock erholt zu haben und tollte ausgelassen auf der Wiese herum.

„Ach, das tut mir alles so schrecklich leid. Der arme Junge." Gerlinde Schlenk tupfte sich die Augen. „Das habe ich nicht gewollt. Wissen Sie, warum er es so eilig hatte? Man könnte ja denken, er sei vor irgendwem geflohen." Sie schielte Charlotte von der Seite an. „Frau Kommissarin! Haben Sie den jungen Mann etwa verfolgt?"

„Ich würde gerne mit ihm sprechen", antwortete Charlotte ausweichend.

Gerlinde Schlenk sah sie entgeistert an. „Er hat doch nichts angestellt, oder? Er sah so adrett aus in seiner schicken Jacke. Aber sagen Sie, warum hatte er denn diese Uniform an? Ist das etwa die aktuelle Mode?"

Charlotte musste schmunzeln. „Nein, er arbeitet als Schauspieler im neuen Kaspar-Hauser-Museum. Er spielt dort einen Rittmeister aus dem 19. Jahrhundert."

„Schauspieler in einem Museum?", wunderte sich die alte Dame. „Früher gab es die nur beim Theater."

Sie beobachtete stolz, wie ihr kleiner Dackel seine Schnauze neugierig in die Wiese steckte.

„Wissen Sie, Frau Kommissarin, seit Siggi bei mir wohnt, bin ich bei Wind und Wetter an der frischen Luft. Das tut uns beiden gut."

Plötzlich fiel Charlotte etwas ein.

„Frau Schlenk, Sie haben gesagt, Sie drehen regelmäßig mit Ihrem blaublütigen Mitbewohner Ihre Runden."

„Richtig. Wir beide sind immer unterwegs, egal, ob es regnet oder schneit. Meistens sind wir dann alleine auf weiter Flur. Die Leute heutzutage gehen doch nicht mehr vor die Tür, wenn es auch nur ein bisschen tröpfelt. Es könnten doch die Schuhe schmutzig oder die Frisuren zerstört werden."

„Waren Sie gestern Abend auch draußen?"

„Aber natürlich. Obwohl es richtig stark geregnet hat. Ich war froh, als ich dann kurz vor Mitternacht zu Hause angekommen bin. Puh. Tropfnass war ich."

Charlotte horchte auf. „Kennen Sie Robert Biburger? Er wohnt gar nicht weit weg von Ihnen ..."

„Im Halbwachsengässchen. Natürlich kenne ich Robert. Ein sehr netter, zuvorkommender und äußerst belesener Mann. Er ist Professor und Doktor. Seine Frau passt ja nicht so recht zu ihm, finde ich. Sie ..."

„Bitte entschuldigen Sie, dass ich Sie unterbreche, aber haben Sie Herrn Biburger gestern Abend gesehen?"

„Jetzt, da Sie es sagen ... ich habe ihn tatsächlich gesehen. Dort drüben am Kettensteg. Er war laufen. Er ist ja sehr aktiv und läuft bei jedem Wetter. Wir treffen uns immer wieder einmal auf einen kleinen Plausch. Wenn man zur gleichen Zeit auf der gleichen Strecke unterwegs ist, trifft man auch oft die gleichen Leute. Für sein Alter ist er wirklich sehr sportlich."

Der Redefluss der alten Dame war kaum zu bremsen.

„Haben Sie noch jemanden gesehen?"

„Nein, nicht, dass ich wüsste. Warum interessiert Sie das?", fragte Frau Schlenk neugierig. „Ist etwas mit Robert?"

Charlotte sah sie ernst an. „Wir haben ihn leider heute Morgen im Wiesengrund gefunden."

„Wie meinen Sie das? Gefunden?"

„Er wurde Opfer eines Gewaltverbrechens."

„Ach du liebe Zeit! Schrecklich! So ein lieber Mensch." Gerlinde Schlenk senkte den Kopf. „In welcher Welt leben wir eigentlich? Warum können die Leute nicht in Frieden miteinander leben? Entsetzlich! Wer hat ihm nur so etwas angetan?"

„Das müssen wir herausfinden. Deshalb sind Ihre Beobachtungen sehr wichtig für uns. Könnte es sein, dass da noch jemand war? Vielleicht mit dem Fahrrad?"

„Ja, da hat mich tatsächlich ein rücksichtsloser Radfahrer überholt. Er hat mich mit seiner Glocke so erschreckt, dass ich beinahe hingefallen wäre."

Charlotte atmete tief ein.

„Können Sie sich an den Fahrer erinnern?"

„Junge Frau, es tut mir leid, aber mein Gedächtnis ist nicht mehr das beste. Außerdem war es so dunkel. Und dann der Regen."

„Ist Ihnen vielleicht an dem Rad etwas aufgefallen? Denken Sie in Ruhe nach. Es ist wirklich wichtig."

Gerlinde Schlenk überlegte. Plötzlich blieb ihr Blick an dem verbeulten Fahrrad von Adrian hängen, das neben der Bank im Gras lag.

„Sehen Sie doch die bunten Taschen und die riesige Glocke. Jetzt erinnere ich mich wieder. Ich glaube, dass ich dieses Fahrrad gestern Abend gesehen habe."

# 28

„Ich bin da! Was gibt es denn so Wichtiges?" Johanna Biburger machte sich nicht die Mühe, ihre Schuhe auszuziehen und stapfte direkt in die Küche. „Du machst so ein ernstes Gesicht. Was ist denn los?"

Gisela saß schweigend am Tisch und sah ihre Tochter an. Das Verhältnis zwischen Mutter und Tochter war schon seit längerem angespannt. Johanna konnte mit der Yoga-Leidenschaft ihrer Mutter nichts anfangen, während Gisela dem äußeren Erscheinungsbild Johannas nichts abgewinnen konnte. Es hatte immer häufiger Diskussionen gegeben, Streit, Vorwürfe. Schließlich hatte Gisela den Kontakt zu ihrer Tochter verloren und musste schmerzlich beobachten, wie stattdessen das Verhältnis zum Vater immer enger und vertrauter wurde. Durch das Thema Kaspar Hauser und die Eröffnung des Museums waren sie ein eingeschworenes Team geworden, in dem sie selbst keinen Platz mehr gehabt hatte.

Johanna schaltete die Kaffeemaschine an und machte sich einen Cappuccino – auch eine Provokation, denn es war schon lange klar, dass Gisela schon den Geruch von Kaffee verabscheute.

Doch diesmal blieben die Meckereien aus.

Beinahe enttäuscht darüber, setzte sich die junge Frau mit ihrer Tasse an den Tisch.

„Also, jetzt erzähl' schon. Warum sollte ich so schnell kommen und warum hast du Tom explizit ausgeladen? Ich habe doch schon hundertmal gesagt, dass er jetzt zur Familie gehört. Du könntest dich endlich mal ..."

„Dein Vater ist tot." Giselas Miene blieb unbeweglich.

Johanna riss ungläubig die Augen auf.

„Was sagst du da?"

„Dein Vater ist tot", wiederholte Gisela. Auch wenn es ihr für ihr kleines Mädchen unendlich leid tat, den Vater und Vertrauten verloren zu haben, spürte sie dennoch eine gewisse Genugtuung. Das unbezwingbare Team war auseinandergerissen. Nun würde sie wieder an die Seite ihrer geliebten Tochter treten und das zerrüttete Verhältnis neu aufleben lassen. Sie würde ihren kleinen Schatz trösten, ihr eine gute Mutter sein und über den schmerzlichen Verlust des Vaters hinweghelfen.

„Tot?", hauchte Johanna fassungslos. „Was ist passiert?"

„Die Polizei war hier. Sie haben ihn unten im Wiesengrund gefunden. Vermutlich wurde er getötet."

„Was?" Johanna schlug entsetzt die Hände vor den Mund. „Wann …, ich meine, wie?"

„Das wissen sie noch nicht."

„Papa, … , ermordet? Das glaube ich nicht!"

„Ich kann es auch nicht glauben, aber die Polizisten waren ganz sicher. Morgen muss ich ihn identifizieren. Es ist entsetzlich."

Wie paralysiert starrte Johanna ihre Mutter an, konnte die furchtbare Nachricht noch nicht fassen.

Ihr Vater war tot?

Gewaltsam aus dem Leben gerissen?

Er würde nie wieder zurückkommen?

Sie spürte, wie sich ein dunkler Schatten über sie legte, sich ein Abgrund vor ihr auftat.

Wer hatte das getan? Wer war für dieses grauenvolle Verbrechen verantwortlich?

Hatte ihm letztendlich seine wissenschaftliche Arbeit das Leben gekostet?

Aber wer? Wer?

Sollte sie jetzt alleine weiterkämpfen, oder wäre sie dann die Nächste? Heiße Tränen rannen über ihr Gesicht, ihre Gedanken überschlugen sich. Gisela legte ihr tröstend die Hand auf ihren Arm, doch Johanna sprang auf und stieß sie zurück.

„Nein! Lass das! Fass mich nicht an!"

„Es tut mir so leid."

„Das ist nicht wahr! Es tut dir überhaupt nicht leid, du

Heuchlerin! Du bist froh, dass er weg ist! Wahrscheinlich warst du diejenige, die ihn umgebracht hat!"

„Johanna! Wie kannst du so etwas sagen?"

„Es ist die Wahrheit!", schrie Johanna. „Du warst immer eifersüchtig auf ihn, hast es nie ertragen, dass ich mich so gut mit ihm verstanden habe. Und jetzt glaubst du, ich komme zurück an deine Mutterbrust?" Ihre Stimme überschlug sich. „Niemals!!!"

Außer sich vor Wut und Trauer rannte sie aus der Wohnung, die Treppe hinunter auf die Straße. Laut schluchzend lief sie zum Fast-Food-Restaurant am Hauptmarkt.

„Johanna!", rief Tom erschrocken, als sie kurz darauf mit rotverweinten Augen in der Küche stand. Er warf seinem Chef einen schnellen Blick zu. „Kann ich kurz Pause machen?"

„Geh nur."

Er riss sich die Papier-Mütze vom Kopf, packte Johanna an der Hand und zog sie nach draußen.

Verzweifelt warf sie sich in seine Arme und weinte sich die Augen aus dem Kopf. Ihr ganzer Körper bebte.

Tom wiegte sie sanft hin und her und strich ihr beruhigend über das Haar.

„Was ist denn passiert?", fragte er vorsichtig, als sie etwas ruhiger geworden war. Sanft trocknete er mit einem Taschentuch ihre Tränen und sah sie mitfühlend an.

„Papa ist tot", stieß sie schniefend hervor. „Sie haben ihn umgebracht."

„Was? Das ist ja fürchterlich!"

Wieder strömten die Tränen.

Tom führte sie weg von den neugierigen Passanten in eine Hausecke, setzte sich mit ihr auf den Boden und hielt sie fest.

„Ich bin mit schuld an seinem Tod", schluchzte sie. „Ich habe viel zu reißerische Artikel geschrieben. Und jetzt haben sie ihn umgebracht."

„Wen meinst du? Wer hat ihn umgebracht?"

Johanna machte sich los und starrte ihn an. „Na, die Belegschaft des Museums, wer sonst! Dieser blaublütige Freiherr und seine Gefolgschaft!"

Tom schüttelte den Kopf. „Tucher ist ein alter Mann. Du glaubst doch nicht, dass er ..."

„Natürlich nicht er selbst. Er hätte gegen Papa keine Chance gehabt. Aber da sind doch genug junge Leute. Was ist zum Beispiel mit diesem seltsamen Sohn von der Niedermann?"

Sie schnäuzte sich lautstark. Langsam spürte sie neben tiefer Trauer Wut und Verzweiflung aufkommen.

„Er hat den Tod seiner Mutter gerächt. Immerhin soll Papa die tödliche Schokolade geschickt haben."

„Klingt plausibel", gab Tom zu. In der aktuellen Situation würde er es nicht wagen, seiner Freundin zu widersprechen. Oft genug hatte er schon erlebt, wie aufbrausend sie sein konnte. Vor allem dann, wenn sie sich ungerecht behandelt fühlte. Kamen zu der Wut auch noch Trauer und Rachegefühle, war mit ihr nicht zu spaßen. Lieber versuchte er, sie zu beruhigen, ihre Emotionen in den Griff zu bekommen und dann gemeinsam mit ihr über die Sache zu sprechen.

Er versuchte es.

„Tom? Was sagst du dazu?"

Johanna wand sich aus seiner Umarmung und starrte ihn an. In ihren Augen glitzerten Tränen, schwarze Streifen Wimperntusche liefen über ihre bleichen Wangen.

Sie sah gespenstisch aus.

„Wozu?"

„Hörst du mir überhaupt zu? Dieser Niedermann könnte doch Papa aufgelauert haben."

„Meinst du? Das kann ich mir nicht vorstellen. Der sieht so aus, als könne er nicht bis drei zählen."

Johanna sprang auf.

„Und wie sieht deiner Meinung nach ein Mörder aus? Vernarbtes Gesicht? Schlechte Zähne? Ungepflegte Haare? Zerrissene Kleidung? Oder was?"

„Jetzt beruhige dich doch." Tom legte ihr zärtlich den Arm um die Schultern, doch das war nicht die Reaktion, die sich seine Freundin in diesem Moment erhofft hatte.

„Lass mich! Dieser Niedermann ist gefährlich und unberechenbar. Wir müssen unbedingt mit ihm reden."

Tom seufzte leise. „Was sagt denn die Polizei dazu? Haben

sie den Mann schon verhört?"

„Woher soll ich denn das wissen. Mein Papa wurde ermordet und ich muss wissen, wer das war! Wenn du nicht mitkommen willst, muss ich es alleine machen." Sie sah ihn verächtlich an. „Ich wusste gar nicht, dass du so ein Feigling bist."

„Jetzt mal halblang, meine Liebe. Bei allem Respekt, aber so kannst du nicht mit mir reden. Ich wollte einfach wissen, was eigentlich passiert ist."

Johanna brach schluchzend zusammen. „Entschuldige, ich wollte dich nicht ..." Sie warf sich erneut in seine Arme.

Tom schwieg und wartete.

„Kommst du bitte mit?"

Johanna sah in diesem Augenblick so jung und schutzbedürftig aus, dass Tom von einer Welle der Zärtlichkeit erfasst wurde. Er nahm ihr verquollenes Gesicht in beide Hände und küsste sie. Er würde nicht zulassen, dass ihr etwas zustieß.

„Natürlich komme ich mit. Ich habe aber erst um 22.00 Uhr Feierabend. Ist das nicht zu spät? Sollen wir nicht lieber morgen früh ...?"

„Quatsch! Das ist nicht zu spät. Ich versuche inzwischen herauszufinden, wo der Kerl wohnt. Ich hole dich ab."

## 29

Charlotte saß im Foyer der Klinik und wartete darauf, mit Adrian sprechen zu können. Sie erinnerte sich noch daran, wie sie vor etwa anderthalb Jahren stöhnend an Tims Arm hängend durch dieses Foyer geschlichen war und keinen Tag später den kleinen Marek in seinem Bettchen herumgeschoben hatte.

Jetzt war sie wieder hier – diesmal dienstlich, um einen jungen Mann zu befragen, der allem Anschein nach Saboteur und womöglich auch Mörder war.

Konnte es wirklich sein, dass der sympathische Schauspieler all die Schmierereien angebracht, den Hausmeister im Keller eingesperrt, dann Marta Niedermann vergiftet und anschließend Robert Biburger ermordet hatte?

Noch hatte sie keine Ergebnisse aus der Rechtsmedizin. Sie wusste noch nicht, ob Biburger an der Kopfwunde gestorben oder erwürgt worden war. Doch was änderte das an der Tatsache, dass er tot und Adrian Fischer verdächtig war?

Die Indizien wurden immer mehr, stichfeste Beweise standen allerdings noch aus. Eine Zeugin hatte gesehen, dass Biburger in Richtung Hallerwiese gejoggt und ihm jemand auf dem Fahrrad gefolgt war. Angeblich hatte sie Adrians Fahrrad erkannt, doch Charlotte musste zugeben, dass sie selbst auch so ihre Zweifel am Wahrheitsgehalt dieser Aussage hatte. Die Kollegen von der Spurensicherung hatten das Rad abgeholt. Sie würden überprüfen, ob die Teile, die am Tatort im Wiesengrund gefunden worden waren, von diesem Rad stammten.

„Na, gibt es was Neues?" Torsten setzte sich zu ihr. „Weißt du schon, wann wir mit ihm sprechen können?"

„Nein, der Doktor war noch nicht da. Vielleicht hat Adrian

doch schwerere Verletzungen als zuerst gedacht."

„Das wollen wir mal nicht hoffen. Übrigens hat sich das Alibi von Jonas Niedermann nicht bestätigt. Der gute Mann saß nur bis 22.00 Uhr in der Spielhalle. Der Besitzer hat gemeint, er hätte über tausend Euro gewonnen und sei danach gegangen."

„Sieh an, dann müssen wir ihn auf die Liste der Verdächtigen setzen. Auch wenn er uns gegenüber so gleichgültig gewirkt hat, hat ihn der Tod seiner Mutter, oder besser Ziehmutter, wahrscheinlich doch ziemlich erschüttert."

„Du meinst, er hat sich an Biburger gerächt?"

„Kann sein. Er wohnt auch in der Nähe des Tatortes. Vielleicht wusste er, dass Biburger regelmäßig im Wiesengrund joggte."

„Traust du ihm so etwas zu?"

Charlotte überlegte. „Ich weiß es nicht. Ich kann den Mann nicht einschätzen. Er ist mir ehrlich gesagt etwas unheimlich. Aber ein kaltblütiger Mörder?"

„Frau Kommissarin?" Dr. Fröhlich kam auf sie zu. „Sie können jetzt mit Herrn Fischer sprechen. Er hat eine Platzwunde an der Stirn und einige Prellungen. Wir werden ihn sicherheitshalber über Nacht zur Beobachtung hier behalten."

„Gut, dass nicht mehr passiert ist. Herr Fröhlich, das ist mein Kollege Klein."

Die beiden Männer schüttelten sich die Hand.

„Herr Fischer hat mir erzählt, er sei als Schauspieler im Kaspar-Hauser-Erlebniszentrum beschäftigt."

„Ja, das ist richtig."

„Ich habe in der Zeitung gelesen, dass die wissenschaftliche Leiterin dort tot aufgefunden wurde. Das ist schrecklich, denn ich habe noch am Eröffnungstag Freiherrn von Tucher behandelt. Er hatte wohl wegen der großen Aufregung einen Schwächeanfall erlitten. In diesem Zusammenhang habe ich auch Frau Niedermann kennengelernt. Eine äußerst freundliche und zuvorkommende Dame. Es ist furchtbar, dass sie so grausam aus dem Leben gerissen wurde."

„Ja, es ist schlimm zu sehen, was sich die Menschen gegenseitig antun."

„Und das ist Ihr täglich Brot."

Charlotte schmunzelte. „Ihres auch, denke ich."

„Da haben Sie recht. Allerdings sind die Toten, mit denen ich zu tun habe, meistens keine Opfer ihrer Mitmenschen, sondern irgendwelcher Krankheiten."

Sie hatten das Zimmer erreicht, in dem Adrian Fischer lag.

„Da fällt mir noch etwas ein, Frau Kommissarin."

„Ja?"

„Herr Fischer hatte schon vor dem Unfall eine Platzwunde am Kopf. Sie war noch ziemlich frisch – höchstens einen Tag alt."

„Haben Sie ihn danach gefragt, woher sie stammt?"

„Nein. Wir haben sie einfach mit versorgt. Ich dachte nur, ich sage es Ihnen, vielleicht ist es wichtig."

„Das kann ich noch nicht sagen. Vielen Dank."

Adrian Fischer lag mit geschlossenen Augen und einem ansehnlichen Kopfverband im Bett. In seiner Ellenbeuge steckte eine Kanüle, seine Wangen waren übersät mit Schürfwunden.

„Herr Fischer?", fragte der Arzt vorsichtig. „Die Polizei ist jetzt da."

Adrians Augenlider zuckten, er blinzelte die Beamten müde an. „Na, haben Sie mich doch gekriegt, was?" Er lächelte matt.

„Zum Glück war da die Hundeleine", gab Charlotte zurück. „Sonst hätte ich mir schwer getan. Hallo, Herr Fischer. Mein Name ist Charlotte Gerlach. Meinen Kollegen kennen Sie ja bereits." Sie zog einen Stuhl heran und setzte sich. Auch Torsten fand eine Sitzgelegenheit.

„Sie wissen, warum wir hier sind?"

Adrian sah schweigend an ihr vorbei.

„Wir haben Hinweise auf mehrere schwerwiegende Straftatbestände."

Er wurde blass. Seine Stirn glänzte schweißnass.

„Beginnen wir mit den Sabotagen."

„Ich weiß nicht, wovon Sie sprechen."

„Wir haben eine Nachricht auf Robert Biburgers Anrufbeantworter gefunden. Der Anruf wurde von Ihrem Handy aus getätigt."

„Wenn Sie meinen."

„Sie wurden von Heinz Rauh und Robert Biburger dafür bezahlt, im Erlebniszentrum Schmierereien anzubringen und die Trocknungsgeräte zu sabotieren."

Er starrte reglos vor sich hin.

„Warum haben Sie das getan?" Charlotte hatte noch immer Schwierigkeiten damit, zu begreifen, dass sich dieser Mann zu so etwas hatte hinreißen lassen. Er wirkte auf sie noch immer unauffällig, freundlich und gewissenhaft. Da war keine Spur von Verschlagenheit, Kaltblütigkeit, Wut oder gar Hass. Was hatte ihn dann dazu bewogen?

Er drehte den Kopf zur Seite und blickte hinaus auf den Frühsommerhimmel.

„Sie haben den Hausmeister in einen Raum eingesperrt, in dem Feuer ausgebrochen war. Er wäre beinahe umgekommen."

„Das habe ich nicht gewollt!", brach es jetzt aus ihm heraus. „Ich sollte nur dafür sorgen, dass die Wände nicht richtig trocknen und der alte Tucher das Haus wieder schließen muss."

„Aber Sie arbeiten doch selbst dort."

„Ach", stieß er verächtlich hervor. „Die paar Kröten. Außerdem ist es immer das Gleiche. Ich brauche Geld für die Schauspielschule in München. Ich will Karriere machen, verstehen Sie?"

„Ich verstehe Ihren Wunsch nach einer Schauspielkarriere, aber ich verstehe nicht, warum Sie sich auf solche illegalen Aktionen eingelassen haben."

„Ich werde natürlich die volle Verantwortung für das übernehmen, was ich getan habe", räumte Adrian ein. „Darf ich Sie dann bitten zu gehen? Ich habe starke Kopfschmerzen und möchte mich etwas ausruhen."

„Bei allem Verständnis für Ihren Gesundheitszustand, aber wir sind noch nicht ganz fertig."

Adrian stöhnte. „Was gibt es denn noch?"

„Wo waren Sie gestern Abend?"

„Zu Hause. Was soll das?"

Seine Kooperationsbereitschaft nahm deutlich ab, was angesichts seines Gesundheitszustandes und der zu erwartenden Verdächtigungen auch verständlich war, doch Charlotte hatte nicht vor, darauf Rücksicht zu nehmen.

„Sie wissen genau, dass das nicht stimmt. Sie wurden gesehen, wie Sie kurz vor Mitternacht mit dem Fahrrad in Richtung Hallerwiese unterwegs waren."

„Ach, und das ist wohl verboten?"

„Sie sind Robert Biburger gefolgt."

„Wer sagt das?" Jetzt hatte er seine Krallen ausgefahren. Charlotte konnte nicht erwarten, dass er nur aufgrund einer einzigen Zeugenaussage den Mord an Biburger gestehen würde.

„Sie wollten mehr Geld für Ihre illegalen Aktivitäten."

„Frau Kommissarin, ich bitte Sie. Ich habe gestern noch eine kleine Runde mit dem Rad gedreht, aber als es stärker angefangen hatte zu regnen, bin ich wieder nach Hause gefahren. Ob Herr Biburger zu dieser Zeit auch unterwegs war, weiß ich nicht. Bitte lassen Sie mich jetzt in Ruhe. Ich muss schlafen."

„Was haben Sie gestern Abend gemacht? Sind Sie Biburger gefolgt, um ihn wegen des Geldes unter Druck zu setzen?"

„Sie glauben doch nicht, dass er sich von mir unter Druck setzen lässt."

„Herr Fischer", Charlotte sah ihn eindringlich an, „Sie haben Robert Biburger gestern am Telefon erpresst. Jetzt ist er tot."

Adrian wurde rot und rieb sich nervös die Hände.

„Ich habe damit nichts zu tun."

„Sie stehen im Verdacht, ihn getötet zu haben, ist Ihnen das klar?"

Er sank in sich zusammen.

„Der Arzt sagte mir, Sie hätten bereits eine Wunde an der Stirn gehabt, bevor Sie gestürzt sind. Stammt die Wunde vielleicht von vergangener Nacht? Gab es einen Streit mit Robert Biburger? Eine tätliche Auseinandersetzung?"

Adrians Gesicht wurde aschfahl.

„Erzählen Sie uns, was passiert ist."

# 30

*Ä sechtene Reiter möcht ih wähn, wie mei Vottä wähn is ...*
*w i e   m e i   V o t t ä   w ä h n   i s ...*
*WIE MEI VOTTÄ WÄHN IS !*

Jonas Niedermann lag zusammengekrümmt auf dem flauschigen Teppich im Wohnzimmer. Seine Wangen glühten, die Augen glänzten fiebrig.
Immer und immer wieder hallte in seinem Kopf die Textzeile wider, die einzige Textzeile, die er jeden Tag zu sprechen hatte.

*Ä sechtene Reiter möcht ih wähn, wie mei Vottä wähn is ...*
*wie mei Vottä wähn is ...*
*mei Vottä ...*

Er fühlte sich in diesem Moment seinem Kaspar so nah, so verbunden im Schmerz, der Orientierungslosigkeit, der unstillbaren Sehnsucht nach der eigenen Identität.
Kaspar und Jonas, zwei Seelenverwandte, beide mit der quälenden Frage nach ihrer Herkunft, nach der eigenen Mutter, beide alleine, verlassen, ohne Heimat.
Beide Findelkinder.
Noch vor einer Woche war sein Leben unspektakulär gewesen, langweilig, normal, war sein größtes Problem der Streit mit seiner Mutter gewesen, mit der Frau, die bis vor wenigen Tagen noch vorgegeben hatte, seine Mutter zu sein.

Dann das erste Beben.

Marta Niedermann war nicht seine Mutter gewesen.
Über zwanzig Jahre lang hatte sie ihn getäuscht.

Tief in sich drin hatte er es immer gespürt, diese Distanz, diese Kälte, das Fremde, das von der Frau ausging, die er immer nur Mutter genannt hatte.

Mutter.

Voller Neid hatte er auf die Kinder gesehen, die von ihrer *Mama* in den Arm genommen wurden, deren *Mami* sie von der Schule abgeholt und mit ihnen zum Eisessen gegangen war.

Er hatte immer nur eine Mutter gehabt, eine Mutter, die ihn versorgt und hohe Erwartungen an ihn gerichtet hatte, die stets verhindert hatte, dass er ihr zu nahe kam.

Selbst diese Mutter gab es jetzt nicht mehr.

Das zweite Beben.

Keine Erwartungen mehr. Keine emotionale Kälte. Keine Zurechtweisungen. Keine Distanz.

Keine Mutter mehr.

Martas Tod hatte ihm zum zweiten Mal den Boden unter den Füßen weggezogen, ihn zunächst erstarren, dann straucheln lassen.

Robert Biburger hatte ihm den einzigen Menschen genommen, dem er zumindest etwas bedeutet hatte. Und dafür hatte er bezahlt!

Jetzt war er alleine, ganz alleine.

Doch wenn Marta nicht seine Mutter war, wer war es dann? Und wer war sein Vater? Wer war er selbst? Woher kam er? Wohin wollte er? Wollte er überhaupt?

Die Einsamkeit griff nach ihm, zog ihn hinab in die Dunkelheit, die Aussichtslosigkeit.

Seine Schultern bebten, die Knie fest umschlungen lag er da, presste die Augen zu und ließ die heißen Tränen in den Teppich sickern.

In seiner grenzenlosen Verzweiflung hatte er in der Wohnung gewütet, gebrüllt, Martas edle Kunstdrucke von den Wänden gerissen, das Designerporzellan zertrümmert, die teure Couchgarnitur aufgeschlitzt und sogar ein Fenster zerbrochen.

Niemand war gekommen. Keiner hatte sich beschwert.

Er war allen Leuten egal, unsichtbar, nicht vorhanden.

Sein Kopf dröhnte, der Puls raste, es rumorte in seinem Inneren.

Er zwang sich, ruhig zu werden, atmete tief ein und wieder aus, ein und wieder aus, ein und aus.

Das Blut rauschte in seinen Ohren.

Langsam öffnete er die Augen. Die umgestürzten Möbel und zerrissenen Kissen verschwammen vor ihm, ihm war schwindelig.

Ein und aus, ein und aus.

Das Hämmern im Kopf wurde leiser, wich einem leisen, dumpfen Schmerz. Die letzte Träne rann über seine Wange. Er fühlte sich leer und ausgebrannt, blinzelte in das Licht des Deckenfluters, starrte auf die Verwüstung, die er angerichtet hatte.

Da blieb sein Blick an einem Karton hängen, der unter der klobigen Vitrine lag. Er war mit einer groben Schnur zugebunden, so, als gehe sein Inhalt niemanden etwas an.

Neugierig wischte sich Jonas mit dem schmutzigen Ärmel seines Shirts über Augen und Nase, krabbelte näher und fischte den Karton unter dem Möbelstück hervor. Unter einer zentimeterdicken Staubschicht war der auffällige Schriftzug eines teuren Schuhherstellers erkennbar. An der Seite klebte ein vergilbter Aufkleber: *Größe 38, 299.-DM*

Was hatte Marta hier versteckt?

Mit zitternden Fingern riss Jonas an der Schnur. Vergeblich.

Er rappelte sich auf, nahm die Kiste mit in die Küche, bahnte sich einen Weg durch tausende von Scherben und schnitt die Schnur mit der Küchenschere durch.

Mit klopfendem Herzen hob er noch immer schniefend den Deckel ab. Papiere, Briefe, Heftchen aus grobem, braunem Papier, beschriftet mit einer kindlichen Schrift:

*Marta, 1975, Marta, 1976, Marta, 1977 ...*

Und dazwischen unzählige Briefe vom immer gleichen Absender. Es war ein Mann, dessen Name Jonas noch nie gehört hatte. War das der Name seines Vaters?

Heinz Rauh

## 31

Der Abend war lau und ruhig. Nach dem Regen der letzten Nacht roch alles so frisch, so sauber gewaschen. Charlotte saß auf ihrem Balkon und schloss kurz die Augen. Die leise Stimme Tims, der Marek eine Geschichte vorlas, klang so beruhigend, dass sie beinahe eingeschlafen wäre.

Es war ein langer Tag gewesen. Sie hatten ein zweites Opfer gefunden und viele Gespräche geführt. Ihr schwirrte der Kopf von all den Fakten, Ergebnissen und Spekulationen. Alles war noch so verworren. Sie wusste nicht, welches lose Ende sie als nächstes bearbeiten sollte.

Um sieben hatte sie Feierabend gemacht. Schließlich hatte sie auch noch ein Privatleben.

„So, er schläft." Charlotte schrak zusammen. „Und du offensichtlich auch." Tim lachte, stellte eine Kanne Tee auf den Tisch und setzte sich zu ihr.

„Ganz schön anstrengend so ein Doppelleben, was?" Er drückte kurz ihre Hand und goss ihr Tee ein. „Kommt ihr wenigstens voran?"

„Naja, es wird immer abgründiger. Stell dir vor, Marta Niedermann soll sich angeblich in Polen ein Kind besorgt haben, um ihr schlechtes Gewissen zu beruhigen."

Tim sah sie entgeistert an. „Sie hat sich ein Kind besorgt? Was soll das denn sein?"

„Keine Ahnung. Wir wissen auch noch nicht, warum sie ein schlechtes Gewissen gehabt haben soll." Sie seufzte. „Und überhaupt wissen wir so vieles noch nicht."

„Das braucht Zeit. Stell dir vor, letzte Woche um diese Zeit warst du noch Vollzeitmutter und hast dir nicht den Kopf über Täter und Motive zerbrochen."

„Da haben auch beide Opfer noch gelebt", murmelte sie zerknirscht.

„Hast du nicht vorhin erzählt, ihr hättet ein Geständnis?"

„Ja, schon."

„Aber?"

„Es gibt da noch eine Unsicherheit. "

„Warum?" Tim kannte Charlotte gut genug, um zu wissen, dass er keine Chance hätte, sie abzulenken. Kein Film, kein Gespräch, kein Spiel würde sie auf andere Gedanken bringen können. Da half nur eines: die Flucht nach vorne. Er musste mit ihr über den Fall sprechen, die Fakten aus einer anderen Perspektive betrachten, andere Fragen stellen.

„Er hat behauptet, es sei ein Unfall gewesen. Sie hätten erst gestritten, dann sei Biburger handgreiflich geworden und habe ihn angeblich mit einem Stein am Kopf verletzt."

„Und? Gibt es eine entsprechende Wunde?"

„Ja, die gibt es. Laut Doktor Fröhlich stimmt wohl auch der Zeitpunkt."

„Wie ging es dann weiter?"

„Dann hätten sie angeblich miteinander gekämpft und Biburger sei mit dem Hinterkopf auf einen Stein aufgeschlagen."

„Das klingt schon nach einem Unfall oder zumindest nach Notwehr."

„Ja, schon."

„Aber? Du klingst nicht sehr überzeugt."

„Bin ich auch nicht. Wir haben nämlich auch Würgemale am Hals des Opfers gefunden."

„Und der Verdächtige hat nicht zugegeben, den Mann auch gewürgt zu haben?"

„Nein, er streitet es vehement ab. Ich weiß natürlich nicht, ob ich ihm das glauben kann, aber ehrlich gesagt fand ich das, was er ausgesagt hat, schlüssig."

Tim knabberte nachdenklich an einem Keks.

„Angenommen, er sagt die Wahrheit, dann hat er mit dem Mann gekämpft, der ist unglücklich gefallen und euer Verdächtiger ist jetzt der Meinung, er habe ihn umgebracht."

„Genauso ist es."

„Aber wo kommen die Würgemale her? Wenn sich herausstellt, dass das Opfer erwürgt wurde, müsst ihr nach einem anderen Täter suchen."

Charlotte warf ihm einen genervten Blick zu.

„Und die Sache in Polen? Ihr müsst doch bestimmt an die Kollegen in Polen ein Amtshilfeersuchen stellen, oder?"

„Normalerweise schon."

„Aber?"

Jetzt grinste Charlotte über das ganze Gesicht. „Stell dir vor, was unser hochgeschätzter Kommissariatsleiter gemacht hat."

Tim sah sie erwartungsvoll an.

„Er ist mit Matthias nach Polen gefahren."

Tim verschluckte sich an seinem Keks und musste husten. „Er ist was?"

„Er ist nach Polen gefahren. Angeblich muss er die Sache jetzt selbst in die Hand nehmen."

„Mit Matthias?"

„Ja, er kann polnisch. Seine Mutter kommt von dort."

„Aber das ist doch gar nicht erlaubt." Tim konnte es nicht fassen. Tilman Peter, der linientreue Besserwisser, dem man es nie recht machen konnte, der wahrscheinlich mit den Vorschriften unter dem Kopfkissen schläft, hat sich aufgemacht, um im Ausland auf eigene Faust zu ermitteln – mit einem Rollstuhlfahrer an seiner Seite.

„Und was sagt Matthias dazu?"

„Hab ich nicht verstanden."

„Warum nicht?"

„Es war auf polnisch."

Beide prusteten los und hätten beinahe die Türklingel überhört.

Charlotte sah Tim fragend an und wischte sich die Lachtränen aus den Augen. „Erwartest du jemanden?"

„Ich habe Attila auf eine Tasse Tee eingeladen", erklärte Tim und ging zur Tür. „Ich hoffe, es stört dich nicht."

Charlotte schmunzelte. Tim kannte sie wirklich gut. Eine Tasse Tee mit Attila war jetzt tatsächlich genau das Richtige. Vielleicht hatte er eine zündende Idee?

„Guten Abend, Frau Kommissarin." Attila nahm Charlotte kurz in den Arm und setzte sich. „Schläft euer Junior?"

„Tief und fest. Die Krippe ist sehr anstrengend für ihn."

„Für dich offensichtlich nicht", stellte Attila amüsiert fest.

„Du siehst ausgesprochen gut gelaunt aus."

„Bin ich auch. Ich habe Tim gerade erzählt, dass mein Chef neuerdings fünfe gerade sein lässt."

„Wie? Hast du einen neuen Chef? Etwa einen mit Humor?"

„Nein, ich spreche durchaus von dem Chef, den du auch kennst", erwiderte Charlotte und erzählte ihm die Polen-Geschichte. Attila konnte es nicht fassen.

„Das klingt eher nach einer typischen Attila-Benkö-Aktion, nicht nach unserem Herrn Hauptkommissar Peter."

„Und trotzdem ist es so. Er hat erzählt, er kennt einen Kollegen in Polen. Den hat er angerufen und ausgemacht, es sei das beste, wenn er persönlich vorbeikommt. Eigentlich hätte ich mitkommen sollen, aber er hat dann eingesehen, dass ich mit einem kleinen Kind noch nicht abkömmlich bin. Außerdem ist mein polnisch quasi nicht vorhanden."

„Tja, es gibt Dinge zwischen Himmel und Erde ...", philosophierte Attila und packte eine Schachtel aus seiner Tasche. „Mariella lässt schön grüßen und schickt euch Keks-Nachschub."

Tims Augen leuchteten. „Das kommt gerade rechtzeitig. Unsere Vorräte gehen nämlich schon zu Ende. Sag ihr vielen lieben Dank."

„Mach ich. Und jetzt erzähl doch mal, Charlotte. Ich habe gehört, es gibt einen zweiten Toten."

Charlotte berichtete ihm kurz vom Stand der Ermittlungen, auch wenn sie es formal gar nicht dürfte. Attila war genauso wie Tim ein Privatmann und kein Mitglied des Teams – zumindest kein aktives. Tilman Peter wusste aber, dass sein Vorgänger oft als heimlicher Berater fungierte und drückte diesbezüglich ein Auge zu. Er wusste, dass er sich auf Attilas Stillschweigen verlassen konnte und schätzte seine Meinung – auch wenn er es nie zugeben würde.

Attila hatte aufmerksam zugehört. Man konnte förmlich sehen, wie es in seinem Kopf arbeitete, wie er versuchte, die verschiedenen Puzzleteile sinnvoll zusammenzusetzen.

„Hört sich schwierig an. Vielleicht müsst ihr nach zwei Tätern suchen? Einer schickt die vergifteten Pralinen, der andere erwürgt sein Opfer. Dieser Schauspieler ist offenbar ziemlich verstrickt in die ganze Geschichte. Da kommt ganz schön was zusammen. Du sagtest, er hatte ein Verhältnis mit Marta Niedermann. Könnt ihr euch einen Grund vorstellen, warum er sie hätte vergiften sollen?"

„Für den Mord an Biburger hätte er schon ein Motiv gehabt, aber warum Niedermann?"

Attila nippte an seinem Tee.

„Ich glaube, das Motiv und damit auch der Täter, ist im Umfeld dieser Kaspar-Hauser-Diskussion zu suchen – und womöglich tatsächlich in Polen. Wisst ihr schon, wo Niedermann gearbeitet hat?"

„Nein, das wollen die beiden vor Ort recherchieren, was uns ziemlich ausbremst. Wir sind auf die Infos angewiesen. So lange stecken wir hier fest."

„Habt ihr euch schon genauer mit Biburger und seinen Mitstreitern befasst? Mit seinen Studien? Wenn er bereit ist, jemanden dafür zu bezahlen, das Lebenswerk eines Kontrahenten zu sabotieren, hat er vielleicht auch schon andere Dinge getan, um die Gegenseite zu schädigen."

„Das haben wir auch schon überlegt und haben uns bergeweise Akten kommen lassen, Studien, Ergebnisse, Veröffentlichungen, Forschungen."

Attila zog eine Augenbraue nach oben. „Das klingt mühsam."

„Ist es auch. Peter hat uns zum Glück noch zwei Leute zugeteilt, die sich durch die Papierberge kämpfen. Bisher ohne nennenswerte Spur."

Charlottes Handy klingelte.

„Tut mir leid, aber ich muss leider rangehen. Es ist Torsten." Sie verschwand mit dem Gerät in der Wohnung.

Kurz darauf kam sie zurück und ließ sich seufzend auf ihren Stuhl fallen.

„Biburger wurde erwürgt. Sie haben am Hals des Opfers Fingerabdrücke gefunden."

„Die vermutlich nicht von eurem Schauspieler stammen, richtig?", mutmaßte Attila.

„Richtig. Damit ist Adrian wohl nicht der Täter."

# 32

„Los, komm schon!" Johanna Biburger wartete ungeduldig vor dem Personaleingang des Restaurants. „Ich weiß, wo Niedermann wohnt. Gehen wir."

Tom holte tief Luft. Nach acht Stunden zwischen Fettwolken und Hamburgerduft hätte er sich lieber mit einem Glas Rotwein auf sein gemütliches Sofa gelegt und den Fernseher eingeschaltet. Stattdessen musste er seiner Freundin hinterherrennen, im Stechschritt in Richtung Hallertor.

„Na los! Beeil dich!"

„Johanna", versuchte er, sie zu bremsen. „Ich weiß nicht, ob es wirklich Sinn macht, mit diesem Jonas zu sprechen. Eigentlich kann ich mir nicht vorstellen, dass er deinem Vater im Wiesengrund aufgelauert hat."

Sie blieb ruckartig stehen und funkelte ihn wütend an.

„Was soll das denn jetzt? Du hast doch selbst gesagt, dass er dir nicht ganz geheuer ist. Der ist zu allem fähig. Er war der Meinung, Papa habe seiner Mutter vergiftete Pralinen geschickt. Und jetzt hat er sich dafür gerächt. Brauchst du noch mehr Gründe?"

Tom spürte, wie er langsam ungeduldig wurde. „Und was willst du ihn fragen? Immerhin hat auch er einen Elternteil verloren, genauso wie du. Wahrscheinlich ist er auch ganz durcheinander. Sicher, er ist eigenartig. Man weiß nicht so recht, was man von ihm zu halten hat. Vielleicht ist er dumm oder aber auch überdurchschnittlich intelligent, vielleicht sogar autistisch?"

„Ah, der Herr Professor hat gesprochen", höhnte sie. „Was verstehst du denn schon davon? Wenn du nicht mitkommen willst, weil du Angst vor einem durchgeknallten Typen hast, geh doch heim und leg dich vor den Fernseher!"

Damit ließ sie ihn stehen und rauschte davon.

Tom seufzte, schluckte seinen Ärger hinunter und folgte ihr. In diesem Zustand wollte er sie unter keinen Umständen alleine lassen.

„Johanna, warte!", rief er, rannte los und schloss zu ihr auf. „Wo wohnt er denn?"

„Kleinweidenmühle", war die knappe Antwort.

Tom erschrak.

Johanna wirkte so, als sei auch sie nicht ganz bei sich, als sei sie besessen von dem Gedanken, den Tod ihres Vaters zu rächen. Ihre Stirn lag in Falten, die Augen waren rot umrandet, das Gesicht aufgequollen, der Blick irre.

Tom packte sie am Arm. „Warte doch mal. Wollen wir nicht erst überlegen …?"

„Überlegen?", kreischte sie. „Papa ist tot! Da kann ich doch meine Zeit nicht mit Überlegen vergeuden. Komm mit oder lass es sein."

Der Abend war schwül, dicke Wolken schoben sich vor den hellen Mond. Der Wetterbericht hatte Gewitter gemeldet. Die mächtigen Bäume entlang des Weges bogen sich im auffrischenden Wind, das dichte Blätterwerk rauschte, Sand wurde aufgewirbelt. Tom kniff die Augen zusammen und hielt den Arm schützend vor das Gesicht.

Auf der Hallerwiese packten etliche Grüppchen junger Leute eilig ihre Picknickdecken und Kühltaschen zusammen.

Es roch bereits nach Regen.

Johanna hatte keinen Sinn für die Leute, die Wolken, die aufgeregten Insektenschwärme, die laut zirpenden Grillen.

Tom beschlich ein ungutes Gefühl.

Sollte er sie nicht doch von dem Vorhaben abbringen? Am Ende würde ihr Temperament mit ihr durchgehen. Was, wenn sie etwas Unüberlegtes tat und es zu einer Katastrophe kam?

Sollte er die Polizei alarmieren? Dieser freundliche, junge Kommissar hatte ihm seine Visitenkarte gegeben. Ihn konnte er sicher auch so spät am Abend noch anrufen.

Aber was sollte er ihm sagen?

Womöglich geriet dann Johanna in den Fokus der Ermittlungen.

Nein, er musste selbst versuchen, eine Eskalation zu vermeiden.

Plötzlich erhellte ein Blitz die nächtliche Stadt, unmittelbar gefolgt von einem dumpfen Donnergrollen. Das Gewitter war schon ganz nah. Schnell liefen sie über die Brücke hinüber zur Kleinweidenmühle. Erste dicke Tropfen platschten auf den warmen Asphalt.

Auch das noch. Der Wetterbericht schien diesmal tatsächlich recht zu behalten.

Johanna merkte von all dem nichts.

„Dort vorne ist es. Die Hausnummer 20."

Der Wind wurde stärker, die Böen peitschten durch Bäume und Büsche, der Regen nahm zu und, wie so oft bei Sommergewittern, dauerte es nur wenige Sekunden, bis der Himmel seine Schleusen öffnete und unfassbare Wassermassen ausgoss. Zum Glück war an der Haustür ein kleiner Dachvorsprung, sonst wären sie längst bis auf die Haut durchnässt gewesen.

Johanna klingelte bei *M. Niedermann.*

Niemand öffnete.

Sie klingelte nochmals und nochmals.

Nichts.

Ohrenbetäubend laut prasselten die riesigen Regentropfen auf das gläserne Dach, das gegen die Wassermassen keinen echten Schutz mehr bot.

Toms Hose und Schuhe waren vollkommen durchnässt, seine Haare hingen tropfend herab.

„Lass uns gehen", schrie er, doch das hätte er sich auch sparen können. Johanna war schon auf dem Weg um den Häuserblock herum.

„Wir versuchen es von hinten. Die Wohnung muss im Erdgeschoss sein. Vielleicht steht die Terrassentür offen."

Bereits nach wenigen Metern war Tom nass bis auf die Haut. T-Shirt und Jeans klebten am Körper, die Haare hingen in Strähnen herab, in den Schuhen gluckste es bei jedem Schritt.

Im Sekundentakt zuckten Blitze über den Himmel, entluden sich gewaltige Donnerschläge. Da schien eine höhere Macht ihr Veto gegen Johannas Aktion einlegen zu wollen, schoss es Tom durch den Kopf, während Johanna ohne zu zögern über das niedrige, grüne Gartentürchen kletterte und die Stufen zur Terrasse hinaufstieg – und Tom zögernd hinterher.

„Du weißt doch gar nicht, ob das die richtige Wohnung ist!", brüllte ihr Tom ins Ohr, doch Johanna lief unbeirrt weiter. Auf der Terrasse angekommen spähte sie durch das große Fenster in die dunkle Wohnung hinein.

„Er ist nicht da! Los, gehen wir heim!"

Tom hatte keine Lust mehr auf Johannas Spielchen. Er war durch und durch nass, müde und genervt. Warum hat er sich nicht eine weniger abenteuerlustige Frau ausgesucht?

„Tom! Schau doch mal, wie es da drin aussieht!"

„Johanna, lass das! Wir haben kein Recht, in fremde Wohnungen zu schauen. Los, gehen wir, bevor uns noch jemand sieht!"

„Da sieht es aus, als hätte eine Bombe eingeschlagen!"

Jetzt wurde Tom doch neugierig und presste seine Stirn an die Scheibe.

Er erkannte umgestürzte Stühle, zerbrochene Bilderrahmen, Scherben und ein aufgeschlitztes Sofa. Hier hatte jemand ordentlich gewütet.

Da kam ihm ein schrecklicher Gedanke.

Was, wenn zwischen all dem Durcheinander ein Toter lag? Wenn Jonas Niedermann das nächste Opfer war? Eine Gänsehaut überzog seinen Rücken.

„Hier ist ein Fenster kaputt!", rief Johanna und machte Anstalten, durch das Loch zu greifen, um das Fenster zu öffnen.

„Spinnst du jetzt völlig?" Tom konnte es nicht fassen. „Lass uns abhauen! Wer weiß, was da passiert ist. Vielleicht hat ja der Mörder wieder zugeschlagen und ist noch drin!"

Johanna blitzte ihn an. „Hast du Angst? Dann geh doch heim auf dein Sofa und schau deine langweiligen Serien. Ich muss jetzt da rein. Ich muss herausfinden, was da los ist."

Damit griff sie vorsichtig durch die kaputte Scheibe und drehte den Griff. Das Fenster glitt auf. Johanna kletterte in das verwüstete Zimmer hinein.

Tom zögerte. Was sollte er tun?

Polizei rufen? Abhauen? Hinterher klettern?

Er fluchte laut, zog sich am Fensterbrett hoch und schwang die Beine ins Innere des Raumes. Dabei blieb er mit dem nackten Ellenbogen an einer Scherbe hängen und schnitt sich schmerzhaft in die Haut.

„Scheiße, Johanna! Das blutet wie verrückt."

„Stell dich nicht so an", gab seine Freundin ungnädig zurück und warf ihm ein Deckchen zu, das sie auf dem Boden gefunden hatte.

Zähneknirschend wickelte sich Tom das Tuch um die Wunde und stolperte hinter Johanna her durch die Wohnung, immer in der Erwartung, Jonas' Leiche zu finden oder von ebendiesem überwältigt zu werden.

Weder das eine noch das andere geschah.

„Hier ist keiner. Das habe ich mir schon gedacht."

Johanna schaltete das Licht an. Jetzt standen sie in einem Zimmer, das zwar nicht mutwillig verwüstet worden war, aber dennoch so aussah, als hätte eine Bombe eingeschlagen. Überall lag benutztes Geschirr, schmutzige Wäsche, Joghurtbecher, Bücher, DVDs, Schachteln und Papier. Dazwischen stand ein Computerbildschirm, die Steuerung einer Spielkonsole und etliche Laptops. Tom und Johanna waren beide keine begnadeten Putzfeen, ihre Wohnung nie perfekt aufgeräumt, aber in einem solchen Chaos zu leben, konnten sich beide nicht vorstellen.

„Was denkst du, ist hier passiert?" Tom entspannte sich langsam. Es war offensichtlich niemand da, und einen Toten hatten sie auch nicht gefunden. Trotzdem hatte er noch ein ungutes Gefühl, in eine fremde Wohnung eingebrochen zu sein und herumzuschnüffeln. „Denkst du, Niedermann wurde entführt?"

„Das ist mir egal. Lass uns nachsehen, ob wir hier was Interessantes finden."

Damit begann sie, zwischen Müll und Geschirr zu wühlen, Schubladen zu öffnen, den Schrank und die Kommode zu durchsuchen.

Tom beobachtete sie nervös. Auch wenn es hier drin trocken war, wäre es ihm im Moment lieber gewesen, durch den strömenden Gewitterregen zu laufen und von hier weg zu kommen. Er konnte sich nicht überwinden, in den Sachen eines Fremden zu wühlen. Johanna hatte damit augenscheinlich kein Problem.

„Du könntest auch ein bisschen mithelfen", meckerte sie. Tom wagte nicht zu widersprechen. „Ich schau mal in der Küche", gab er seufzend zurück und hoffte, zwischen Töpfen und Besteck sowieso nichts von Bedeutung zu finden.

Unterdessen suchte Johanna fieberhaft weiter, ohne zu wissen, wonach. Da fiel ihr Blick auf einen alten Schuhkarton, der unter dem Sofa hervorlugte. Sie zog ihn hervor und nahm den Deckel ab. Er war voller Briefe und Heftchen. Zögernd nahm sie eines der Hefte heraus. Es sah alt aus und war mit einer kindlichen Handschrift beschriftet.

### Marta 1974

Sie schlug die erste Seite auf und las. Was waren das für Aufzeichnungen? Sie blätterte um und stutzte plötzlich.
Da war ein Geräusch.
Sie erstarrte.
Jetzt hörte sie es ganz deutlich. Da wurde ein Schlüssel im Schloss umgedreht.

## 33

Charlotte und Torsten saßen im Büro und lasen den Obduktionsbericht der Rechtsmedizin.

Es gab keinen Zweifel – Robert Biburger ist nicht an der Kopfwunde gestorben und die Fingerabdrücke am Hals des Opfers stammten definitiv nicht von Adrian Fischer.

Sie mussten nach einer weiteren Person suchen.

„Das ist doch alles unglaublich", sagte Torsten. „Kannst du dir vorstellen, dass Biburgers Verfolger selbst verfolgt wurde, und dass dieser unbekannte Dritte dann zugeschlagen hat, als das Opfer bewusstlos am Boden lag?"

„So sieht's aus." Charlotte zuckte mit den Schultern. „Wir sollten Frau Schlenk fragen, ob sie noch jemanden gesehen hat."

„Ich rufe sie nachher gleich an." Torsten machte sich eine Notiz. „Wie hat Adrian Fischer auf die Neuigkeit reagiert?"

Charlotte war gleich früh in die Klinik gefahren, um mit ihm zu sprechen.

„Er ist erstmal vor Erleichterung in Tränen ausgebrochen. Natürlich ist er nicht ganz aus der Sache raus, immerhin hat er mit Biburger gekämpft. Das hätte durchaus auch tödlich enden können."

„Hat es aber nicht."

„Glück für ihn. Zumindest was den Tod von Biburger betrifft. Die Sache mit den Sabotageakten und dem eingesperrten Hausmeister ist auch nicht ohne. Ich fürchte, seine Schauspielkarriere ist vorbei, bevor sie begonnen hat."

In diesem Moment klingelte das Telefon auf Charlottes Schreibtisch. Auf dem Display wurde eine lange, unbekannte Nummer angezeigt.

„Also, entweder ist das ein Call-Center der Telekom mit bahnbrechenden Angeboten oder vielleicht schon unsere lieben Kollegen aus Polen", witzelte Charlotte und nahm das Gespräch an.

„Guten Morgen, Herr Peter." Sie drückte den Knopf für die Freisprecheinrichtung. „Ich habe den Lautsprecher einge-schaltet, dann kann Torsten mithören."

Ihre Stimmung stieg schlagartig an.

„Haben Sie schon etwas Neues für uns?"

„Das kann man sagen. Ich habe hier auch den Lautsprecher eingeschaltet. Herr Steffens sitzt neben mir."

„Hallo, ihr beiden! Viele Grüße aus dem wunderschönen Polen!", hörten sie Matthias' Stimme aus dem Hintergrund.

„Ich erzähle Ihnen gleich, was wir erfahren haben", über-nahm wieder Kommissar Peter das Wort. „Aber zuvor würde ich gerne wissen, ob der Saboteur, dieser Fischer, als Täter in Frage kommt. Haben Sie neue Erkenntnisse?"

Etwas ungeduldig erzählte Charlotte ihrem Chef vom aktuellen Stand der Dinge.

„Haben wir die gefundenen Fingerabdrücke in unserer Datei?"

„Leider nicht, sonst hätten wir den Fall womöglich schon gelöst. Erzählen Sie doch, was es bei Ihnen Neues gibt."

Charlotte konnte es kaum erwarten. Sie glaubte immer mehr daran, dass, wie Attila vermutet hatte, die Lösung des Falles in Polen lag.

„Marta Niedermann wuchs in einem Kinderheim in Görlitz auf", begann Peter.

„Görlitz? Das ist doch in Deutschland", wunderte sich Charlotte.

„Schon, es gibt aber einen ehemaligen Stadtteil von Görlitz, der östlich der Neiße liegt und seit Ende des zweiten Weltkrieges polnisch ist."

„Und der heißt auch Görlitz?"

„Nein, er hat einen polnischen Namen, den ich nicht aus-sprechen kann. Ich bleibe einfach bei Görlitz. Jedenfalls kann in diesem östlichen Görlitz ziemlich jeder Deutsch."

„Ach deshalb. Ich hatte mich schon gewundert, warum Frau Niedermann akzentfrei Deutsch spricht."

„Sie hat ab ihrem vierzehnten Lebensjahr auch dort als Pflegerin gearbeitet", fuhr Peter fort.

„Mit vierzehn? Ist das nicht etwas früh?"

„Es war zu dieser Zeit in den Heimen üblich, dass die Jugendlichen bei der Betreuung der Jüngeren mithelfen mussten."

„Wie lange war sie dort?"

„Bis 1980. Dann ging sie nach Nürnberg, um eine Stelle als Pflegerin anzutreten, aber das wissen wir ja schon."

„Existiert die Einrichtung noch?"

„Nein, sie wurde 1990 geschlossen."

„Weiß man warum?"

„Es gab Gerüchte über untragbare hygienische Zustände. Etwas Genaueres wissen wir noch nicht."

Charlotte horchte auf.

„Nur hygienische Zustände?"

„Wir vermuten, dass es dort auch in anderen Bereichen Zustände gab, die nicht ganz in Ordnung waren."

„Haben da die Behörden nicht nachgehakt?"

„Wissen Sie, Frau Gerlach, die Leute hier sind uns gegenüber sehr vorsichtig. Kurz nach dem Fall des Eisernen Vorhangs war in Polen alles im Umbruch, musste viel aufgearbeitet, an westliche Maßstäbe angepasst werden. Da ist es oft passiert, dass möglichen Unregelmäßigkeiten in Kinderheimen einfach zu wenig Beachtung geschenkt wurde. Wir haben dieses Problem auch heute noch, in ganz Europa. Jetzt, Jahrzehnte später, kommen unglaubliche Skandale zu Tage – in Heimen, kirchlichen Einrichtungen oder Vereinen. Und das in Deutschland ebenso wie in anderen europäischen Ländern."

„Wissen Sie, was nach der Schließung des Heimes mit den Kindern passiert ist?"

Charlotte und Torsten sahen sich an. Die Aufregung wuchs.

„Sie wurden auf andere Einrichtungen oder in Pflegefamilien verteilt."

„Alle?"

„Von den meisten Vermittlungen existieren glaubwürdige Papiere."

„Aber?"

„Von einem gibt es lediglich handgeschriebene Nachweise."

Charlotte und Torsten hielten die Luft an. War das eine

vielversprechende Spur?

„Ich denke, das ist Jonas Niedermann." Tilman Peter sprach das aus, was sie vermutet hatten. „Er ist 1988 geboren, war also bei der Schließung der Einrichtung knapp zwei Jahre alt. Das könnte passen."

Torsten kritzelte *Robert Biburger?* auf einen Zettel und legte ihn Charlotte hin.

„Taucht in den Unterlagen auch der Name Robert Biburger auf?"

„Nein, tut mir leid. Bis jetzt noch nicht."

„Schade."

„Charlotte!", meldete sich Matthias wieder. „Wir haben zwar noch nichts über Biburger gefunden, ich bin aber trotzdem überzeugt davon, dass er auch etwas mit diesem Heim zu tun hatte."

„Wie kommst du darauf?"

„Der polnische Kollege hat gemeint, es habe wohl damals eine Ermittlung gegeben. Worum es ging, wusste er nicht, aber wir bleiben dran."

„Das klingt doch vielversprechend", freute sich Charlotte und fand es fast etwas schade, nicht in Polen dabei sein zu können."

„Wir melden uns, sobald wir etwas wissen."

„Gut. Bis dann und viel Erfolg!"

Sie legte auf und warf Torsten einen vielsagenden Blick zu.

„Untragbare hygienische Zustände also." Ein gewisser ironischer Unterton war nicht zu überhören. „Ich bin fast sicher, dass in diesem Heim auch die pädagogischen oder disziplinarischen Umstände fragwürdig waren. Ich kann mir sehr gut vorstellen, dass die Kinder dort nicht gerade behütet und wertgeschätzt wurden. Von Nestwärme ganz zu schweigen."

Torsten überlegte. „Vielleicht hat Marta Niedermann dort Kinder misshandelt und später ein Kind an sich genommen, um ihr Gewissen zu beruhigen."

„Und was ist mit Robert Biburger? Warum sollte er etwas mit einem Heim in Polen zu tun haben? Ich dachte, er hat Niedermann erst hier in Nürnberg kennengelernt."

Charlotte stand auf. „Wir müssen uns noch einmal mit Jonas

unterhalten und uns genauer in der Wohnung umsehen. Vielleicht finden wir doch Hinweise darauf, was Marta in diesem Heim gemacht und welche Rolle Biburger dabei gespielt hat."

Das Telefon klingelte noch einmal. Wieder war die lange, polnische Nummer angezeigt.

„Ja? Matthias? Das ging aber schnell."

„Ich habe vorhin noch etwas Interessantes vergessen. Es ist im Rahmen dieser Ermittlungen, du weißt schon, die Ermittlungen in diesem Kinderheim, ein anderer Name aufgetaucht, der uns inzwischen sehr gut bekannt ist."

Er machte eine bedeutungsschwangere Pause.

„Nämlich?"

„Was denkst du?"

„Matthias! Jetzt sag schon. Ich habe jetzt keine Lust auf Rätselspielchen. Ist es Heinz Rauh?"

„Nein. Es ist ... Kaspar Hauser."

## 34

Johanna Biburger schlug die Augen auf – zumindest versuchte sie es. Ihr Kopf schmerzte, sie fror erbärmlich. Zitternd schaute sie sich um. Der Raum war dunkel, lediglich der diffuse Schein einer Straßenlampe drang durch ein kleines, schmutziges Fenster herein.

Ihr Gehirn fühlte sich an, als sei es eine schlabbrige, schwammige Masse. Sie konnte keinen klaren Gedanken fassen. Jeder Erinnerungsfetzen, der vor ihr auftauchte, war im nächsten Moment wieder im glibbrigen Etwas ihres Kopfes verschwunden.

Die Wohnung ... das Durcheinander ... das Gewitter ... der Schlüssel im Schloss ... Tom!

Langsam durchdrang das Gesicht Toms ihr Bewusstsein. Tom, ihr Freund, der Mensch, den sie liebte.

Wo war er? Was war mit ihm passiert?

Noch einmal sah sie sich um, versuchte zu erkennen, wo sie sich befand. Da waren Regale, Kartons, Autoreifen, Getränkekisten, ein alter Schrank.

Sie war in einem Kellerraum.

Alles war fremd.

Ihr Kopf pulsierte, drohte zu zerspringen. Vorsichtig fasste sie an ihre Schläfe und spürte eine klebrige Masse: Blut!

Man hatte sie niedergeschlagen.

Aber wer?

Und wann?

Und warum?

Und was war mit Tom? Ihrem geliebten Tom, der immer geduldig mit ihr war, sie stets so akzeptiert hatte, wie sie war. Der nie versucht hatte, einen anderen Menschen aus ihr zu machen, der mit ihr alt werden wollte.

Langsam, ganz langsam formten sich Gedankenfetzen,

konnte sie einzelne Bilder festhalten.

Sie waren in die Wohnung eingestiegen. Sie hatte mit Jonas Niedermann reden wollen, aber er war nicht da gewesen.

Und dann?

Die Schmerzen im Kopf waren unerträglich, die nasse Kleidung klebte an ihrem Körper.

Es war so kalt.

Sie kauerte sich auf dem nackten Betonboden zusammen, umschlang ihre Beine und schlotterte.

Sie durfte nicht sitzen bleiben, musste sich bewegen, wieder warm werden. Wie lange war sie wohl schon hier gefangen? Noch immer war es dunkel draußen, prasselte der Regen herab.

Sie zwang sich dazu, sich zu konzentrieren.

War sie überhaupt gefangen?

Was, wenn die Tür gar nicht abgesperrt war?

Mühsam mobilisierte sie alle Kräfte, schleppte sich zur Tür, streckte sich und drückte den Griff nach unten.

Natürlich war abgesperrt. Was hatte sie eigentlich erwartet? Ein Wunder?

Dass sie jemand niederschlug, hierher brachte und dann vergaß abzuschließen?

Sie spürte einen Kloß im Hals, der so dick war, dass er ihr beinahe die Luft abschnürte. Tränen schossen ihr in die Augen, doch sie wehrte sich dagegen.

Sie war Johanna Biburger, keine Heulsuse, die sich einfach einsperren ließ.

Sie war eine Kämpferin.

Ungeduldig wischte sie sich die Tränen ab.

Es war so schrecklich kalt. Sie musste die nassen Sachen loswerden. Vielleicht war ja in dem Schrank etwas Trockenes zu finden.

Mit aller Kraft stemmte sie sich hoch und wurde augenblicklich von einem Schwindel erfasst, der sie sofort wieder niedersinken ließ. Ihr wurde schwarz vor Augen, alles drehte sich. Als sie wieder klar sehen konnte, versuchte sie es noch einmal. Zentimeter für Zentimeter kroch sie vorwärts, zog sich an dem massiven Möbelstück hoch und öffnete die Tür.

Anders als erwartet strömte ihr nicht der widerliche Geruch nach Mottenkugeln, sondern ein Schwall süßer Lavendelduft entgegen. Auch das, was sie im Inneren des Schrankes sah, zauberte ihr trotz aller widriger Umstände ein Lächeln ins Gesicht.

Im Schrank lagen keine gestärkten Tischdecken und harte Leinenbettwäsche, keine geblümten Schürzen und altmodische Handtücher. Hier hatte offenbar jemand seine Winterkleidung eingelagert, frisch gewaschen, weich und duftend. Da gab es teuer aussehende Strickpullis, Wollkleider und Strumpfhosen. Daneben fanden sich Sporthosen, Sweatpullis und Fleecejacken. Im untersten Fach entdeckte Johanna zu ihrer großen Freude eine zusammengerollte Gymnastikmatte und mehrere flauschige Decken.

Vermutlich waren das die Sachen von Marta Niedermann.

Johanna war sich immer sicherer, im Keller der Niedermanns zu sein. Schemenhaft kam die Erinnerung zurück.

Jonas war gekommen, hatte Tom und sie erwischt. Sie hatten heftig gestritten.

Mehr wusste sie nicht mehr.

Nur noch so viel, dass sie noch schnell etwas eingesteckt hatte, ein kleines Heftchen aus grobem, braunem Papier. Sie fasste in ihre Hosentasche und zog das feuchte Heft heraus. Sie würde es sich später anschauen. Erst musste sie warm werden.

So schnell es ihre Kopfschmerzen zuließen, schälte sie sich aus ihren nassen Sachen und lag kurze Zeit später eingekuschelt in zwei Decken auf der Matte. Langsam breitete sich wohlige Wärme aus.

Jetzt sollte sie das Heftchen lesen, doch sie konnte sich nicht aufraffen. Nur kurz ausruhen, dann ...

Sie schloss die Augen.

## 35

„Was hat die Niedermann wohl in diesem Heim gemacht, dass sie ein so schlechtes Gewissen hatte?", überlegte Torsten auf dem Weg zur Wohnung von Jonas Niedermann. Die Informationen aus Polen ließen ihnen keine Ruhe.

Charlotte wollte es sich gar nicht ausmalen.

„Außerdem frage ich mich, was mit diesen bedauernswerten Kindern passiert ist und was Kaspar Hauser damit zu tun hat", fuhr Torsten fort. „Ich bin gespannt, was unsere beiden Außendienstler noch herausfinden."

„Und ich bin gespannt, was Jonas darüber weiß oder welche Informationen wir in der Wohnung finden. Vielleicht hat Marta doch noch irgendwelche Aufzeichnungen aus der Zeit."

Torsten schüttelte den Kopf. „Naja, ehrlich gesagt kann ich mir nicht vorstellen, dass sie solches Material über all die Jahre aufhebt."

„Wer weiß? Probiere es doch noch einmal bei Jonas. Im Museum haben sie gesagt, er sei heute erst um 11.00 Uhr dran. Er müsste eigentlich daheim sein."

Sie hatten schon mehrfach versucht, ihn auf dem Festnetz und dem Handy zu erreichen. Ohne Erfolg. Torsten tippte abwechselnd beide Nummern ein und ließ es so lange klingeln, bis sich die jeweilige Mobilbox einschaltete.

„Hallo, Herr Niedermann, hier ist noch einmal Torsten Klein von der Kripo Nürnberg. Wir sind auf dem Weg zu Ihnen. Wir haben neue Informationen und müssen dringend mit Ihnen sprechen." Er legte auf. „Was machen wir, wenn er nicht da ist?"

„Das sehen wir dann. Vielleicht ist er nur joggen."

Torsten schielte seine Kollegin von der Seite an.

„Joggen? Kann ich mir bei dem Typ eigentlich nicht

vorstellen."

„Was denkst du dann, wo er ist?"

„Naja, irgendwie habe ich kein gutes Gefühl."

Nach dem Gewitter in der Nacht war der Fußweg an der Kleinweidenmühle übersät mit abgebrochenen Zweigen und Blättern. Überall standen noch Pfützen. Die Luft war kühl und frisch. Sie klingelten bei der Hausnummer 20.

Niemand öffnete.

„Komm, wir schauen mal hinter in den Garten", schlug Charlotte vor. Sie umrundeten den Häuserblock und standen vor einer Reihe kleiner, liebevoll gestalteter Gärtchen.

„Das müsste es sein." Charlotte öffnete eines der Gartentürchen und ging die paar Stufen hinauf zur Terrasse. Auch hier hatte das Unwetter ziemlich gewütet. Blumentöpfe waren umgefallen, die Erde den Hang hinuntergespült worden. Torsten spähte durch die zerbrochene Scheibe in das Innere der Wohnung. Das Wohnzimmer war in einem fürchterlichen Zustand. Möbel waren umgestürzt, Bilderrahmen, Gläser und Geschirr zerbrochen, der Boden mit Papieren bedeckt. Unterhalb des Fensters war eine riesige Pfütze, der Parkettboden darunter schon ganz aufgequollen. Es sah so aus, als habe hier ein Kampf stattgefunden, ein Kampf zwischen Jonas und …?

Die Polizisten sahen sich an. Womöglich war noch jemand in der Wohnung.

Charlottes Puls schnellte in die Höhe.

Sie fischte ihr Handy aus der Tasche. „Markus? Hier Charlotte. Wir stehen vor der Wohnung der Niedermanns in der Kleinweidenmühle. Ich denke, ihr solltet schnell kommen." Sie steckte den Apparat wieder ein und zog ihre Dienstwaffe hervor.

„Ich fürchte, wir werden gleich wissen, warum Jonas nicht ans Telefon gehen konnte", raunte sie Torsten zu und kletterte durch das Fenster. „Schau, hier ist Blut."

„Ich würde mich nicht wundern, wenn es die gleiche DNA wäre, wie die auf Biburgers Hals", flüsterte Torsten und folgte ihr.

„Herr Niedermann! Sind Sie hier?", rief Charlotte durch die

Wohnung.

Keine Antwort. Kein Laut.

Langsam durchquerten sie den Raum, stiegen vorsichtig über Glassplitter und Papiere, sahen hinter das umgestürzte Sofa, rechneten jeden Moment damit Jonas zu finden.

„Herr Niedermann! Hören Sie mich?"

Es blieb ruhig. Im Wohnzimmer war niemand.

Mit vorgehaltener Waffe tasteten sie sich zu den anderen Zimmern voran. Küche, Bad, Schlafzimmer, Jonas' Zimmer. Charlottes Nerven waren zum Zerreißen gespannt. Sie achtete auf jedes noch so kleine Geräusch.

Da war nichts.

Kein Knacken, kein Knirschen, kein Atmen, kein Stöhnen – und zu Charlottes Erleichterung auch kein Toter oder Verletzter. Allmählich beruhigte sich ihr Puls wieder. Auch Torsten steckte die Waffe zurück ins Holster. „Was denkst du, was hier passiert ist?"

Im Wohnzimmer und in der Küche hatte offensichtlich jemand gewütet, während in Jonas' Zimmer das gleiche Chaos herrschte wie bei ihrem letzten Besuch: Essensreste, schmutziges Geschirr, leere Verpackungen, Kleidung.

„Das lag allerdings noch nicht da." Charlotte kniete sich neben einen verstaubten Schuhkarton auf den Boden und wies auf einen Stapel Briefe. Einige davon waren aus dem Umschlag gezogen und lagen offen da. „Sieh mal einer an. Die sind alle von einem alten Bekannten."

Torsten kam dazu und nahm einen Brief zur Hand. „Ich nehme an, Jonas wusste nichts von der Liaison seiner Mutter, besser gesagt Pflegemutter, mit Heinz Rauh."

„Das glaube ich auch nicht." Sie holte tief Luft. „Stell dir mal vor, was der Mann in den letzten paar Tagen alles verkraften musste. Er erfährt, dass Marta gar nicht seine biologische Mutter war, dann wird sie umgebracht. Jetzt stellt sich heraus, dass sie eine Affäre mit Rauh hatte. Ich an seiner Stelle würde vermuten, Rauh könnte etwas über meine Herkunft wissen …"

„Oder vielleicht sogar mein Vater sein", ergänzte Torsten. „Auf jeden Fall würde ich so schnell wie möglich mit ihm reden wollen."

„Hier ist noch etwas."

Torsten zog zwischen den weißen Briefumschlägen ein grobes, braunes, in der Mitte gefaltetes Papier hervor. Es sah aus wie der Umschlag eines kleinen Heftchens.

*Marta 1979*

stand da in einer kindlichen Handschrift.

„Marta hat doch in diesem Kinderheim in Polen gearbeitet. Vielleicht hat sie in solchen Heftchen aufgeschrieben, was sie so gemacht hat?", meinte Torsten, während Charlotte den Karton nach dem fehlenden Heft durchsuchte.

Vergeblich.

„Schade. Da ist nichts. Ich fürchte, Jonas war schneller." Charlotte lehnte sich enttäuscht an den umgekippten Sessel und sah das Papier nachdenklich an. „Ich bin sicher, wenn wir dieses Heft finden, wissen wir auch, warum Marta Niedermann ein so schlechtes Gewissen gehabt hat."

Ihr Handy klingelte.

„Oh, womöglich gibt es neue Infos aus Polen." Gespannt warf sie einen Blick auf das Display. Es zeigte eine unbekannte Nummer an.

„Gerlach, Kripo Nürnberg, …, hallo, Frau Biburger, ..."

Torsten sah überrascht auf. Charlotte schaltete den Lautsprecher ein.

„ … und hat ihn bedroht!"

„Frau Biburger", unterbrach Charlotte die Frau. „Mein Kollege steht neben mir und hört mit. Könnten Sie das bitte noch einmal wiederholen?"

„Gestern Abend ist der Sohn dieser Marta Niedermann plötzlich bei Heinz, ich meine Herrn Rauh, aufgetaucht und hat ihn mit einem Messer bedroht", berichtete Gisela Biburger völlig aufgebracht. „Dieser unangenehme junge Mann hätte ihn töten können, so wie er es wahrscheinlich auch mit seiner Mutter und meinem Robert gemacht hat. Frau Kommissarin, Sie müssen diesen Verbrecher endlich dingfest machen! Man ist ja hier seines Lebens nicht mehr sicher!"

„Frau Biburger, bitte beruhigen Sie sich doch. Erzählen Sie

doch bitte, was genau passiert ist."

„Gestern Abend, so gegen halb zehn, saßen Heinz und ich bei einem Gläschen Wein zusammen, als es plötzlich klingelte. Heinz machte die Tür auf, da kam dieser Verbrecher hereingestürmt. Ich sage Ihnen, er sah furchterregend aus. Das Gesicht dunkelrot, die Augen geschwollen mit dunklen Ringen."

Man konnte hören, wie sie sich schüttelte. Charlotte warf Torsten einen fragenden Blick zu.

War das alles nur Theater? Dramatisierte Gisela die ganze Situation, um von ihrer eigenen Schuld abzulenken? Vielleicht kam es ihr ganz gelegen, dass ein wütender Jonas bei ihnen aufgetaucht war, ob mit Messer oder ohne. Es fiel Charlotte nicht ganz leicht, alles zu glauben, was ihr die Frau gerade berichtete.

„Er hat die ganze Zeit mit ein paar alten Briefen herumgefuchtelt und gemeint, Heinz wisse etwas über seine Herkunft." Sie stieß einen spitzen Schrei aus. „Am Ende hat er sogar behauptet, Heinz wäre sein Vater!"

„Und? Konnte Herr Rauh ihm Auskunft geben?"

„Was erlauben Sie sich! Worüber sollte er ihm denn Auskunft geben? Er hat doch mit diesen Leuten nichts zu tun!"

„Was waren das für Briefe?"

„Die soll Heinz angeblich an die Niedermann geschrieben haben."

„Und? Was sagt er dazu?"

Jetzt hörte man, wie Rauh das Telefon an sich nahm.

„Frau Kommissarin, hier ist Rauh, bitte entschuldigen Sie. Frau Biburger ist noch etwas verstört. Der Tod Roberts macht ihr doch noch sehr zu schaffen."

„Wurden Sie tatsächlich mit einem Messer bedroht?"

„Der junge Mann stand plötzlich mit einem Küchenmesser in die Hand vor uns. Er war ganz irre."

„Und warum rufen Sie uns erst jetzt an?"

„Bitte entschuldigen Sie. Gisela wollte keine Polizei im Haus haben. Sie sollten schnellstmöglich etwas gegen diesen Mann unternehmen. Sicher, er hat seine Mutter verloren, aber ..."

„Er hat sie umgebracht!", hörte man die aufgeregte Stimme Giselas.

„Bitte setz dich doch, Gisela. Ich erzähle der Polizei alles." Rauh war um Gelassenheit bemüht.

Charlotte verdrehte die Augen. „Was wollte er von Ihnen?"

„Er hat wohl die alten Briefe gefunden, die ich vor über zwanzig Jahren an Marta geschickt habe", berichtete er verlegen. „Aber das gibt ihm doch noch lange nicht das Recht, uns mit einem Messer anzugreifen."

„Hat er Sie jetzt bedroht oder angegriffen?"

„Er wollte schon zustechen!", kreischte Gisela hysterisch.

„Hat er aber nicht. Und jetzt beruhige dich doch."

„Haben Sie Jonas von der gefälschten Geburtsurkunde erzählt?" Charlotte versuchte, aus dem anstrengenden Telefonat noch einige Informationen gewinnen zu können.

„Ja, auch davon, dass ich glaube, er stamme aus Polen. Mehr weiß ich selbst nicht. Ich kann verstehen, dass er wissen möchte, wer seine richtigen Eltern sind, aber doch nicht mit diesen Mitteln."

Charlotte konnte nicht beurteilen, ob das Verständnis echt war und ihn die schwierige Situation des jungen Mannes tatsächlich berührte. So gut kannte sie ihn nicht. Es konnte genauso gut ein inszeniertes Gespräch sein, um den Verdacht vom Duo Rauh-Biburger abzulenken, das nach Charlottes Meinung ein viel stärkeres Motiv gehabt hätte, beide Morde zu begehen. Wenn es ihnen schon so wichtig war, dass Jonas Niedermann schnellstmöglich festgenommen wurde, dann hätten sie bereis am vergangenen Abend die Polizei benachrichtigen müssen. Viel wahrscheinlicher war es doch, dass Jonas zwar dort gewesen war, sich die beiden aber die Geschichte mit dem Messer ausgedacht hatten.

„Wann ist Herr Niedermann wieder gegangen?"

„So gegen 22.00 Uhr. Er war ziemlich wütend. Sie müssen ihn unbedingt festsetzen, sonst passiert noch ein weiteres Verbrechen."

Das befürchtete Charlotte allerdings auch.

„Herr Rauh, Sie müssten bitte im Laufe des Tages noch gemeinsam mit Frau Biburger ins Präsidium kommen und die Aussage zu Protokoll geben."

„Frau Kommissarin!", meldete sich wieder Gisela Biburger zu Wort.

Charlotte stöhnte innerlich auf.

„Sie müssen nach Johanna suchen! Ich habe solche Angst um sie."

„Johanna? Was ist denn mit ihr?"

„Ich habe ihr gestern von Roberts Tod erzählt. Sie hatte doch ein so gutes Verhältnis zu ihrem Vater. Sein Tod hat sie völlig aus der Bahn geworfen."

„Was ist passiert?"

„Sie ist durchgedreht und hat mich beschimpft. Dann ist sie davongelaufen. Seitdem erreiche ich sie nicht mehr. Es geht immer nur die Mailbox ran."

Das klang nicht weiter ungewöhnlich, berücksichtigte man die angespannte Stimmung zwischen Mutter und Tochter.

„Ich habe solche Angst, dass sie etwas Unüberlegtes tut. Sie ist doch so voller Temperament, so sprunghaft und hitzig. Sie müssen sie finden!"

Waren das nur die üblichen Ängste einer besorgten Mutter, oder steckte mehr dahinter? So, wie sie die junge Frau bisher erlebt hatte, wäre es tatsächlich vorstellbar, dass Johanna in ihrem Schmerz und der Trauer Dinge tat, die nicht gerade angemessen waren.

„Haben Sie auch schon versucht, ihren Freund zu erreichen?"

„Natürlich, aber er geht nicht ans Telefon, dieser Nichtsnutz. Wahrscheinlich steht er wieder in seiner Hamburgerküche", setzte sie verächtlich hinzu.

„Wir kümmern uns darum, Frau Biburger. Vielen Dank für Ihren Anruf. Wir melden uns bei Ihnen."

Sie legte auf. „Was hältst du davon?"

„Ich glaube nicht, dass wir gleich eine Fahndung nach Johanna einleiten sollten. Schließlich ist sie erwachsen."

„Und nicht sehr gut auf ihre Mutter zu sprechen. Sie hat wahrscheinlich keine Lust, mit ihr zu sprechen."

„Das denke ich auch. Wir sollten aber dringend nach Jonas suchen. Ich hoffe, er lebt noch."

Sie rief im Präsidium an und bat die Kollegen, Jonas

Niedermann zur Fahndung auszuschreiben und sein Handy zu orten. Sie hatte das Telefon noch in der Hand, als es erneut klingelte. Diesmal war die Nummer von Matthias auf dem Display.

„Wir haben Neuigkeiten für euch." Matthias klang ungewohnt bedrückt. „Wir wissen jetzt, was in den 70er Jahren hier in dem Kinderheim passiert ist und was Biburger und Niedermann damit zu tun hatten."

Charlotte und Torsten starrten gebannt auf den Apparat.

„Biburger hat im Rahmen seines Psychologiestudiums verschiedene Arbeiten darüber geschrieben, ob es möglich ist, Kinder über einen längeren Zeitraum hinweg zu isolieren und nur mit Wasser und Brot zu ernähren. Du weißt schon, wie damals Kaspar Hauser. Er hat dann gemeinsam mit einem Kommilitonen, der kurz nach dem Studium nach Polen geheiratet hat, in diesem Kinderheim in Görlitz Experimente an Waisenkindern durchführen lassen."

„Wie bitte?" Charlotte und Torsten waren geschockt.

„Und Marta Niedermann hat die Kinder gepflegt", fügte Matthias hinzu.

„Das ist grauenvoll! Wann war das?"

„Nach unseren aktuellen Recherchen von 1976 bis 1979."

„Die haben ernsthaft Kinder jahrelang ganz alleine bei Wasser und Brot eingesperrt?", rief Torsten entsetzt dazwischen.

„Wir wissen noch nicht genau, wie viele Kinder betroffen waren und wie lange sie eingesperrt waren. Wir müssen das ganze Material noch sichten."

„Was ist mit ihnen passiert?" Charlotte wollte es eigentlich gar nicht so genau wissen, aber sie musste professionell als Polizistin arbeiten und die Mutter in ihr ausblenden – so schwer es auch fiel.

„So, wie es im Moment aussieht, hat er wohl die Kinder aus dem Raum herausnehmen lassen, sobald sich erste Folgen der einseitigen Ernährung gezeigt haben. Sie wurden dann körperlich untersucht und dann wieder in ihre Heimgruppen zurückgeschickt. Deshalb hat er auch so vehement behauptet, Hauser sei ein Betrüger gewesen", fuhr Matthias fort. „Er konnte natürlich mit diesen unmenschlichen

Experimenten nicht hausieren gehen. Das wird ihn ziemlich gewurmt haben, schätze ich."

„Körperlich untersucht", wiederholte Charlotte tonlos. „Und seelisch? Was haben diese Unmenschen den Kindern angetan? Wie konnte Marta Niedermann nur so etwas tun? Sie war tagtäglich mit dem Leid der Kinder konfrontiert."

„Niedermann war auch nur ein kleines Rädchen in dem System. Sie hat das gemacht, was man von ihr erwartet hat, oder wozu man sie gezwungen hat. Später hat sie offenbar das schlechte Gewissen gepackt und sie wollte alles wieder gutmachen, in dem sie eines der Kinder an sich genommen hat."

„Unfassbar. Ich kann nicht glauben, dass ich diesem Monster noch vor ein paar Tagen gegenüber gesessen bin." Charlotte fand kaum Worte.

„Frau Gerlach?", hörte sie jetzt Kommissar Peter. „Ich weiß, es ist nur schwer zu verkraften, aber wir müssen trotzdem weitermachen. Es ist anzunehmen, dass sich eines der Kinder an Niedermann und Biburger gerächt hat. Wir haben leider noch keine Namen. Sie müssen versuchen, bei Niedermann oder Biburger Unterlagen zu finden."

„Jonas!"

„Wie bitte?"

„Niedermanns Wohnung ist total verwüstet und ein Schuhkarton mit alten Briefen von Heinz Rauh lag auf dem Boden. Zwischen den Briefen lag der Umschlag eines Heftchens, das fein säuberlich mit *Marta 1979* beschriftet war. Das war bestimmt eine Art Berichtsheft."

„Klingt so. Wenn in dem Heft auch Biburgers Name aufgetaucht ist und Jonas das gelesen hat, ..."

„... könnte er sich an Biburger gerächt haben", stimmte Charlotte zu. „Aber wer hat dann die Wohnung verwüstet? Und warum?"

Sie erzählte den Kollegen von Giselas Anruf und von der Fahndung.

„Ihr solltet auch Johannas Handy orten lassen", schlug Matthias vor. „Wenn sie Jonas für den Mörder ihres Vaters hält, ist mit ihr nicht zu spaßen."

## 36

Johanna stolperte mit tränenverschleierten Augen durch die Straßen. Die Wunde an ihrem Kopf hämmerte, die Knie schmerzten, die Finger waren blutig, doch sie merkte es nicht. Auch die neugierigen und zum Teil mitleidigen Blicke der Passanten nahm sie nicht wahr.

Sie hatte sich durch das schmale Kellerfenster gequetscht und sich dabei Finger und Knie verletzt, doch das war jetzt nicht wichtig.

Ihre Gedanken überschlugen sich.

Das, was sie in diesem Heftchen gelesen hatte, war so unglaublich, so monströs, so schrecklich. Wie hatte diese Frau nur all die Jahre das Leben unschuldiger Kinder zerstören können? Und warum? Warum?

Sie muss damals noch so jung gewesen sein. Vielleicht hatte sie sich nicht wehren können, war womöglich selbst ein Opfer dieser menschenverachtenden Experimente gewesen.

Und Jonas?

Musste auch er monatelang alleine auf einem Sack sitzen und mit einem Holzpferdchen spielen?

Johanna lief bei der Vorstellung ein Schauer über den Rücken. Schlimm genug, dass man Kaspar Hauser diese Grausamkeiten angetan hatte, musste man das wissentlich noch einmal wiederholen? Im 20. Jahrhundert?

Es war entsetzlich.

Vielleicht war das die Erklärung für sein eigenartiges Verhalten. Womöglich hatte er erst jetzt durch Martas Aufzeichnungen davon erfahren und sich bei ihr für diese Verbrechen gerächt.

Aber was war mit ihrem Vater? Warum musste er sterben?

Und wo war Tom? Würde er der Nächste sein?

Die Trauer und das Entsetzen wichen unbändiger Wut. Wie

paralysiert rannte sie durch die Stadt, ohne darüber nachzudenken wohin.

Plötzlich stand sie im Halbwachsengässchen, wollte schon klingeln, sich an der Schulter ihres Vaters ausweinen.

Doch ihr Vater war nicht mehr da, würde nie mehr da sein.

Nie mehr.

Seine Geduld, seine klugen Ratschläge, sein Verständnis.

Nie mehr.

Die Erkenntnis raubte ihr den Atem. Noch nie in ihrem Leben hatte sie sich so verlassen gefühlt.

Reflexartig griff sie in ihre Hosentasche, dorthin, wo seit Jahren ihr Handy war.

Doch heute war es nicht da. Sie hatte es schon im Kellerraum vermisst. Vermutlich hatte es ihr Jonas abgenommen, nachdem er sie niedergeschlagen hatte.

Sie musste nach Hause, in die Wohnung, in der sie mit Tom glücklich war.

Vielleicht wartete er bereits auf sie? Machte sich Sorgen?

Vielleicht hatte er bereits die Polizei verständigt? Sicher suchte man schon nach ihr.

Sie wischte sich über die Augen, spürte leise Zuversicht.

Alles würde gut werden, redete sie sich ein, auch wenn die Vernunft ihr sagte, dass seit ein paar Tagen gar nichts mehr gut war.

„Das Handy von Jonas Niedermann ist ausgeschaltet", berichtete der Kollege aus dem Präsidium. „Das von Johanna Biburger auch."

„Und was ist mit ihrem Freund, diesem Tom Nowak?"

„Das haben wir noch nicht versucht. Ich melde mich wieder."

„Danke."

Die Wohnung der Niedermanns war inzwischen von Mitarbeitern der Spurensicherung bevölkert. Überall wurde gepinselt, fotografiert und eingesammelt.

„Charlotte! Torsten!", hörten sie Markus' Stimme aus dem Treppenhaus. „Kommt mal runter in den Keller!"

Die Tür zu einem Kellerraum stand offen. Auch hier waren zwei Weißgekleidete am Werk.

„Hier war bis vor kurzem noch jemand", sagte Markus und wies auf einen Haufen schwarzer Kleidungsstücke auf einer ausgerollten Gymnastikmatte. Daneben lagen mehrere Decken.

„Die Klamotten sind noch feucht. Es sieht nach Damengröße 34 aus – oder muss man da eher von Kindergröße sprechen?"

Ein ganz kurzer Hauch von Neid streifte Charlottes Gedanken bei der Vorstellung, dass sie selbst gerade dabei war, sich nach fast zwei Jahren wieder zur Größe 38 zurückzukämpfen. Und dann gab es da jemanden, der in 34 passte ...

„Das könnten doch die Sachen von Johanna Biburger sein", vermutete Torsten. „Hat sie nicht immer schwarze Sachen an? Die Größe könnte auch passen. Sie ist doch ziemlich zierlich."

„Dann ist sie wohl gestern Abend in das Gewitter geraten und hat die Nacht hier verbracht", referierte Markus nüchtern. „Sicherheitshalber hat sie den Raum von innen abgesperrt und den Schlüssel mitgenommen. Wir haben ihn nämlich noch nicht gefunden. Heute Morgen hat sie sich dann mit Wechselkleidung aus dem Schrank versorgt und ist durch das Fenster geklettert."

Charlotte und Torsten sahen sich fragend an.

„Das ist das, was ich aus dem Szenario hier erkennen kann. Jetzt ist es euer Job, herauszufinden, warum sie das gemacht hat." Markus grinste. „Übrigens haben wir auch Blutflecken gefunden. Ich gehe davon aus, dass die junge Dame verletzt ist. Wenn es sich überhaupt um Johanna Biburger handelt."

„Dann sollten wir auch sie auf die Fahndungsliste setzen", schlug Torsten vor. „Und wir sollten uns in ihrer Wohnung umsehen."


Jonas Niedermann wimmerte.

Er lag auf dem Boden, die Beine mit Klebeband umwickelt, die Hände mit Kabelbindern auf dem Rücken gefesselt, den Mund mit Gewebeband zugeklebt. Bei jeder kleinen Bewegung bohrten sich die Fesseln tiefer in seine Handgelenke hinein. Flehend blickte er zu dem Mann, in dessen

Gewalt er sich seit der vergangenen Nacht befand. Er blinzelte, spürte Tränen kommen, merkte, wie seine Nase langsam zuschwoll, doch das durfte nicht sein. Er musste sich konzentrieren, ruhig zu atmen.

Er stöhnte, doch der Mann nahm keine Notiz von ihm, starrte unablässig auf das Display seines Laptops.

Er stöhnte lauter.

Jetzt sah der Mann auf und lächelte ihn an.

„Ich habe auch gejammert und geweint." Das Lächeln erstarb. „Stundenlang, tagelang, wochenlang. Es hat niemanden interessiert – auch deine Mutter nicht!"

Er stand auf, stellte sich neben seinen Gefangenen und sah verächtlich auf ihn herab.

„Sie hat mich gehört, jeden Tag, jeden verdammten Tag." Er beugte sich hinunter und flüsterte: „Sie hat mir hartes Brot gebracht und abgestandenes Wasser. Sie hat mich unter Drogen gesetzt, um mich zu waschen und mir einmal in der Woche frische Klamotten anzuziehen." Er kam noch näher, berührte fast schon Jonas' Ohr. „Sie hat den Eimer mit meiner Scheiße und Pisse ausgeleert." Sein Gesicht wurde zur Fratze. „ICH WAR FÜNF JAHRE ALT!"

Jonas krümmte sich voller Panik zusammen. Sein Herz drohte zu zerspringen. Er konnte den Atem des Mannes riechen, seinen unbändigen Hass spüren.

„Sie hat mir nicht geholfen, mir nicht und all den anderen Unschuldigen auch nicht. Sie hat den Tod verdient! Genauso wie dieser Biburger. Er hat uns benutzt für seine Experimente, hat das Leben zahlloser Kinder zerstört, um herauszufinden, ob dieser Kaspar Hauser ein Betrüger war oder nicht."

Jonas erschrak. Das hatte er nicht gewusst. Biburger hatte all das zu verantworten gehabt. Und Marta war eine seiner Marionetten gewesen.

„Sie hat mitgespielt, deine Frau Mama, verstehst du?"

Der Mann erhob sich, spuckte auf Jonas herab und versetzte ihm einen schmerzhaften Tritt in die Seite.

Jonas jaulte auf vor Schmerzen. Der Mann würde auch ihn töten, so, wie er es mit seiner Mutter und mit Robert Biburger gemacht hatte. Er würde ihn mit seinen Stiefeln tottrampeln, seine ganze Wut an ihm auslassen.

Er konnte sich nicht wehren, war hilflos, gefesselt.

Johanna schleppte sich erschöpft die Treppe hoch in den zweiten Stock. Gleich würde sie daheim sein.

Tom würde sie liebevoll in seine Arme schließen und es würde sich herausstellen, dass all das Schreckliche nur ein entsetzlicher Alptraum gewesen war, dass Papa noch lebte und sie weder niedergeschlagen noch eingesperrt worden war. Sie konnte die Sehnsucht nach diesem Moment körperlich spüren, verdrängte die Erinnerungen an die vergangenen Tage und Stunden, drehte in Gedanken die Zeit zurück.

Doch plötzlich holte sie die Realität mit Wucht wieder ein.

Ihr Schlüssel war nicht da!

Man hatte ihr nicht nur das Handy weggenommen, sondern auch den Schlüssel. Weinend klingelte sie Sturm, trommelte an die Tür und sank schließlich auf dem Fußabtreter nieder.

Plötzlich ging die Tür auf und Tom sah sie fassungslos an.

„Johanna! Da bist du ja!", rief er überglücklich und presste sie verzweifelt an sich. „Ich hatte solche Angst um dich. Was ist passiert? Wo warst du? Was hat er mit dir gemacht?"

Er zog sie in die Wohnung, bedeckte ihre verschmierten Wangen mit Küssen und wiegte sie in seinen Armen. „Ich bin so froh, dass du da bist!"

Johanna schluchzte und drückte ihr Gesicht an seine Brust, wäre am liebsten in ihn hineingekrochen. Die Erleichterung, ihn zu sehen, raubte ihr beinahe den Atem. Sie lachte und weinte zugleich.

Ihr sehnlichster Wunsch war in Erfüllung gegangen.

Sie war wieder bei ihm.

Wenig später lagen sie eng umschlungen auf dem Sofa und hörten Musik. Ihr Herzschlag beruhigte sich langsam. Er strich ihr zärtlich über den Kopf.

„Au, bitte pass auf."

Tom schob das lange Haar zur Seite.

„Dieses Schwein! Er hat dir weh getan. Die Wunde muss versorgt werden."

Er machte Anstalten aufzustehen.

„Nein, bleib bei mir. Das hat Zeit."

Sie erzählte ihm, wie sie in dem Kellerraum aufgewacht, Marta Niedermanns Kleider entdeckt und schließlich durch das Fenster geklettert war.

„Was hat er mit dir gemacht?", fragte sie, als sie fertig berichtet hatte. „Wie konntest du fliehen?"

Tom lächelte sie an. „Er hat mich auch niedergeschlagen. Deshalb wusste ich auch nicht, wo du bist. Als ich wieder zu mir gekommen bin, konnte ich ihn überwältigen."

„Wo ist er jetzt?"

„Ich habe die Polizei verständigt und die haben ihn dann abgeholt. Und seither suchen sie nach dir. Sie haben gesagt, ich soll hier bleiben, falls du hierher kommst." Er küsste sie. „Wir müssen Bescheid sagen, dass du wieder da bist."

Johanna nickte.

„Das Telefon ist im Büro. Ich bin gleich wieder bei dir." Tom stand auf und ging ins Nebenzimmer.

Langsam konnte sie wieder klar denken. Ihr Vater war tot, aber zumindest war sie wieder bei ihrem Liebsten. Der Alptraum war zu Ende, der Mörder ihres Vaters gefasst. Sie kuschelte sich in eine Decke, spürte die pochende Wunde am Kopf, die schmerzenden Knie, die brennenden Fingerkuppen. Eine nie gekannte Müdigkeit erfasste sie. Sie wollte einfach nur schlafen, drei Tage lang nur schlafen ...

„Johanna?" Toms Stimme drang in ihr Bewusstsein. Die Musik war aus. Es war still. Sie musste eingeschlafen sein. Mühsam öffnete sie die Augen einen kleinen Spalt. Tom kniete vor dem Sofa, sah sie liebevoll an und strich ihr zärtlich über die Wange. „Komm, steh auf, ich habe eine Überraschung für dich."

„Lass mich", murmelte sie und wollte sich umdrehen.

„Wir fahren für ein paar Tage weg." Er berührte sie sanft an der Schulter.

„Was?"

„Komm jetzt. In einer halben Stunde fährt unser Zug."

Johanna setzte sich benommen auf.

„Wohin? Und warum jetzt? Ich will lieber hierbleiben."

Tom zog eine beleidigte Schnute. „Ich habe gedacht, du

freust dich. Du hast dir doch schon lange gewünscht, dass wir gemeinsam Urlaub machen."

Johanna starrte ihn verständnislos an. „Aber doch nicht jetzt."

„Gerade jetzt. Wir brauchen dringend Abstand von diesen schrecklichen Ereignissen. Ich habe schon für uns beide gepackt. Das Taxi kommt gleich."

„Aber Tom." Sie konnte es nicht glauben. „Ich will jetzt nicht Knall auf Fall verreisen. Wohin überhaupt?"

„Ich habe Tickets nach Wien reserviert. Komm jetzt, mach dich noch ein bisschen frisch."

Eine gewisse Ungeduld lag in seiner Stimme. Johanna zögerte. Da stimmte doch etwas nicht.

„Was ist los? Warum willst du jetzt plötzlich wegfahren? Ich will hierbleiben."

Plötzlich hörte sie aus dem Büro ein Geräusch. Sie stutzte. Täuschte sie sich oder hatte da jemand gestöhnt?


Charlotte und Torsten waren auf dem Weg zur Wohnung von Johanna und Tom. Sie hatten noch ein paar Mal versucht, ihn auf dem Handy zu erreichen, doch es ging immer nur die Mobilbox ran.

Charlottes Telefon klingelte.

„Frau Gerlach, wir haben das Handy von Herrn Nowak geortet. Er ist in seiner Wohnung in der Bindergasse."

„Danke, wir sind gleich da."

„Übrigens gibt es gar keinen Tom Nowak in Nürnberg."

„Wie bitte?"

„Der gute Mann heißt Tomasz Nowak und stammt ursprünglich aus Polen."

„Danke."

Charlotte sah zu Torsten hinüber. „Stell dir vor, unser Lebensretter heißt eigentlich Tomasz und stammt aus Polen. Glaubst du, das ist Zufall?"

Torsten zuckte mit den Schultern. „Eigentlich glaube ich nicht an Zufälle."

„Mir geht da noch eine Sache nicht aus dem Kopf."

Torsten sah sie erwartungsvoll an.

„Jonas kann gar nicht Opfer von Biburgers Experimenten

gewesen sein. Er ist doch viel zu jung. Ich glaube, er ist Ende der Achtziger Jahre geboren, da war Marta Niedermann schon längst in Nürnberg."

„Vielleicht gingen diese Experimente ja noch weiter. Auch ohne Marta."

„Naja, wenn wir davon ausgehen, dass sich eines der eingesperrten Kinder an Niedermann und Biburger gerächt hat, kann es nicht Jonas gewesen sein."

„Es sei denn, er hat ein anderes Motiv für die beiden Morde."

„Was ich nicht glaube."

Und wieder meldete sich Charlottes Handy.

„Eine SMS von Matthias. Sie haben die Namen der Kinder." Sie starrte auf das Display. „Das gibt es doch nicht."

„Was ist? War doch Jonas eines der Opfer?"

„Nein, es war Tomasz Nowak."


Johanna Biburger starrte voller Entsetzen auf den gefesselten Mann, der wimmernd auf dem Boden lag und sie flehend ansah.

„Was hast du getan?", fuhr sie Tom an. „Warum hast du behauptet, die Polizei hätte ihn abgeholt?"

„Ich habe gesagt, sie wird ihn bald abholen", versuchte er sich herauszureden. Es klingelte an der Tür. „Komm jetzt, das ist unser Taxi." Er nahm sie am Arm und versuchte, sie zur Wohnungstür zu ziehen.

„Lass mich!" Plötzlich war sie hellwach. Sie fühlte sich wie im falschen Film. Was hatte das alles zu bedeuten? Hatte Tom sie angelogen?

„Was ist hier los?" Wütend funkelte sie ihren Freund an.

„Er kam hierher und hat mich bedroht." Tom zog eine Pistole aus der Tasche. „Hiermit. Aber ich konnte ihn überwältigen."

„Tom! Pack sofort dieses Ding weg! Wir müssen die Polizei verständigen."

„Das habe ich doch schon längst. Komm jetzt mit."

Er wurde ungeduldiger.

„Ich will hören, was er zu sagen hat." Johanna lief auf Jonas zu und wollte ihm gerade den Klebestreifen vom Mund ziehen, als Tom sie grob am Handgelenk packte und wegzog.

„Au! Du tust mir weh!"

„Komm jetzt."

„Aber ..."

„Nichts aber. Lass ihn!"

„Was soll das? Ich ..."

„Halt endlich den Mund!"

Johanna starrte ihn entsetzt an, erkannte ihn nicht wieder. Eine Woge der Angst durchflutete ihren ganzen Körper. Ihr wurde abwechselnd heiß und kalt. Noch vor wenigen Minuten hatte sie ihm bedingungslos vertraut, hatte ihm nicht nahe genug sein können, sich bei ihm sicher und geborgen gefühlt.

Doch plötzlich war alles anders.

Plötzlich ging eine Bedrohung von ihm aus, die ihr den Atem verschlug.

„Bitte entschuldige." Tom rang sichtlich um Fassung. Sein Gesicht war schweißüberströmt, in seinen Augen glitzerte Wahnsinn. „Lass uns jetzt in aller Ruhe ins Taxi und dann in den Zug steigen." Seine Stimme zitterte. „Es wird alles wieder gut, mein Schatz." Voller Abscheu sah er auf Jonas hinab. „Die Polizei wird gleich kommen und den Verbrecher abholen."

Er streckte die Hand aus, um Johanna über die Wange zu streichen, doch sie wich zurück. Das war nicht mehr der liebevolle, geduldige Tom, der sie immer verstanden, ihr immer den Rücken gestärkt hatte. Vor ihr stand ein Fremder, ein unberechenbarer, brutaler Fremder mit einer Pistole in der Hand.

Jonas jammerte gequält auf, warf Johanna einen verzweifelten Blick zu, hatte Tränen in den Augen. Seine Handgelenke waren blutverschmiert, die verschwitzten Haare hingen ihm wirr ins Gesicht. Er bot ein Bild des Jammers. Johanna wollte ihm helfen, konnte nicht begreifen, was gerade passierte.

„Wir können ihn doch nicht einfach so hier liegen lassen. Du musst ihm die Fesseln abnehmen."

„Schluss jetzt!" Toms Stimme wurde kalt und hart. „Wir

gehen jetzt, ist das klar?" Plötzlich richtete er die Waffe auf sie.

„Tom! Was machst du da?" kreischte Johanna voller Panik und stolperte rückwärts in Richtung Tür. Die Erkenntnis traf sie mit voller Wucht.

Es war nicht Jonas, vor dem sie sich in Acht nehmen musste, es war Tom.

„Dort drüben ist es." Torsten stellte den Motor ab. Sie legten sich beide das Holster mit der Dienstwaffe um und stiegen aus. Die Tatsache, dass Tomasz Nowak wahrscheinlich eines der Kinder von Biburgers Experimenten war, war zwar noch lange kein Beweis dafür, dass er auch der Mörder war, aber es sprach doch einiges dafür.

Vor dem Haus mit der Nummer 6 wartete ein Taxi.

„Oh, wir kommen offenbar gerade rechtzeitig." Charlotte steckte sich die Pistole in die Jackentasche.

Die Haustür ging auf. Johanna kam heraus. Sie sah fürchterlich aus. Kunterbunte, viel zu große Sportkleidung, zerzauste Haare, verschmiertes, angsterfülltes Gesicht.

Hinter ihr kam Tom. Auch er wirkte lange nicht so ruhig und überlegt wie bei ihren bisherigen Begegnungen. Er trug eine große Reisetasche über der Schulter und schubste Johanna in Richtung des Taxis. Die Stimmung zwischen den beiden war extrem angespannt, so, als hätten sie sich gestritten.

Der Taxifahrer öffnete den Kofferraum und nahm Tom das Gepäckstück ab.

„Herr Nowak!", rief Charlotte, „einen Moment bitte. Wir würden gerne mit Ihnen sprechen."

Tom zuckte zusammen. „Bitte entschuldigen Sie, aber wir haben es sehr eilig." Hektisch versuchte er, Johanna ins Taxi hineinzuschieben, was diese offensichtlich nicht wollte. Es sah so aus, als bohre er etwas in ihren Rücken. Angsterfüllt sah sie zu den Polizisten hinüber. Tränen rannen über ihre Wangen.

„Tom, bitte ...", flehte sie.

Er versetzte ihr erneut einen Stoß. „Steig doch schon mal ein. Ich bin gleich bei dir", zischte er und drückte sie auf die Rücksitzbank.

Charlottes Nerven waren zum Zerreißen gespannt. Sie war sich sicher, dass Nowak Johanna mit einer Waffe bedrohte. Die Situation könnte jeden Moment eskalieren und womöglich Unbeteiligte in Gefahr bringen. Immerhin lag das Haus an der Ecke zum Obstmarkt, wo an diesem Freitagvormittag viele Menschen unterwegs waren. Etliche neugierige Passanten waren bereits stehengeblieben

„Es ist aber dringend", setzte Charlotte betont freundlich nach, überquerte langsam die Straße und ließ Tom dabei nicht aus den Augen. Unauffällig ließ sie die rechte Hand in die Tasche gleiten und umschloss den Griff der Waffe.

„Können wir kurz in Ihrer Wohnung miteinander sprechen?"

„Tut mir leid, wir müssen unseren Zug erreichen." Tom wirkte nervös und gehetzt. Auf seiner Stirn glänzten Schweißtropfen.

„Es dauert nicht lange." Charlotte und Torsten waren jetzt beim Taxi angekommen.

„Bleiben Sie stehen!", brüllte Tom und richtete seine Waffe auf die beiden Polizisten.

Passanten kreischten und rannten davon, der Taxifahrer ging hinter dem Auto in Deckung. Charlotte konnte aus dem Augenwinkel erkennen, wie er sein Handy hervorholte. Vermutlich setzte er gerade einen Notruf ab. Gut so. Sie würden Verstärkung brauchen.

„Herr Nowak, bitte lassen Sie uns doch in Ruhe miteinander reden."

„Ich wüsste nicht, worüber wir reden sollten!" Seine Stimme überschlug sich. „Wir fahren jetzt zum Bahnhof!" Er umrundete den Wagen und zielte auf den zitternden Taxifahrer. „Los, setz' dich endlich ans Steuer!"

„Tom! Lass das!" Johanna sprang aus dem Wagen und trommelte panisch mit den Fäusten auf ihren Freund ein. Außer sich vor Wut versetzte er ihr einen heftigen Schlag ins Gesicht, nahm sie in den Schwitzkasten und hielt ihr die Waffe an die Schläfe.

Johanna schrie auf.

Langsam kam Charlotte einen Schritt näher.

„Lassen Sie uns in Ruhe, sonst drücke ich ab!"

„Tom!", japste Johanna. Blut strömte aus ihrer Nase, tropfte vom Kinn auf Toms Arm, mit dem er sie an sich presste. Sie strampelte und versuchte, sich loszureißen, doch er drückte noch fester zu.

Da fiel ein Schuss.

„Nein!", schrie Johanna panisch. Tom hatte einen Warnschuss abgegeben. „Sei still, sonst ziele ich das nächste Mal auf dich!"

Sie schluchzte verzweifelt.

„Herr Nowak! Seien Sie doch vernünftig", versuchte nun Torsten, den Mann zu beruhigen. „Legen Sie die Waffe weg."

„Nein, Sie legen die Waffen weg!", brüllte Tom außer sich. „Ich weiß, dass Sie Ihre Dienstwaffen dabei haben. Weg damit!"

Er zielte weiterhin auf Johannas Kopf, die vergeblich versuchte, sich aus dem stählernen Griff zu befreien.

„Herr Nowak, Sie wissen, dass Sie keine Chance haben. Die Verstärkung wird gleich hier sein. Lassen Sie Frau Biburger los", sagte Torsten eindringlich, holte seine Waffe hervor und legte sie vor sich auf die Straße. Charlotte tat es ihm nach.

Mehrere Polizeiwagen bogen um die Ecke. Ein Dutzend Beamte gingen hinter den Fahrzeugen in Stellung.

„Wir wissen, was man Ihnen angetan hat. Bitte seien Sie doch vernünftig."

Tom lachte schrill. „Vernünftig!", schrie er. „War es etwa vernünftig, was sie mit uns gemacht haben?"

„Nein, das war es nicht. Die Verantwortlichen werden zur Rechenschaft gezogen werden."

„Pah! Das habe ich schon selbst erledigt und jetzt lassen Sie uns gehen, sonst ..."

„Du wirst mit meiner Tochter nirgendwohin gehen!", ertönte plötzlich eine raue Stimme. Hinter Tom und Johanna tauchte ein roter, flatternder Schatten auf.

Ein weiterer Schuss fiel und Tom sank zu Boden.

Johanna riss die Augen auf.

„MAMA!"

## 37

Charlotte saß auf einer Bank und genoss den späten
Nachmittag bei angenehmen 23°C. Der Spielplatz im
Burggraben war gut besucht. Überall buddelten Kinder im
Sand, kletterten oder spielten Ball. Auch Marek war eifrig
damit beschäftigt, Sand in seine Förmchen zu schaufeln und
sie anschließend wieder auszukippen.
Ein Bild des Friedens.
Nach den anstrengenden Ermittlungen im Kaspar-Hauser-
Fall hatte sie endlich wieder etwas mehr Zeit für ihr Kind –
auch wenn der Fall noch nicht ganz abgeschlossen war.
Endloser Papierkram musste erledigt, weitere Zeugen
befragt und Material gesichtet werden. Es war auch noch
unklar, was mit Gisela Biburger passieren würde. Sie hatte
Nowak ins Bein geschossen und damit seine Verhaftung
ermöglicht, aber sie hatte eben geschossen, ohne Waffen-
schein, mit der Pistole ihres Mannes. Die Richter würden
entscheiden müssen, ob sie mit einem Verfahren wegen
versuchten Mordes oder Totschlags zu rechnen hatte.
Charlotte war froh, *nur* die Ermittlerin zu sein und nicht über
Recht oder Unrecht entscheiden zu müssen. Der Fall hatte
sie ziemlich mitgenommen, vor allem, als sie von Biburgers
grausamen Experimenten erfahren hatte. Aus der Sicht einer
Mutter würde sie sagen, er hat seine gerechte Strafe
bekommen. Juristisch gesehen durfte sie natürlich nicht so
denken.
Was gab es doch für Zufälle im Leben.
Da kam Tomasz Nowak nach einer Kindheit im Heim und
mehreren Monaten Gefangenschaft bei Wasser und Brot
nach Nürnberg und traf ausgerechnet die Tochter seines
Peinigers und die Frau, die ihn gepflegt hatte.
Sie hatte lange mit ihm darüber gesprochen, was in ihm

vorgegangen war, als er in Biburgers Unterlagen von den Experimenten gelesen hatte. Sie konnte seine Wut und Verzweiflung irgendwie verstehen. Er hatte ein umfangreiches Geständnis abgelegt und immer wieder versichert, dass er das in seinen Augen Richtige getan habe.

Reue sah anders aus.

Die Kollegen in Polen mussten nun die Vorkommnisse in dem Heim aufklären, die Verantwortlichen zur Rechenschaft ziehen und im Idealfall die Opfer entschädigen. Doch das würde vermutlich Jahre dauern, wenn es überhaupt je zu Ende gebracht werden konnte.

„Hallo, Frau Gerlach. Darf ich mich kurz zu Ihnen setzen?"

Charlotte blickte erstaunt auf und sah eine junge Frau in Sportkleidung mit braunen, kurz geschnittenen Haaren, einer Sonnenbrille und Stöpseln in den Ohren. Sie kam ihr irgendwie bekannt vor.

„Ja, bitte. Kennen wir uns?"

Die Frau nahm die Brille ab.

„Johanna?", fragte Charlotte verwundert. Konnte es tatsächlich sein, dass diese sympathische, sportliche, junge Frau Johanna Biburger war?

Wo waren all die Piercings, die gefärbten Haare, die schwarze Kleidung?

Johanna lachte. „Machen Sie sich nichts draus. Ich bin in letzter Zeit inkognito unterwegs."

„Das kann man wohl sagen", staunte Charlotte. „Es steht Ihnen gut."

„Sagt Mama auch." Sie verdrehte demonstrativ die Augen.

„Haben Sie wieder Kontakt zu ihr?"

„Naja, sie ist schließlich die Einzige, die ich noch habe." Sie wurde ernst.

Charlotte sah sie an und wartete.

„Die letzten Wochen waren fürchterlich", erzählte Johanna. „Erst Papa und dann Tom." Ihre Augen wurden feucht. „Ich hätte mir ein Leben mit ihm vorstellen können. Er war so ruhig, so einfühlsam, geduldig und liebevoll. Quasi genau das Gegenteil von mir." Sie grinste schief. „Er wollte mich nicht umerziehen, hat nicht auf mir herumgehackt wie

Mama. Ich hatte keine Ahnung, was er durchgemacht hatte, er hat so selten von sich gesprochen."

Charlotte hörte aufmerksam zu.

„Warum musste er zum Mörder werden?", fuhr Johanna fort. „Vielleicht hätte ich ihm helfen können?"

Man konnte spüren, wie es in ihrem Kopf arbeitete, wie sie ein ums andere Mal die verschiedenen Szenarien durchspielte.

Was wäre gewesen, wenn … oder wenn nicht …?

Charlotte reichte ihr ein Taschentuch.

„Und Papa? ER war das eigentliche Monster. Ich kann nicht glauben, dass er so grauenvolle Dinge getan hat, nicht Papa."

Wie es schien, hatten die schrecklichen Ereignisse eine ganz andere Seite in ihr zum Vorschein gebracht, eine, die nicht ständig kämpfen, ihre Krallen ausfahren oder sich beweisen musste. Charlotte mochte diese neue Johanna.

Schweigend saßen sie nebeneinander und sahen den spielenden Kindern zu.

„Ich habe jetzt eine feste Stelle bei der Zeitung", fuhr Johanna nach einer Weile fort. „Sie schicken mich nach Polen, um exklusiv über die Sache in dem Kinderheim zu berichten. Ich glaube, das ist ein guter Weg, all das zu verarbeiten."

Sie stand auf und steckte sich wieder die Stöpsel in die Ohren. „Machen Sie es gut. Vielleicht läuft man sich wieder einmal über den Weg."

„Alles Gute für Sie", rief ihr Charlotte hinterher und widmete sich anschließend den Dingen, die in diesem Moment wichtig für sie waren: die Sandkuchen ihres Sohnes.


ENDE

# Epilog

Die Sonne brannte unbarmherzig auf die ausgetrockneten Rasenflächen des Ansbacher Hofgartens herab, die Hitze flirrte um den langgestreckten Bau der ehrwürdigen Orangerie.

Nur mit Mühe schafften es die Bewässerungsanlagen, die wunderschönen Blumenrabatten am Leben zu erhalten.

Charlotte ließ sich erschöpft auf einer Bank im Schatten nieder und trank einen großen Schluck lauwarmes Wasser.

Was hatte sie sich nur dabei gedacht, an diesem mörderisch heißen Tag einen Ausflug zu machen, anstatt in der Kühle ihrer Altbauwohnung darauf zu warten, dass endlich die Sonne unterging? Aber es war nun einmal seit anderthalb Jahren so, dass sie ihre Aktivitäten nicht mehr nur nach ihrem eigenen Terminkalender planen konnte, sondern auch darauf Rücksicht nehmen musste, ob der kleine Marek versorgt war.

Und dann war da noch ihr Job.

Wenn zwischen Verbrecherjagd und Kinderkrippe noch ein Zeitfenster blieb, musste sie das nutzen, egal, ob es heiß war, regnete oder schneite.

Deshalb hatte sie sich an diesem Freitagnachmittag trotz tropischer Temperaturen ins Auto gesetzt, um den geplanten Trip nach Ansbach zu unternehmen. Seit zwei Monaten hatte sie sich nun mit dem Leben Kaspar Hausers beschäftigt, hatte Pro- und Contra-Argumente gehört, versucht, in der noch immer emotionsgeladenen Atmosphäre ihre eigene Meinung zu bilden.

In all der Zeit war ihr der junge Mann irgendwie ans Herz gewachsen, fühlte sie sich ein Stück weit mit ihm und seinem Schicksal verbunden. Es war ihr ein Bedürfnis gewesen, die Orte zu besuchen, an denen er gelebt hatte und gestorben war.

Begonnen hatte sie ihre Tour im Markgrafenmuseum. Die Ansbacher hatten ihm dort eine ganze Abteilung gewidmet und unzählige Exponate, Schriftstücke und Bilder ausgestellt.

Mitten im Raum stand er selbst – in der Kleidung, die er bei der Messerattacke im Hofgarten getragen hatte:

Elegante, bis über den Bauch hochgezogene Beinkleider, einen braunen, halblangen Mantel mit schwarzem Kragen, darunter eine gold schimmernde Weste und einen schwarzen Zylinder auf dem weißen, gesichtslosen Styroporkopf.

Vermutlich hatten die Ausstellungsmacher absichtlich auf das Gesicht verzichtet, hätten doch sonst die Besucher ein zu festgefahrenes Bild des jungen Mannes erhalten.

Charlotte musste in diesem Zusammenhang an die Gletschermumie Ötzi im Südtiroler Archäologiemuseum denken. Jahrelang hatte dort eine lebensgroße Nachbildung des Mannes gestanden, wie man ihn sich vorgestellt hatte. Er hatte einen dichten Bart getragen, eine Mütze aus Bärenfell, einen Grasmantel um die Schultern, Fellschuhe an den Füßen. Diese Darstellung war in allen Büchern abgebildet gewesen, auf allen Flyern, allen Plakaten. Im vergangenen Jahr – zwanzig Jahre nach dem Fund der Mumie – hatten nun zwei niederländische Künstler mit modernster Technik einen völlig neuen Ötzi geschaffen – ohne Hut und Mantel, mit bloßem Oberkörper und einem so lebendigen Gesichtsausdruck, als könne er jederzeit von seinem Podest herabsteigen und mit seinem Langbogen in der Hand auf die Jagd gehen. Plötzlich war ein anderer Ötzi in der Öffentlichkeit präsent, ein neues Gesicht, ein neuer Mensch.

Hier im Markgrafenmuseum stand kein lebensechter Kaspar, wurde den Besuchern kein rekonstruiertes Gesicht präsentiert, blieb den Betrachtern nichts anderes übrig, als das Portrait des berühmten Jünglings von 1830 anzusehen.

Charlotte hatte diesen Kaspar aus Styropor lange betrachtet, hatte versucht, sich die lebendige Person vorzustellen, unabhängig von den Schauspielern, die ihn in den beiden

Filmen oder auch im Nürnberger Erlebniszentrum verkörperten.

Wie war er wirklich gewesen?

War er tatsächlich dieser herzensgute, unschuldige Jüngling gewesen, der dankbar jede Art von Zuneigung und Wohlwollen aufgesogen hatte wie ein Schwamm?

Der auch in Gesellschaft vieler Leute stets einsam gewesen, von niemandem wirklich verstanden worden war?

Oder hatte er doch diese verschlagene Seite an sich gehabt? War er doch berechnend gewesen? Betrügerisch? Hatte er die Menschen, die es gut mit ihm gemeint hatten, doch nur ausgenutzt, um seinen eigenen Vorteil daraus zu ziehen?

Aber was sollte das für ein Vorteil gewesen sein? Welches Leben sollte er sich da mit purer Absicht erschlichen haben? War es wirklich so erstrebenswert, immerzu beobachtet, bewacht, beaufsichtigt, auf Schritt und Tritt kontrolliert, ständig argwöhnisch beäugt, bevormundet und hin und her geschubst zu werden?

Natürlich war ihm die europaweite Aufmerksamkeit gewiss, seine Person und das damit verbundene Schicksal in aller Munde gewesen, aber war das wirklich die vielen Entbehrungen wert gewesen? Die Schauspielerei? Das ständige So-tun-als-ob?

Nachdenklich hatte Charlotte das Museum verlassen, war durch die heißen Straßen der Altstadt geschlendert, hatte Kaspars Wohnhaus und weitere Denkmäler und Gedenktafeln besucht und war schließlich erschöpft und durchgeschwitzt hier im Hofgarten gelandet.

Nach einer kurzen Verschnaufpause stand sie auf und machte sich auf die Suche nach dem Ort, an dem Kaspar die tödlichen Messerstiche erlitten hatte. Man hatte ihr zwar im Museum den Weg erklärt, aber offensichtlich war ihr Gehirn bei der Hitze nicht imstande gewesen, die Information zu speichern. Zum Glück waren außer ihr noch weitere Menschen im Hofgarten unterwegs, die sie fragen konnte.

Nicht weit von der Orangerie, etwas abseits des sorgfältig geharkten Weges wurde sie fündig. An drei Seiten von Bäumen und Büschen umgeben stand eine etwa drei Meter hohe, achteckige Sandsteinsäule auf einem Sockel.

**HIC
OCCULTUS
OCCULTO
OCCISUS
EST
XIV DEC.
MDCCCXXXIII**

Auch wenn sie all ihre nur noch rudimentär vorhandenen Lateinkenntnisse zusammenkratzte, war sie nicht in der Lage, die Inschrift zu übersetzen. Zum Glück war das auch nicht nötig, denn sie hatte auf einer der Infotafeln im Museum gelesen, was die rätselhaften Worte bedeuteten:

HIER
WURDE EIN GEHEIMNISVOLLER
AUF GEHEIMNISVOLLE WEISE
GETÖTET
14.DEZ.
1833

Ein Schauer lief ihr den Rücken hinab. Sie versuchte, sich das Szenario an jenem ungemütlichen Dezembernachmittag vorzustellen. Es war schon fast dunkel gewesen, kalt und neblig.

Es hatte nie ganz geklärt werden können, warum Kaspar alleine in den Hofgarten gegangen war und was genau er sich dort erwartet hatte. Nach seinen eigenen Aussagen hatte er einen Mann treffen sollen, der ihm Informationen über seine Mutter geben wollte. Er solle aber niemandem etwas davon erzählen. Der Unbekannte hatte ihm ein kleines Säckchen gereicht. Als Kaspar es entgegennehmen wollte, hatte der Mann zugestochen.

Drei Tage später ist er an der Verletzung gestorben.

Charlotte bekam einen Kloß im Hals, als sie sich vorstellte, wie Kaspar voller Hoffnung darauf, endlich zu erfahren, wer er war und woher er kam, nach dem Säckchen gegriffen hatte und daraufhin kaltblütig niedergestochen worden war.

Man hatte das Beutelchen später tatsächlich gefunden. Die Nachricht, die sich darin befunden hatte, war im Markgrafenmuseum ausgestellt. Es war kein Hinweis auf die Herkunft des Findlings, keine geheime Information. Es war nichts weiter als ein in Spiegelschrift verfasster Text ohne erkennbaren Inhalt.

Kaspar war in eine Falle getappt.

Sein Mörder hatte seine Gutgläubigkeit und die Sehnsucht nach seiner Mutter ausgenutzt, um ihn zu töten.

Soweit die Version der *Pro-Hausianer*.

Die Gegenseite sah das Attentat nicht als solches an, sondern behauptete, Kaspar habe sich selbst verletzt und dabei das Messer leider etwas zu weit in Richtung Herz gestoßen.

Charlotte seufzte.

Nicht einmal auf dem Sterbebett hatte man ihm geglaubt, hatte ihm bis zur letzten Sekunde und darüber hinaus vorgeworfen, ein Betrüger gewesen zu sein.

Egal.

Sollten die *Contra-Hausianer* doch argumentieren wie sie wollten, für sie war das Kind Europas ein bedauernswerter Junge, der zum Spielball höherer Mächte geworden war.


Jetzt fehlte nur noch eine Station ihrer Hauser-Rundreise: das Grab auf dem Ansbacher Stadtfriedhof, nur etwa eine halbe Stunde zu Fuß entfernt. Allerdings war die Vorstellung, auch nur hundert Meter bei 35°C an der Straße entlangzulaufen so furchtbar, dass sie sich mit letzter Kraft in ihr Auto rettete, alle Umweltgedanken außer Acht ließ und die Klimaanlage voll aufdrehte.

Einigermaßen angenehm temperiert erreichte sie wenig später den Friedhof und folgte dem unscheinbaren Wegweiser zum *Kaspar-Hauser-Grab*.

Zwischen vielen anderen, ganz *normalen* Grabstätten fand sie es. Die Umfassungssteine waren mit weißen Flechten bewachsen, die Erde mit einem kugelrund geschnittenen Buchsbaum und bunten Blumen bepflanzt. An den Rand hatte jemand ein weißes, hölzernes Spielzeugpferdchen gestellt, in der Mitte lag bäuchlings ein kleiner Engel aus Gips. An den Sockel des Grabsteines gelehnt stand ein schwarzer Bilderrahmen mit einem vergilbten Foto von seinem Portrait. Davor ein weißes Kreuz mit Dürers Betenden Händen und der Aufschrift:

Menschen,
die wir lieben,
bleiben für
immer, denn
sie hinterlassen
ihre Spuren
in unseren
Herzen.

Und wieder spürte Charlotte diese Ergriffenheit, die sie schon im Hofgarten empfunden hatte. Auch fast zweihundert Jahre nach seinem Tod pflegten die Menschen sein Grab, hat dieser besondere Mensch augenscheinlich seine Spuren hinterlassen.

HIC JACET
# CASPARUS HAUSER
AENIGMA
SUI TEMPORIS
IGNOTA NATIVITAS
OCCULTA MORS
MDCCCXXXIII

## Anmerkungen:

Seit über dreißig Jahren beschäftige ich mich immer wieder mit Kaspar Hauser, mit dem Mythos um seine Person und dem Rätsel um seine Herkunft.

Somit war klar, dass auch er Thema in einem meiner Krimis sein würde.

„Das ist dann aber kein Nürnberg-Krimi. Kaspar Hauser war doch in Ansbach." Diese Bemerkung habe ich oft gehört, wenn ich von meinem neuen Projekt erzählt habe.

Viele bringen Kaspar ausschließlich mit Ansbach in Verbindung, weil er dort gestorben und begraben ist, weil ihm die Stadt Ansbach eine ganze Abteilung im Markgrafenmuseum gewidmet und mehrere Denkmäler und Schautafeln aufgestellt hat.

In Nürnberg sucht man solche Dinge vergeblich. Einzig das bronzene Schild am Unschlittplatz weist darauf hin, dass der berühmte Findling auch in Nürnberg gelebt hat.

In meinem Roman eröffne ich ihm zu Ehren ein mehrstöckiges Erlebniszentrum am Kaspar-Hauser-Platz.

In der Realität ist dieses Gebäude ein Wohnhaus der Wohnungsbaugesellschaft der Stadt Nürnberg mbH – kurz wbg – mit Repräsentationsräumen im obersten Stockwerk.

Das Erlebniszentrum mit all seinen Angeboten ist frei erfunden.

Auch Freiherr Theo von Tucher und seine Wohnung in der Hirschelgasse ist fiktiv. Sein Ur-Ur-Ur-Großvater Christoph Carl Gottlieb Sigmund Freiherr von Tucher war allerdings wirklich Kaspars Vormund gewesen, bis im November 1831 die Vormundschaft an Lord Stanhope übergegangen war.

Weitere historische Fakten habe ich auf der Zeittafel am Ende des Buches zusammengefasst.

Neben Schauplätzen und Begebenheiten brauche ich in meinen Krimis natürlich auch Namen und Charaktere für die Protagonisten. Diese habe ich alle frei erfunden. Sollte sich jemand in einer Figur wiedererkennen, ist das reiner Zufall und von mir nicht beabsichtigt.

**Danksagung:**

Ich möchte mich an dieser Stelle auch wieder bei allen bedanken, die mich bei der Ideenfindung und Umsetzung des Romanes unterstützt haben. Bei der Apothekerin für die Infos zum Gift des Fingerhutes, beim Elektriker für die Tipps mit der Brandmeldeanlage, bei all meinen Lektoren und Korrektoren für die konstruktive Unterstützung bei der Überarbeitung des Plots.

Ein ganz besonders großes DANKESCHÖN geht an meinen Mann Michael, mit dem ich bei unzähligen Walking-Runden im Wald die Geschichte entwickelt habe.

DANKESCHÖN auch für die Gestaltung des Covers, die Formatierung des Manuskripts, das Design des Werbematerials, die musikalische Unterstützung der Lesungen und, und, und, ...

DANKE!

**Zeittafel:**

*30.04.1812:*     *Geburt Kaspars (lt. sog. Mägdeleinbrief)*

29.09.1812:     Geburt des Sohnes von Großherzog Karl von Baden und seiner Frau Stephanie de Beauharnais

26.05.1828:     Kaspar Hauser taucht erstmals in Nürnberg am Unschlittplatz auf. Unterbringung im Luginsland, einem Gefängnisturm auf der Nürnberger Kaiserburg

07.07.1828:     Öffentliche Verlautbarung des ersten Bürgermeisters Binder (Bericht Kaspars über seine Gefangenschaft)

18.07.1828:     Umzug zu Professor Georg Friedrich Daumer in sein Haus auf der Insel Schütt

17.10.1829:     Mordversuch im Hause Daumer

30.01.1830:     Umzug zu Kaufmann und Magistratsrat Johann Christian Biberbach

15.07.1830:     Umzug zu seinem Vormund Gottlieb von Tucher

28.05.1831:     erste Begegnung mit Lord Stanhope

25.11.1831:     Lord Stanhope wird Kaspars Vormund

01.12.1831:     Umzug nach Ansbach, erst zu Anselm Ritter von Feuerbach, am 10.12. dann zu Lehrer Johann Georg Meyer

ab 01.12.1832:   Schreiber am Appellationsgericht

29.05.1833:     Tod Anselms von Feuerbach

| | |
|---|---|
| 14.12.1833: | Verletzung im Ansbacher Hofgarten |
| 17.12.1833: | Kaspar Hausers Tod |
| 20.12.1833: | Beerdigung auf dem Ansbacher Stadtfriedhof |

**Quellennachweise:**

1. aus: Verlautbarung von Bürgermeister Binder, 07.07.1828 (Pies, 1925, S.45f)

2. aus: Nürnberger Nachrichten vom 20.08.2002, *Der Mythos lebt*